LUZIFER
VERLAG

ALEX LUKEMAN

PROJECT

DUNKLE ERNTE

Kontaktinformation:
info@luzifer-verlag.de

LUZIFER Verlag Cyprus Ltd.
House U10, Toscana Hills
Poumboulinas Street
8873 Argaka, Polis, Cyprus

LUZIFER VERLAG

Überarbeitete Ausgabe
Titel der Originalausgabe: BLACK HARVEST
www.luzifer-verlag.de

Umschlaggestaltung: Michael Schubert | Luzifer-Verlag
Übersetzung: Peter Mehler
Lektorat: Astrid Pfister

ISBN: 978-3-95835-456-2

Dieses Buch wurde nach Dudenempfehlung (Stand 2023) lektoriert.

Bibliografische Information der Deutschen Nationalbibliothek:
Die Deutsche Nationalbibliothek verzeichnet diese Publikation in der Deutschen Nationalbibliografie; detaillierte bibliografische Daten sind im Internet über *http://dnb.d-nb.de* abrufbar.

Kapitel 1

Manchmal ist es besser, nicht zu finden, wonach man sucht.

In einem letzten verzweifelten Aufbäumen umklammerte der raue Winter Neuenglands den Campus des Dartmouth Colleges mit arktischer Kälte, doch in der Rauner Library war es warm und behaglich. Durch ein Vergrößerungsglas spähte James Campbell gerade auf seine jüngste Entdeckung hinab.

Neun rötlich-braune Tontafeln aus dem alten Persien, komplett mit Schriftzeichen bedeckt. Die Einkerbungen waren noch so klar und deutlich zu erkennen wie an jenem Tag, als man sie in den frischen Ton gepresst hatte, vor über 2400 Jahren. Campbell tippte eine letzte Notiz in seinen Laptop, dann klappte er den Computer zu.

Campbell war ein untersetzter Mann um die sechzig. Sein graues, lichter werdendes Haar zog sich in der Form von Geheimratsecken aus einem Gesicht zurück, das in all den Jahren, in denen es durch ein Mikroskop auf winzige Lebensformen gestarrt hatte, die von Tod und Zerstörung kündeten, faltig geworden war. In dieser Nacht fand sich jedoch nichts Lebendiges unter seinem Vergrößerungsglas. Nur die Tafeln, die er tief in den Archiven vergraben gefunden hatte. Sie enthielten den Hinweis auf die Erfüllung eines Traums … oder vielleicht auch eines Albtraums.

Das könnte der Schlüssel sein, dachte er bei sich.

Campbell fotografierte die Tafeln mit seinem Handy und verfasste zwei Nachrichten. Mit einem Fingerdruck auf das Display schickte er die E-Mails mit den Bildern auf die Reise. Dann packte er das Handy zusammen mit einer Kopie der Inschriften in die Tasche seines Laptops. Die Tafeln verschwanden wieder in ihren Schubladen im Archiv.

Er warf sich seinen schweren Mantel über, nahm seinen Laptop und lief zum Ausgang. Es war schon spät, aber Campbells Position erlaubte es ihm, zu jeder Tages- und Nachtzeit Zutritt zum Gebäude zu haben. Ein müder Wachmann erhob sich von seinem Stuhl und entriegelte die Tür. Ein schwacher Hauch von Bourbon umwehte ihn. Campbell trat in die eisige Nacht hinaus.

Der Boden knirschte unter seinen Füßen. Der Himmel war ein Ozean aus zerbrechlich wirkenden Sternen. Wenn er einatmete, fühlte sich die Luft wie der Kuss einer Rasierklinge an, messerscharf und schmerzhaft. Er lief zu seinem Wagen, der allein auf einem verlassenen Parkplatz stand. Die Fensterscheiben waren beschlagen. *Seltsam*, dachte er, *besonders bei dieser Kälte.*

Der gemietete Volvo startete nur unter Protest. Campbell wartete, bis sich der Motor warmgelaufen hatte, und dachte währenddessen über die Tontafeln nach.

Dann wurde plötzlich etwas Scharfes gegen seine Kehle gepresst.

Adrenalin durchflutete seinen Körper.

»Keine Bewegung.« Im Rückspiegel erblickte Campbell nun ein dunkles Gesicht. Der Schädel war schmal, die Augen tief in ihren Höhlen liegend und dunkel.

»*Was …?*«

»Sie reden nur dann, wenn ich es Ihnen erlaube. Verstanden?«

»Ja.«

»Sie forschen derzeit an etwas. Antworten Sie … ja oder nein?«

Campbell schluckte. Die Klinge erzeugte einen schmalen Streifen des Schmerzes an seinem Adamsapfel.

»Forschungen, ja.«

»Was haben Sie herausgefunden? Ich merke, wenn Sie mir nicht die Wahrheit sagen. Wenn Sie lügen, schneide ich Ihnen Ihr Ohr ab. Glauben Sie mir das?«

»Ja.« Ein sehr ursprüngliches Gefühl kroch ihm jetzt die Wirbelsäule hinab, aus einer Zeit, als die Menschen noch in Höhlen gelebt hatten: Pure unverfälschte Angst.

»Was haben Sie gefunden?«

»Aufzeichnungen über Alexanders Eroberung des persischen Königreiches, nach seinem Einmarsch in Babylon. Berichte über seine Reichtümer.«

»Sonst nichts?«

»Nein.« Schweiß bildete sich auf seiner Stirn.

Campbell schrie, als sein Ohr auf den Boden fiel. Blut rann ihm am Hals hinunter. Bevor er sich auch nur bewegen konnte, befand sich das Messer schon wieder an seiner Kehle, nass von seinem eigenen Blut.

»Sie sind kein Historiker. Sie haben gelogen. Tun Sie das nie wieder. Sagen Sie mir, was ich wissen will, und Sie können gehen.«

Der Mann hatte sein Gesicht nicht verborgen, daher wusste Campbell ganz genau, dass er sterben würde. Er dachte an seine Frau, die krank zu Hause lag. Ein plötzlicher Anflug tiefer Traurigkeit trieb ihm die Tränen in die Augen. *Was sollte sie denn nur ohne ihn tun?*

Unausgegorene Gedanken über eine mögliche Flucht rasten ihm durch den Kopf. Vielleicht könnte er sich ja herauswinden. Den Laptop oder seine Autoschlüssel als Waffe verwenden. Das Messer von seinem Hals ziehen, bevor es ihm die Kehle durchschneiden konnte. Schreien … die Autotür öffnen … sich hinauswerfen.

Aber es war sinnlos.

Schmerzen durchzuckten die Seite seines Kopfes. Das Blut lief ihm unter seinen Kragen. Er fühlte sich benommen. »Ich frage Sie jetzt noch einmal: Was haben Sie gefunden?«, hörte er die ruhige Stimme hinter sich.

Halte ihn hin. Vielleicht schaffe ich es ja, rechtzeitig den Arm zu heben.

»Ich schwöre, es war nur eine Liste der Reichtümer, die sich vor der Eroberung, in den Schatzkammern befanden. Aufzeichnungen, die von Alexander in Auftrag gegeben worden sind.« Dieser Teil entsprach der Wahrheit. »Nichts Wichtiges. Nicht, was uns nicht schon längst bekannt gewesen wäre.«

»Haben Sie die Tafeln bei sich?«

»Nein, sie liegen in der Bibliothek.«

»In der Bibliothek?«

»Ja.«

Weißes Feuer schlitzte ihm den Hals auf, durchtrennte Fleisch, Arterien und Knochen. Blut spritzte gegen die Windschutzscheibe. Campbell fuhr sich mit beiden Händen an die Kehle und versuchte, die Sturzbäche aufzuhalten, mit denen das Leben aus ihm entwich. Er zuckte, gurgelte, fiel nach vorn und starb innerhalb kürzester Zeit.

Der Mann stieg aus dem Auto, ohne das über dem Lenkrad zusammengesunkene Bündel noch eines weiteren Blickes zu würdigen. Er lief um das Auto herum, öffnete die Beifahrertür, nahm den Laptop vom Sitz und verschwand in der eisigen Nacht.

Kapitel 2

Nick Carter konnte nicht mehr schlafen. Wieder hatte er von dieser Granate geträumt. Nun war es fünf Uhr morgens. Er wartete darauf, dass die Sonne aufging, und trank bereits seine dritte Tasse Kaffee. Er saß am Küchentresen in seinem Apartment und fragte sich, wieso der Traum schon wieder zurückgekehrt war. Nicht, dass er nicht verstand, wieso er diesen Traum ständig hatte.

Nick war der *Director of Special Operations* für PROJECT, einer verdeckt arbeitenden Geheimdienstorganisation, die direkt dem Präsidenten unterstand. Sein Titel war aber nur eine hochtrabende Umschreibung dafür, dass er sämtliche Missionen planen musste und im Einsatz das Sagen hatte. Wieso oder wann die Leute auf ihn schossen, darüber hatte er jedoch nicht zu entscheiden. Die wirkliche Leiterin von PROJECT war nämlich Elizabeth Harker.

Bevor Harker ihn für das PROJECT rekrutiert hatte, damals, als er sich von den Verletzungen einer Granate erholte, die ihm beinahe das Leben gekostet hatte, erzählte ihm ein Seelenklempner, dass die Träume nur der Versuch seines Unterbewusstseins wären, einen unlösbaren inneren Konflikt zu bewältigen. Das half ihm ungefähr so viel, als wenn man ihm gesagt hätte, die Träume kämen, weil die Träume eben einfach kamen. Der Seelenklempner hatte sogar eine Bezeichnung dafür gehabt: kognitive

Dissonanz. Etwas, das passierte, wenn die Realität mit dem Kopf voran gegen die eigenen Vorstellungen prallte und gewann. Psychiater hatten offenbar für alles ein Fachwort parat.

Er wusste nur allzu gut, warum er diese Träume hatte. *Aber wenn er es wusste, wieso verschwanden sie dann nicht endlich?* Er war schon öfter an diesem Punkt angekommen, eine Endlosschleife, die in seinem Kopf ablief, und aus der es anscheinend keinen Ausweg zu geben schien.

Zur Hölle damit.

Er stand auf, holte ein paar Eier aus dem Kühlschrank und Brot aus der Speisekammer. Dann nahm er eine Pfanne aus dem Schrank, schaltete den Herd an und gab etwas Butter hinein. Anschließend steckte er zwei Scheiben Brot in den Toaster, schlug die Eier auf und ließ ihren Inhalt in die Pfanne laufen.

Beim Essen dachte er noch einmal an seinen Traum.

Sie kommen sehr schnell über die Brücke, das wummernde Fop-fop-fop der Rotoren über ihnen, mit Kurs auf ein erbärmliches kleines Dorf, das in der grellen afghanischen Sonne liegt. Zwischen den Häusern führt ein grober Feldweg hindurch.

Er springt als Erster hinaus und stürmt, sein M4 fest an seine Wange gepresst, die Straße hinunter. Hinter ihm folgen seine Marines, kampfbereit und in Formation. Häuser säumen beide Seiten der Straße, deren Wände von längst vergessenen Feuergefechten durchlöchert sind. Links von ihm befindet sich der Markt, eine notdürftig zusammengeschusterte Ansammlung klappriger Kisten und herabhängender Stoffbahnen. Fliegen belagern den Stall des Metzgers.

Er befindet jetzt auf dem Markt. In seinem adrenalingeschwängerten Schweiß kann er seine eigene Angst riechen. Von den Wänden hält er Abstand. Irgendwo schreit ein Baby. Die Straße ist leer. Wo sind alle geblieben?

Dann tauchen auf den Dächern plötzlich bärtige Männer auf, bewaffnet mit AKs. Die Marktstände explodieren in einem Wirbelsturm aus Holzsplittern, Putz und Steinbrocken aus den angrenzenden Gebäuden.

Ein Kind rennt auf ihn zu, schreit irgendetwas über Allah. In seiner Hand hält es eine Granate. Carter zögert, denn es ist doch nur ein Kind. Der Junge ist gerade mal zehn Jahre alt, vielleicht zwölf. Er reißt den Arm zurück … wirft … und Nick erschießt ihn. Der Kopf des Jungen explodiert in einer Wolke aus Blut und Knochen. Wie in Zeitlupe fliegt die Granate auf ihn zu … und dann wird alles weiß …

Nick kam in der Küche wieder zu sich. Er schwitzte. Er blickte auf seine Hand hinunter, die seine Tasse so fest umklammerte, dass seine Knöchel weiß hervortraten. Seine Eier waren mittlerweile kalt geworden. Der Kaffee ebenso. In Gedanken war er wieder in jenes Dorf zurückgekehrt. Das war ihm schon länger nicht mehr passiert; nicht seit Pakistan, kurz bevor Selena angeschossen worden war.

Sie hatten einfach Pech gehabt, während eines Schneesturms nach einer blutigen Auseinandersetzung im

Hochland des Hindukusch ausgerechnet einer Einheit der Taliban in die Arme zu laufen. Ihre Schutzweste hatte ihr das Leben gerettet. Noch gerade so. Er hatte sie zur Landezone zurückgetragen und dabei die ganze Zeit gehofft, dass sie es schaffen würde. Sie überlebte. Das war das Einzige, was zählte.

Selena! Seine Gefühle für sie verwirrten ihn, und er war es leid, darüber nachzudenken. Deshalb beschloss er, heute zeitiger zur Arbeit zu gehen und das Fitnessstudio aufzusuchen, bevor der Verkehr so richtig schlimm wurde.

Der Fitnessraum im Keller des PROJECT-Hauptquartiers roch nach Schweiß, Anstrengung und der trockenen Luft aus der Klimaanlage. Das Training war kein Spaß mehr, denn seine alten Wunden lauerten nur darauf, ihre Chance zu bekommen. Doch wenn er nicht mehr trainierte, würde er seine Form einbüßen. Außerdem bedurfte das Training im Fitnessstudio keiner Selbstbeobachtung. Körperliche Ertüchtigung war etwas, das er verstand.

Nach einer Stunde an den Geräten begann er mit Seilspringen. In den großen Spiegeln erhaschte er einen Blick auf sich. Ein hart wirkendes Äußeres, ein Meter Achtzig hohe Anspannung, zweihundert Pfund. Während er sich im Spiegel betrachtete, dachte er, dass er sich selbst womöglich eine Höllenangst eingejagt hätte, wenn er sich nicht kennen würde. Einen Schönheitspreis würde er in diesem Leben wohl nicht mehr gewinnen, so viel stand fest.

Er nahm den Blick von dem Spiegel. Sein Schweiß hatte dunkle Flecken auf seiner Kleidung gebildet und er hatte einiges an Kalorien verbrannt. Sein Rücken schmerzte, aber damit würde er klarkommen. Kein Grund, an etwas anderes zu denken als an den einfachen Rhythmus seines Körpers und an das verschwommene Surren des Springseils.

Es tat gut, einmal nicht nachdenken zu müssen.

Selena Connor betrat nun den Raum. Einen Moment lang betrachtete sie Nick. Ein großer, zäher Mann. Nicht sonderlich hübsch, aber auch nicht hässlich. Graue Augen mit einem seltsam wirkenden goldenen Tupfer darin. Sein Gesicht wirkte angespannt und konzentriert. Die Narbe an seinem linken Ohr trat rot hervor. Das tat sie immer, wenn er trainierte … und auch im Schlafzimmer. Sie stellte ihre Sporttasche auf einer Bank ab und begann dann, sich zu dehnen. Er beobachtete sie dabei, während er das Seil in Form einer Acht um seinen Körper kreisen ließ.

»Hey«, sagte sie.

»Selber hey. Bin gleich fertig.« Er zog das Tempo an. Selena sah gut aus, selbst in einer dunkelblauen Jogginghose. Nick beneidete sie um ihre athletische Anmut, die sie stets ausstrahlte. Sie beendete ihre Aufwärm-Übungen und kam dann zu ihm herüber. Eine Locke ihres rotblonden Haares fiel ihr in die Stirn. In ihren purpurnen Augen blitzte ein wenig der Schalk auf. Nick wurde langsamer, dann hielt er ganz an.

Sie sah zu ihm auf. »Lust, ein paar Tricks zu lernen? Die Kenntnisse ein wenig aufzufrischen?«

Nick bemerkte die Herausforderung in ihrem Tonfall. Er war nicht schlecht im unbewaffneten Nahkampf, aber Selena war um Klassen besser.

»Wenn du meinst, dass du es verkraftest.«

»Ich oder du?«

Nick überragte Selena um gute fünf Zentimeter und brachte wenigstens dreißig Kilogramm mehr auf die Waage. Doch nachdem sie ihn zum sechsten oder siebten Mal auf die Matte befördert hatte, kam ihm der Gedanke, dass er vielleicht ein wenig zu alt für diese Form der Auffrischung wurde. Von den Schlägen, die er einstecken musste, tat ihm schon alles weh.

»Okay, ich gebe auf. Das reicht.«

»Willst du nicht noch mal den Handgelenksgriff durchgehen?«

»Wenn ich noch weiter trainiere, habe ich bald keine Handgelenke für irgendwelche Griffe mehr.«

Sie lächelte. Ihre Mundwinkel kräuselten sich dabei. Ein schönes Lächeln. Sie nahm ein Handtuch und trocknete sich das Gesicht ab. Sie war kaum ins Schwitzen geraten.

»Du wirst immer besser. Einmal hättest du mich fast gehabt.« Das Telefon in ihrer Tasche signalisierte eine Nachricht. Sie lief zur Bank, kramte ihr Handy hervor und hörte die Nachricht ab. Nach einer Minute steckte sie es wieder in ihre Tasche zurück.

»Das war ein Freund von mir aus Georgetown, Kevin McCullough. Er will, dass ich ihm bei der Übersetzung von ein paar Keilschriften helfe.«

Selena hatte sich einen weltweiten Ruf als Expertin für alte Sprachen erworben. Es gab nicht viele Leute, die Beowulf auf Angelsächsisch zitieren konnten. Oder es wollten. Aber Selena war schließlich nicht wie die meisten anderen Leute.

»Hätte ich mir denken können, dass du auch Keilschriften lesen kannst. Irgendwelche interessanten Bücher von damals, die du mir empfehlen kannst?«

»Keine Bücher, aber gute Geschichten. Eigentlich genau dein Fall. Du würdest sie mögen, denn sie sind äußerst blutig und voller Mord und Totschlag.« Sie nahm ihre Tasche hoch. »Ich werde zu ihm fahren, nachdem ich geduscht habe. Kommst du mit?«

»In die Dusche?«

»Witzbold. Nein, nach Georgetown.«

»Klar. Harker wird uns schon anrufen, falls sie uns braucht.«

In Selenas Mercedes fuhren sie den Memorial Parkway hinunter, überquerten die Key Bridge nach Washington und begaben sich von dort aus zur Georgetown Universität. Den Wagen parkten sie in der Nähe der Healy Hall, wo Selenas Freund ein Büro besaß.

Die imposante Healy Hall sah wie ein Gebäude aus, das sich genauso auch in London hätte befinden können, in den glorreichen Tagen des Empires. Sie war riesig, fünf Stockwerke hoch und aus grauen Steinblöcken errichtet. Zwei hohe Türme schmückten den ehrwürdigen Bau, zusammen mit ein paar kleineren Mauertürmen. Lange Fensterreihen zierten die Fassade.

»Das nenne ich mal ein Bauwerk.« Carter sah zu dem Turm in der Mitte des Gebäudes auf. Wahrscheinlich gab es darin auch ein paar Glocken. »Quasimodo würde es hier sicher gefallen.«

»Beeindruckend, oder?«

»Die kleinen Türmchen verleihen ihm noch eine nette Note. Gibt ihm einen zeitgenössischen Look.«

McCulloughs Büro befand sich im vierten Stockwerk. Sobald sie das Büro betreten hatten, wusste Nick, dass hier irgendetwas nicht stimmte. Professor McCullough war Ende fünfzig, vielleicht auch Anfang sechzig. Er war ein kleiner Mann, etwa einen Meter fünfundsiebzig groß, mit lichtem rötlichem Haar und einem sanft wirkenden, blassen Gesicht. Er trug ein braunes Jackett aus feinster Wolle. Mit wässrigen Augen sah er sie durch seine Gleitsichtbrille hindurch an.

»Selena, danke, dass du kommen konntest.«

»Hallo Kevin. Das ist Nick Carter. Wir arbeiten zusammen.«

McCulloughs Hand fühlte sich unangenehm feucht an, als Nick sie schüttelte. Der Raum war bis oben hin vollgestopft und stickig. Ein großes Fenster zeigte zur Vorderseite des Gebäudes hinaus, doch es war geschlossen. Überall lagen Dokumente in Aktenordnern oder in Kisten. Ein Bücherregal, das bis zur Decke reichte, nahm eine der Wände ein und ächzte unter viel zu vielen Büchern. Der Raum roch nach Staub und trockenem Papier. Sich das Chaos hier auch nur ansehen zu müssen genügte schon, dass Nick die Augen wehtaten. McCullough deutete auf zwei abgenutzte Sessel.

»Bitte, setzt euch doch.«

Er selbst nahm in dem Stuhl hinter seinem Schreibtisch Platz und ordnete kurz seine Gedanken.

»Selena, die Polizei hat mich angerufen.« Er verschränkte seine Finger.

»Was ist denn los, Kevin?«

»Die Bilder, die du dir ansehen sollst, stammen von einem Freund, Jim Campbell. Er wurde vergangene Nacht ermordet, nachdem er mir diese Bilder geschickt hatte. Also, natürlich danach. Die Polizei rief daraufhin all seine Kollegen an.«

Selena und Nick tauschten einen Blick aus.

»Das tut mir leid, Kevin.«

»Jim war ein guter Freund von mir. Wir arbeiteten auf dem gleichen Gebiet.«

»Welches Fachgebiet ist das denn, Professor?« Nick kratzte sich am Ohr.

»Mikrobiologie. Ich habe mich auf Getreide-Viren spezialisiert. Jim war einer der führenden Autoritäten auf diesem Gebiet. Er war gerade dabei, eine Sammlung von Artefakten am Dartmouth College zu studieren.« Er schüttelte den Kopf. »Ich kann immer noch nicht fassen, dass ihn jemand umgebracht hat. Wieso sollte jemand so etwas tun?«

»Woran genau forschte er denn?«, fragte Selena.

»An Keilschrift-Tafeln, die im Irak gefunden worden sind. Er suchte nach Hinweisen für altertümliche Hungersnöte und Missernten. Einige von ihnen kosteten Hunderttausenden von Menschen das Leben. Jim arbeitete für das Zentrum für Krankheitskontrolle und Prävention in Atlanta. Er war wirklich ein brillanter Kopf. Er verbrachte mehrere Jahre damit, die alten Sprachen zu studieren, um direkt mit den alten Quellen arbeiten zu können.«

Selena nickte. »Das verstehe ich. Enthielten die Bilder denn eine bestimmte Nachricht?«

»Nun ja, in der Tat. Es ist sehr seltsam. Jim sagte mir, dass er etwas auf die Spur gekommen sei. Er meinte, ich solle die Inschriften übersetzen lassen, dabei aber sehr vorsichtig sein.«

»Wieso diese Warnung?«

»Ich habe keine Ahnung. Deshalb habe ich dich ja, gleich nachdem ich die Nachricht von der Polizei erhalten hatte, angerufen, um herauszufinden, was auf diesen Tafeln geschrieben steht.« McCullough wirkte aufgewühlt.

»Kann ich mir die Bilder einmal ansehen?«

»Ich habe sie für dich ausgedruckt.« McCullough wühlte sich durch einige Blätter auf seinem Schreibtisch und reichte ihr dann die Ausdrucke. Sie waren Schwarz-weiß und auf billigem Kopierpapier gedruckt. Nick warf einen Blick darauf. Die Schriftzeichen erinnerten ihn an gerade angeordnete Hühnerspuren.

Sie betrachtete die erste Seite. »Der Schriftstil stammt aus dem vierten Jahrhundert vor Christus.«

»Das würde sie in die Zeit der Eroberung des persischen Reiches durch Alexander einordnen.«

»Für eine akkurate Übersetzung werde ich etwas Zeit brauchen, aber sie sehen für mich wie Fragmente aus einem der großen Epen aus.« Sie nahm ein anderes Blatt zur Hand. »Dieser Teil hier ist allerdings anders. Er stammt aus Babylon, aus der Schatzkammer von Darius dem III.«

Mit ihren Fingern fuhr sie die Gravierungen ab. »Es handelt sich dabei um eine Art Buchführung oder eine Inventarliste. Darius besaß unglaubliche Reichtümer. Alexander bezahlte seine Truppen damit.«

»Was wäre das heute wert?« Nick war neugierig.

»Eine Menge.« Sie blätterte weiter. »Mal sehen … 100.000 Talent in Gold und Silber.«

»Was ist ein Talent?«

»So bestimmten sie damals den Wert ihrer Münzen. Nach Gewicht. Ein Talent sind etwa fünfundzwanzig Liter.«

Sie betrachtete eine andere Seite. »Wer immer diese Aufzeichnungen verfasst hat, ging dabei sehr detailliert zu Werke. Das hier ist wirklich interessant. Ein goldenes Gefäß oder eine Urne, zwei Ellen hoch, versiegelt, verziert mit der Gravur eines schwarzen Pferdes und einer Inschrift, die besagt, dass diese Urne Demeter Erinnys Fluch enthält.«

Nick öffnete den Mund, um etwas zu fragen, aber Selena kam ihm zuvor.

»Eine Elle ist etwas über einen Meter lang.«

»Das war es nicht, was ich wissen wollte. Wer ist Demeter?«

»Demeter ist die Göttin der Fruchtbarkeit und der Ernte.«

Sie war jetzt an der letzten Seite angelangt. »Ich muss diese Ausdrucke näher studieren, aber es hat den Anschein, als hätte Alexander die Urne von jemandem nach Griechenland bringen lassen, zusammen mit einigen Schätzen. Ich frage mich, ob davon noch etwas existiert.«

»Zweieinhalb Millionen Liter an Gold und Silber und dazu noch ein großer goldener Pott?« Nick sah sie an. »Wenn es diese Dinge noch irgendwo gibt und Campbell davon wusste, ist das bestimmt ein Grund, für den einige Leute töten würden.«

McCullough schien sich bei diesem Thema äußerst unwohl zu fühlen. Ein leises Klopfen an der Tür unterbrach sie. Ein Student öffnete die Tür.

»Entschuldigen Sie bitte, Professor, aber das hier wurde soeben für Sie abgegeben.« In seiner Hand hielt er eine Eilsendung.

»Danke, William.« McCullough nahm das Paket entgegen und stellte es zu dem Durcheinander auf seinem Schreibtisch.

»Selena, würdest du diese Kopien bitte mitnehmen und sie für mich übersetzen? Und es aufschreiben?«

»Es wäre mir eine Freude.« Sie schob die Ausdrucke in die Tasche ihres Jacketts. Dabei fiel McCullough die Glock in dem Holster unter ihrem maßgeschneiderten Jackett auf.

»Du trägst eine Waffe?« Die bloße Tatsache schien ihn zu schockieren.

»Ich bin jetzt so eine Art Bundesagentin, Kevin. Ich übersetze gewisse Dinge für die Regierung, und sie bestehen nun mal darauf, dass ich sie trage. Ich bin mir aber nicht sicher, was ich damit tun soll.«

Nick versuchte, ernst zu bleiben.

»Nun …«, begann McCullough und stand auf. »Ich muss mich jetzt für meine Nachmittagsvorlesung vorbereiten. Es war schön, dich wiedergesehen zu haben.«

»Ich sollte die Übersetzung in ein oder zwei Tagen fertig haben. Wir werden aber viel Kaffee brauchen.« Sie machte eine kurze Pause. »Kevin, ich denke, es wäre klug, wenn du diese Sache vorerst für dich behältst. Nick hat recht. Es könnte etwas damit zu tun haben, weshalb dein Freund ermordet wurde.«

»Ja, ich verstehe. Auf Wiedersehen, Mr. Carter.«

Als sie gingen, warf Nick noch einen letzten Blick zurück. McCullough wirkte wie benommen, schob die Unterlagen auf seinem Tisch planlos hin und her und suchte nach den Notizen für seine Vorlesung.

Gemeinsam traten sie jetzt aus der Healy Hall und blieben vor einem großen Springbrunnen stehen. Nach Tagen voller grauer Wolken und Nieselregen war der Himmel über ihnen endlich mal wieder klar und blau.

»Es schien McCullough nicht zu gefallen, dass ich erwähnt habe, dass jemand für diesen Schatz auch töten würde.«

»Er ist ein Akademiker, Nick.«

»Wie kriegt er bei dem Durcheinander da oben denn eigentlich überhaupt irgendetwas auf die Reihe?«

Selena wollte gerade etwas darauf antworten, als der Himmel über ihnen plötzlich mit einem Donnerschlag detonierte. Die Druckwelle warf sie zu Boden. Donner grollte über sie hinweg, auf den Potomac zu. Trümmer, Gesteinsbrocken, schwelendes Holz und Teile des Mauerwerks regneten auf den Rasen, den Parkplatz und die abgestellten Fahrzeuge hinunter. Ein Schwarm loser Blätter flatterte zu ihnen hinab.

»Grundgütiger.« Nick stand auf und half Selena auf die Beine. Ihre Knie waren zerschrammt und bluteten. Schreie und Rufe drangen aus dem Gebäude.

Ein großer Teil der Außenwand im vierten Stock fehlte plötzlich. Schwarzer Rauch quoll aus dem Loch. Dahinter, in der Finsternis, sah man gelbe und orangefarbene Flammen züngeln.

»Genau dort befindet sich Kevins Büro!«

»Jetzt nicht mehr.« Nick sog tief die Luft ein. »Riechst du das? Der typische Geruch von Semtex. Das Päckchen, das er gerade bekam, war eine Bombe.«

»Wieso?«

»Vielleicht wegen der Nachricht, von der er uns erzählt hat. Irgendjemand tötete seinen Freund, und nun haben sie auch ihn umgebracht. Was sollte sonst der Grund sein?«

Sie tastete nach ihrer Jackentasche und den Kopien darin. »Um ein Haar hätte es uns auch erwischt.«

»Ja, hat es aber nicht.«

Sie wirkte auf einmal untröstlich. »Nick, Kevin hatte eine Frau und drei erwachsene Kinder. Er war ein netter

Mann. Ich kann es nicht glauben. Was ist an diesen verdammten Tafeln denn bloß so wichtig, dass ihn jemand dafür umbringen würde?«

»Ich denke, das werden wir herausfinden, wenn du sie übersetzt hast. Das mit deinem Freund tut mir sehr leid.«

Selena sah zu den Rauchwolken hinauf, die aus dem vierten Stockwerk emporstiegen. Menschen strömten in Panik aus dem Gebäude. In der Ferne waren Sirenen zu hören.

»Was jetzt?«, fragte sie.

»Wir kehren zum PROJECT zurück, bevor die Cops hier eintrudeln.«

»Sollten wir ihnen denn nicht von dem Paket erzählen?«

»Die brauchen uns nicht, um das herauszufinden. Aber wir müssen uns dringend mit Harker unterhalten.«

Sie stiegen in Selenas Mercedes. Ein Mann in einem verbeulten weißen Pick-up, der zwei Reihen hinter ihnen parkte, sah ihnen hinterher. Er notierte sich die Zeit und griff dann nach seinem Handy.

Kapitel 3

PROJECT-Direktorin Elizabeth Harker war eine kleine Frau. Sie war stets in Schwarz und Weiß gekleidet. Heute trug sie einen komplett schwarzen Leinenanzug mit einem weißen Schal um ihren Hals. Ihr Anzug passte farblich zu ihrem rabenschwarzen Haar, das kunstfertig geschnitten war, um ihre feinen Gesichtszüge geschickt zu umrahmen. Ihre smaragdgrünen Augen waren groß und katzenartig. Sie besaß milchig-weiße Haut, kleine Ohren und eine schlanke Figur, was sie wie eine Elfe oder eine Fee aus einem Shakespeare-Drama wirken ließ. Ihr Aussehen war nicht selten der Grund dafür, dass besonders aufgeblasene Menschen sie hin und wieder übergehen wollten. Ein Fehler, den keiner ein zweites Mal beging, denn Harker war alles andere als eine gute Fee.

Harkers Schreibtisch war groß und aufgeräumt. Auf dem Tisch lag eine grüne Schreibtischunterlage mit ledernen Eckenschonern. Davor befanden sich ein antikes Tintenfass und ein silberner Füller, die einmal Franklin D. Roosevelt gehört hatten. Etwas abseits stand ein Foto der Twin-Towers vor dem elften September, in einem silbernen Rahmen. Eine Mahnung.

Stephanie Willits saß zwischen Nick und Selena. Sie besaß ein großes, attraktives Gesicht mit dunklen Augen. An diesem Morgen hatte sie sich für ein rotes Kleid, eine weiße Bluse und herabhängende goldene Ohrringe entscheiden. An ihrem linken Handgelenk funkelten drei goldene Armreifen. Steph war bei PROJECT für die Computertechnik zuständig. Sie sprach mit ihren Computern, als wären es ihre Familienmitglieder und brachte die riesigen CRAYS eine Etage tiefer dazu, Dinge zu tun, die niemand sonst für möglich hielt.

Nick wusste nicht genau, was es war, aber irgendetwas an ihr schien an diesem Tag verändert zu sein. Sie trug ihre Haare anders, aber das war es nicht. Sie wirkte irgendwie erleichterter, seit Elizabeth wieder zurückgekehrt war, aber auch das war es nicht. Vielmehr schien sie lebendiger und beinahe glücklich zu sein.

Harker spielte mit ihrem Füller herum. »Selena, halten Sie es für möglich, dass McCullough wegen der Nachricht seines Freundes umgebracht worden ist?«

»Für einen Zufall scheint mir das alles zu auffällig zu sein.«

»Ich frage mich, ob die Bombe nicht vielleicht eher Ihnen und Nick galt?«

Nick rieb sich die Wunde an seinem linken Ohr. Eine chinesische Kugel hatte ihn an jenem verhängnisvollen Tag das Ohrläppchen abgerissen, als er Selena das erste Mal getroffen hatte. Manchmal, wenn die Dinge zu sehr in die Hose zu gehen drohten, brannte sie wie Feuer. Dieses Mal verspürte er aber nur ein Jucken.

»Die war nicht für uns bestimmt. Niemand wusste, dass wir ihn besuchen würden. Außerdem gibt es einfachere Wege, uns auszuschalten, als dafür gleich eine ganze

Universität in die Luft zu jagen. Die Bombe bestand aus Semtex, und das bedeutet, dass wir es hier mit jemandem mit ernst zu nehmenden Ressourcen zu tun haben; einer Terrorgruppe vielleicht.«

»Sind Sie denn sicher, dass es Semtex war?«

»Ganz sicher.«

»Steph, versuchen Sie, herauszufinden, was die Polizei von New Hampshire über den Mord weiß.«

»Ich kümmere mich sofort darum.« Sie stand auf und verließ das Büro.

»Ich würde nicht darauf wetten, dass die örtlichen Polizisten viel herausbekommen haben«, sagte Nick. »Wer immer diese Bombe geschickt hat, wusste genau, was er tat. Wenn es die gleichen Leute waren, die auch Campbell auf dem Gewissen haben, werden sie keine Spuren hinterlassen haben.«

»Wieso sollte es jemand auf diese Männer abgesehen haben? Selena, ich brauche so schnell wie möglich eine vollständige Übersetzung der Kopien, die McCullough Ihnen gegeben hat.«

»Ich sollte heute noch damit fertig werden.«

Harker spielte mit ihrem Stift herum und legte ihn ab. Kurze Zeit später nahm sie ihn wieder zur Hand, tippte damit auf ihre Unterlage und dachte nach. Carter sah ihr dabei zu.

»Da es sich um einen Sprengstoffanschlag handelte, wird sich das Bureau garantiert für die ganze Sache interessieren.«

»Sollen wir mit ihnen zusammenarbeiten?«

»Nicht, wenn wir es verhindern können. Sie wissen ja, wie die sind. Die werden versuchen, alles zu kontrollieren. Sie sind gut in dem, was sie tun, das muss ich ihnen lassen. Wenn sie einen Anhaltspunkt finden, nehme ich den gerne auf, aber sie wissen nichts davon, dass Sie und Selena am Ort des Geschehens waren. Deshalb dürfte es für sie keinen Grund geben, anzunehmen, dass es sich um mehr als eine Routineuntersuchung handelt.«

Stephanie kehrte nun in das Büro zurück.

»Das ging ja schnell. Was haben Sie?«

»Ich habe direkt mit dem Polizeichef gesprochen. Es ist nur ein kleines Revier. Sie wissen nicht viel. McCulloughs Freund arbeitete für das CDC in Atlanta. Der Mörder schnitt Campbell ein Ohr ab, bevor er ihm die Kehle durchtrennte.«

»Dafür gibt es nur eine Erklärung.« Gedankenverloren tastete Carter nach seinem Ohr. Es befand sich noch immer an seinem Kopf.

»Folter. Sie haben versucht, etwas aus ihm herauszubekommen.«

»Bargeld und Kreditkarten befanden sich noch in seiner Brieftasche«, erklärte Stephanie und setzte sich. »Sein Laptop aber fehlt, und sein Telefon ebenfalls. Jemand brach kurz danach in die Bibliothek ein, in der Campbell arbeitete, und durchsuchte dort die Archive, zu denen nur ein beschränkter Zutritt besteht. Bis jetzt kann deshalb noch niemand sagen, ob dort etwas fehlt.«

»Gab es denn keine Nachtwächter vor Ort?«

»Nur einen. Er trinkt sich gern mal einen und war deshalb eingeschlafen.«

»Glück für ihn, sonst wäre er jetzt sicher auch tot.«

Harker dachte einen Moment lang nach. »Stephanie, besorgen Sie mir bitte eine Liste der Personen, mit denen Campbell zuvor telefoniert hat. Schauen wir doch einmal, ob er noch jemand anderen angerufen hat. Vielleicht hat er seine Nachricht ja auch an mehr als nur eine Person geschickt.«

Stephanie lief zu einer Computerkonsole an der Seite von Harkers Schreibtisch. Die Konsole war direkt mit den gewaltigen CRAY-Computern unter ihnen verbunden. Die CRAYS wiederum waren mit der Datenbank der NSA verknüpft. Die meisten Nachrichten, die auf digitalem Weg über ein Mobiltelefon verschickt wurden, waren irgendwo in dieser Datenbank zu finden. Mit Sicherheit aber alle Nachrichten, die im Inland versendet wurden. Campbells Anrufe würden sich deshalb garantiert dort aufspüren lassen. Steph tippte eine Reihe von Befehlen in die Konsole.

»Ich hab ihn. Mehrere Anrufe nach Atlanta in den Tagen vor seiner Ermordung. Zwei pro Tag an seine Privatnummer. Ein längeres Gespräch mit einem gewissen Arnold Weinstein bei der CDC, einen Tag vor seinem Tod, und zwei Anrufe in der Mordnacht. Einer an Kevin McCullough, ein anderer an Weinstein. Beide Nachrichten wurden zeitgleich verschickt, um 22:09 Uhr.«

Sie begann, weitere Befehle in die Tastatur einzugeben. »Sehen wir uns diesen Weinstein mal genauer an.«

Nick knetete sein Ohr. »Wir müssen uns persönlich mit ihm unterhalten.«

»Dafür werden Sie aber eine verdammt starke Verbindung brauchen.« Steph starrte auf ihren Monitor.

»Wie meinen Sie das?«

»Weinstein ist heute Morgen in seinen Wagen gestiegen, um zur Arbeit zu fahren. Als er den Zündschlüssel umdrehte, flog der Wagen in die Luft.«

»Eine Autobombe? Steph, können Sie die Nachricht von Campbell an Weinstein abrufen? Legen Sie sie auf die Lautsprecher.«

»Dauert nur eine Minute. Moment.« Sie warteten. »Jetzt.«

Campbells Stimme erklang. Eine Stimme aus dem Grab.

»Arnold? Ich bin es, James.«

»Jim. Genießt du das Wetter bei euch dort oben? Hier waren es heute angenehme fünfundzwanzig Grad.«

»Arnie, ich habe etwas entdeckt.« Campbell klang aufgeregt.

»Oh?«

»Ich habe Aufzeichnungen aus dem alten Persien erforscht und bin dabei auf etwas aus der Zeit Alexanders des Großen gestoßen. Damals gab es in Persien eine verheerende Missernte, kurz nachdem Xerxes der Erste aus Griechenland zurückkehrte. Die Hungersnot, die darauf folgte, hätte beinahe sein gesamtes Reich zu Fall gebracht. Diese Tafeln, die ich gefunden habe, enthalten womöglich einen Hinweis auf die Ursache dieser Missernte.«

»Gab es eine Dürre?«

»Das dachte ich zuerst auch, aber fehlendes Wasser war nicht das Problem. Ich denke, es handelte sich vielmehr um eine unbekannte Form von Fusarium Graminearum.«

»Ah. Das würde es erklären.«

»Es besteht die Möglichkeit, dass eine Probe der Fusarium-Sporen von damals überlebt hat.«

»Das ist nicht dein Ernst!« Weinstein klang erschrocken.

»Doch, ist es. Eine der Tafeln beschreibt ein versiegeltes Gefäß … eine goldene Urne. Angeblich enthält diese den Fluch einer Göttin.«

»Jetzt hör schon auf, Jim. Ein Fluch?«

»Natürlich kein Zauber, sondern etwas Reales. Xerxes brachte es um 490 vor Christus aus Griechenland mit. Ich glaube, es enthielt Sporen von infiziertem Getreide. Vielleicht war das sogar der Grund für die Hungersnot. Den Griechen ist es womöglich gelungen, die Ursache zu isolieren, ohne wirklich zu verstehen, wie das Ganze funktionierte. Sie haben es vielleicht als etwas angesehen, was sie gegen ihre Feinde verwenden könnten. Der Mythos um die Urne dreht sich um die Göttin der Ernte.«

»Du meinst Demeter?«

»Ja. Die Urne wurde in der königlichen Schatzkammer aufbewahrt. Dort befand sie sich auch noch, als Alexander Darius den III. bezwang.«

»Was geschah dann mit ihr?«

»Alexander schickte sie nach Griechenland zurück, zusammen mit den restlichen Reichtümern.«

»Und danach ist sie verschwunden.«

»Und wenn nicht? Was wäre, wenn wir sie finden könnten? Die Urne könnte genau das sein, wonach das Pentagon sucht, und wenn dem so ist, will ich nicht, dass sie in deren Hände fällt.«

Weinstein seufzte. »Jim, das ist keine abhörsichere Leitung.«

»Das interessiert mich einen Dreck. Ich habe mich nicht für dieses Fachgebiet entschieden, um eines Tages meine Forschung dafür zu benutzen, Menschen umzubringen.«

»Jim, bitte.«

»Wenn wir diese Urne finden können und sie sich als das entpuppt, wofür ich sie halte, finden wir womöglich einen Weg, das Fusarium ein für alle Male auszurotten. Denk doch nur mal darüber nach, Arnie! Neues genetisches Material, noch nicht verunreinigt. Wir haben noch nie mit etwas derart Altem arbeiten können.«

»Vielleicht unterscheidet es sich ja auch kaum von dem, was wir kennen.«

»Richtig. Aber wenn doch …«

»Und wie sollen wir diese Urne deiner Meinung nach finden? Wenn sie denn überhaupt existiert?«

»Ich denke, ich weiß wie, oder zumindest, wo wir mit der Suche beginnen können.«

»Wann kommst du zurück?«

»Morgen.«

»Sei vorsichtig, Jim.«

»Sie werden es nicht wagen, mir ein Haar zu krümmen, Arnie. Das gilt auch für dich. Sie brauchen uns. Wir sehen uns morgen.«

Der Anruf endete.

»Was ist dieses Fusarium Soundso?«, erkundigte sich Nick.

»Finden wir es heraus.« Stephs Finger flogen über die Tastatur. Ein Bild erschien daraufhin. »Es handelt sich dabei um eine Form von Getreidefäule. Hat in der Vergangenheit für einige Probleme gesorgt. Breitet sich rasch aus, lässt sich nur schwer aufhalten und zerstört Getreidesorten wie Weizen und Gerste. Es reproduziert sich über Sporen. Ziemlich fieses Zeug.«

Elizabeth studierte das Bild auf dem Monitor. Ein Weizenfeld, schwarz, verdorben und verfault war darauf zu sehen.

»Campbell und Weinstein arbeiteten an einem Projekt für das Pentagon, worüber Campbell nicht sonderlich glücklich war. Die beiden waren Virenforscher. Es muss sich also um eine Art Biowaffe gehandelt haben.« Sie lehnte sich in ihrem Sessel zurück. »Campbell schien allerdings nicht davon auszugehen, sich in echter Gefahr zu befinden.«

»Ich schätze mal, da lag er wohl falsch«, sagte Nick.

Kapitel 4

Zviad Gelashvili war gerade damit beschäftigt, eine lange Stahlklinge zu schärfen, die er normalerweise um seinen linken Unterschenkel geschnallt trug. Er hob sie ins Licht, inspizierte sie und fuhr dann damit fort, die Klinge weiter über den Schleifstein zu ziehen.

Er war ein großer Mann. Sein Kopf wurde langsam kahl, war aber fast immer unter der Arbeitermütze verborgen, die er trug, um die anderen Menschen in seiner Umgebung an seine bäuerlichen Wurzeln zu erinnern. Er sah aus wie ein bösartiges Ei und wurde deshalb oft nur *das Ei* genannt. Aber nicht nur wegen seines Aussehens, sondern weil er dazu neigte, jeden, der ihn belästigte oder ihm feindlich gesinnt war, in ein unappetitliches Omelett zu verwandeln.

Das dicke Fleisch in Zviads Gesicht war von Aknenarben und jovialer Bösartigkeit gezeichnet. Er besaß eine große Nase und schwarze Augen, die kalt schimmerten. Seine Lippen waren wulstig und bläulich gefärbt, sein Körper muskelbepackt. Die maßgeschneiderten Hemden, die er trug, fielen über einen wuchtigen Bauch, außerdem besaß er zwei so riesige Pobacken, dass er dafür eigens angefertigte Stühle brauchte. Seine Schuhe waren aus feinstem Leder, hergestellt von den exklusivsten Schuhmachern Londons.

Gelashvili war in der kriminellen Unterwelt Moskaus an die Macht gekommen, indem er seinem Idol und georgischen Landsmann Iosseb Bessarionis dse Dschughaschwili nacheiferte, besser bekannt als Stalin. Wenn Zviad Verrat witterte, musste jemand sterben. Wenn jemand daran scheiterte, einen bestimmten Auftrag auszuführen, musste er sterben. Bot ihm jemand die Stirn, musste er sterben. Es gab immer Mittel und Wege, die Motivation seiner Männer zu steigern.

Gelashvili war ein mächtiger und reicher Mann. Er kontrollierte einen großen Teil der Energielieferungen an Deutschland und Westeuropa. Er kontrollierte außerdem Politiker, Richter und Polizisten. Ihm gehörten Nachtklubs und Bordelle in Moskau, Kiew und St. Petersburg.

Etwas früher an diesem Tag hatte ihn ein Anruf eines Klienten erreicht, den er nur als anonyme Stimme am Telefon kannte. Sein Akzent klang amerikanisch und deshalb nannte ihn Zviad auch nur *den Amerikaner*. Hin und wieder heuerte er Zviad an, um jemanden umzubringen oder um an Industriegeheimnisse zu gelangen. Einmal hatte er ihm Pläne für eines der neuen Kampfflugzeuge besorgen sollen. Für Zviad war ein Auftrag wie der andere, solange er nur gut genug dafür bezahlt wurde, und der Amerikaner zahlte immer sehr gut.

Dieses Mal wollte der Klient, dass sich Zviad nach Griechenland begab, um dort eine Frau zu entführen und sie lebend an einen bestimmten Ort zu bringen, wo sie jemand anderes in seine Obhut nehmen würde. Per Fax bekam er ein Foto von ihr zugesandt. Das Honorar fiel überaus großzügig aus. Zviad entschied, seinen jüngeren Bruder damit zu betrauen. Bagrat war so skrupellos wie er selbst. Er würde tun, was nötig sein würde.

Gelashvili wohnte im Herzen der Stadt, direkt vor dem Gartenring und nahe des Gorky Parks. Von der Balkontür in seinem Arbeitszimmer aus konnte er mit bloßem Auge den Park überblicken. Seine Frau hatte sich eine Wohnung gewünscht, die zentral gelegen war. Er mochte es, wenn er Bedisa verwöhnen konnte. Sie belohnte ihn dafür nämlich immer mit sexuellen Improvisationen, welche die Unannehmlichkeiten ihrer bloßen Anwesenheit wieder wettmachten. Bislang hatte sie ihn leider nur mit zwei Töchtern enttäuscht. Nächstes Mal würde es hoffentlich ein Junge werden.

Der Klatsch und Tratsch, den Bedisa in den vornehmen Salons und Geschäften aufschnappte, die vornehmlich von den wohlhabenderen Frauen Moskaus frequentiert wurden, erwies sich oft als recht nützlich. Seine Frau war gerissen. Alles in allem also ein guter Tausch. Zviad hoffte, dass sie niemals etwas Indiskretes tun würde, denn es wäre eine Schande, wenn die Kinder ihre Mutter verlieren würden.

Kapitel 5

Das Hauptgebäude des russischen Auslandsgeheimdienstes, die *Sluschba wneschnei raswedki*, befand sich in einem Teil der Stadt, der sich stark von dem Viertel unterschied, in dem Zviad Gelashvili über den Grad der Nützlichkeit seiner Frau nachgrübelte. Gegenüber dem Hauptquartier des SVR gab es keinen Park. Man sah keinen Sinn darin, wieso Leute in der Nähe der Gebäude des Nachrichtendienstes herumlungern und Vögel füttern sollten.

Die SVR war das russische Äquivalent der CIA, operierte jedoch ohne die Restriktionen, die Langleys Einsätze oft behinderten. In ihr wurden die guten alten Traditionen der Spionage und Attentate im Ausland des KGB fortgeführt. Was die Staatssicherheit anging, hatte sich außer dem Namen und der Technologie in Russland kaum etwas verändert. So war es seit der Zeit der Zaren gewesen und so würde es auch weiterhin sein.

Die SVR bestand aus acht Abteilungen. Deputy Direktor Alexei Ivanovich Vysotsky leitete die Sektion S, zu der die Einsatzabteilung gehörte. Diese wiederum schloss eine spezielle Eingreiftruppe namens Zaslon ein. Offiziell existierte Zaslon allerdings nicht.

Alle Zaslon-Mitarbeiter waren Spetsnaz, die besten Kämpfer, die Russland zu bieten hatte. Jedes Mitglied von Zaslon war speziell für Auslandseinsätze trainiert und sprach mindestens drei Sprachen. Außerdem hatte sich jedes Mitglied mit herausragenden Leistungen in einer der verschiedenen geheimen Militäreinheiten gezeigt. Sie alle hatten im Gefecht ihren Mut unter Beweis gestellt. Ihre uneingeschränkte Loyalität galt der Rodina, ihrem Mutterland.

Zaslon fungierte als das Schwert des Mutterlandes. Kein Feind Russlands überlebte, wenn Zaslon nach ihnen ausgeschickt wurde.

Für die innere Sicherheit der Föderation sorgte der FSB, der *Federalnaja sluschba besopasnosti*, der im ehemaligen Hauptquartier des KGB auf dem Lubjanka, östlich des Roten Platzes, untergebracht war. Ein Punkt, der immer wieder für Spannungen zwischen der SVR und dem FSB sorgte, war der wachsende Einfluss krimineller Banden. Die Bandenchefs kontrollierten bereits viel zu viel von Russlands Vermögen. Dieses Vermögen wurde im Inland manipuliert, was es zu einem Problem für das FSB machte. Doch die Geschäfte dieser Banden erstreckten sich mittlerweile weit in die Welt hinaus. Bis nach Ost- und Westeuropa, sogar bis nach Amerika, und das machte sie auch zu Alexeis Problem.

Nicht selten schlugen selbst sorgfältigst geplante Operationen gegen diese Banden fehl, besonders dann, wenn sie Zviad Gelashvili betrafen. General Vysotsky vermutete eine undichte Stelle auf der Lubjanka. Gelashvili wurde langsam zu mächtig. Er war zu einer Gefahr für das Mutterland geworden. Deshalb war Alexei fest entschlossen, ihn zu Fall zu bringen.

Vysotsky war ein waschechter Patriot. Mit der neuen Regierung hatten die Dinge begonnen, sich zu ändern. Alexei hegte große Hoffnungen. Hoffnungen, dass Russland wiedergeboren werden würde, ohne dass korrupte Kriminelle die Zukunft gestalteten. Ein Russland, das von der Welt gleichermaßen respektiert und gefürchtet wurde.

Alexei war ein auf elegante, aber auch bedrohliche Weise gutaussehender Mann, aber er war nicht durch sein Aussehen zu dem geworden, was er heute war. Auch nicht durch seine Skrupellosigkeit – diese brachte sein Beruf einfach nur mit sich. Was ihn in seine jetzige Machtposition gebracht hatte, war sein Instinkt, ein echtes Gespür für die Gefahren, die dem Mutterland drohten.

In seiner Hand hielt er einen Bericht eines Agenten, der tief in der amerikanischen NSA eingebettet war. Der Bericht betraf den plötzlichen Tod dreier Wissenschaftler in Amerika. Während er ihn las, spürte er ein Kribbeln unter seiner Schädeldecke.

Rein oberflächlich betrachtet, schien es sich nicht um ein Sicherheitsrisiko zu handeln. Doch es kam ihm seltsam vor, dass alle drei Toten führende Wissenschaftler in der Erforschung von Viren gewesen waren. Der Bericht enthielt außerdem eine Übersetzung einiger Keilschrift-Tafeln und wies auf eine mögliche Verbindung zu den Schätzen Alexanders hin. Das Schreiben schloss mit der Vermutung, dass die Morde möglicherweise von Gier motiviert gewesen waren.

Keine unmittelbare Bedrohung, und doch spürte er dieses Kribbeln, ein warnendes Summen, irgendwo in seinem Kopf. Alexei hatte diesem Kribbeln immer Aufmerksamkeit geschenkt. Also entschied er sich dazu, dem Bericht nachzugehen.

Kapitel 6

Die Nachmittagssonne fiel auf eine Reihe von Hochglanzfotografien, die auf der L-förmigen Küchenanrichte in Nicks Apartment verteilt lagen. Sie zeigten eine neue luxuriöse, zum Verkauf stehende Eigentumswohnung in der Nähe des Dupont Circles und dem Convention Center in der Innenstadt von D.C. Ein Glas Cabernet stand ganz in Selenas Nähe. Nick goss sich gerade einen frischen irischen Whiskey ein. Sein dritter. Er hatte bereits einen kräftigen Brummschädel.

Selena deutete auf eine der Fotografien. »In dem Gebäude gibt es ein klasse Trainingszentrum und einen Pool auf dem Dach. Der Preis ist auch in Ordnung.«

Nick warf einen Blick auf den Kaufpreis, der diskret und ziemlich weit unten abgedruckt war. Siebenstellig, Finanzierung möglich. Drei Schlafzimmer, drei Bäder, eine gut ausgestattete Küche, ein Vorratsraum und ein riesiges Wohnzimmer. Von der Eigentumswohnung konnte man beinahe bis zu den Rockys hinüberblicken.

Wenn Selena sich dazu entschloss, sie zu kaufen, würde sie einfach einen Scheck ausfüllen. Das erinnerte Nick an die unüberwindbare finanzielle Lücke zwischen ihnen. Bis jetzt war das Thema zwar noch nicht oft zur Sprache gekommen, doch die wunderschön polierten Böden und der herrliche Ausblick auf den Bildern führten ihn seine kleinbürgerlichen Wurzeln nur allzu schmerzlich vor Augen.

»Ein Schnäppchen. Muss an der Wirtschaftsflaute liegen.«

Wenn Selena den ironischen Unterton in seiner Stimme bemerkt hatte, ließ sie es sich nicht anmerken.

»Jetzt, wo ich die ganze Zeit in D.C. bin, dachte ich, sollte ich mir etwas Dauerhaftes suchen. Die Zimmer im Mayflower sind zwar nett, aber das war immer nur als vorübergehende Lösung gedacht.«

»Was ist mit deiner Wohnung in San Francisco?«

»Oh, die behalte ich. Ich liebe sie. Ich werde vielleicht ein paar Kunstwerke mitnehmen und sie dann vermieten. Ich kenne da jemanden, der das für mich übernehmen würde. Im Moment brauche ich sie nicht, aber ich will sie auch nicht ganz hergeben.«

Einige der Kunstwerke, auf die sie sich bezog, waren unbezahlbar. Eines der Gemälde war ein Original von Paul Klee. Nick schätzte, dass es in Washington genauso gut aussehen würde wie in San Francisco. Er mochte Paul Klee. Sein Blick wanderte zu seinem Nachdruck eines Gemäldes von Klee, der über seiner Couch hing. Dieses hatte ihn jedoch nur neunundneunzig Dollar und fünfundneunzig Cent gekostet. Plus Versand.

»Ich denke, sie ist toll. Mir gefällt der Pool auf dem Dach.«

Selena griff nach ihrem Glas und nippte daran. Über den Rand hinweg betrachtete sie ihn. »Wir könnten auch zusammen dort leben.«

»Was stimmt denn nicht damit, wie es jetzt ist?«

»Wir verbringen viel zu viel Zeit damit, zwischen unseren Wohnungen hin und her zu fahren. Wieso die ganze Sache nicht vereinfachen? Das Apartment ist wundervoll. Es liegt zentral, verfügt über eine gute Sicherheitstechnik und besitzt eine private Garage. Ich kriege sogar zwei Parkplätze.«

Nick betrachtete die Aussicht auf einem der Fotos. »Es ist wirklich toll. Du solltest es kaufen, wenn es das ist, was du willst.«

»Du willst nicht bei mir einziehen.« Das war keine Frage. Er konnte die Enttäuschung in ihrer Stimme deutlich heraushören.

»Das ist es nicht.«

»Was dann?«

Er drehte sich zu ihr. »Es wird die Dinge zwischen uns verändern und es wird trotzdem immer deine Wohnung bleiben.«

»Es wird *unsere* Wohnung werden. Wir können sie doch dazu machen.«

Mit zwei Katzen auf dem Rasen, dachte er. Megans Geist. Aber Megan lebte nicht mehr. *Wieso sträubte er sich nur so sehr dagegen?*

»Ich habe meine Gewohnheiten und du hast deine. Glaubst du wirklich, wir könnten zusammenleben, ohne es zu vermasseln?«

»Wenn wir es gar nicht erst versuchen, werden wir es niemals herausfinden.«

Nick starrte aus dem Fenster. Seine Aussicht hier war auch nicht so übel. »Es sind nicht nur unsere Marotten.«

Sie wartete.

»Du weißt doch, womit wir unser Geld verdienen. Gottverdammt, Selena, ich habe Angst, dass man dich eines Tages umbringen wird. So wie Megan. Ich kann das nicht noch einmal durchmachen.«

»Ich bin aber nicht Megan.«

»Nein, das bist du nicht.« Er geriet ins Stocken und versuchte es noch einmal. »Als die Bombe hochging, dachte ich nur, dass ich dir nie gesagt habe, was ich für dich empfinde.«

Sie musste ihn nicht fragen, welche Bombe er meinte. Vielmehr interessierte sie, was er damit sagen wollte. Aber sie schwieg.

Gottverdammt, wieso war es so schwer, mit allem herauszurücken? Wovor hatte er eigentlich solche Angst? Weil sich die Dinge ändern würden, wenn er die Worte sagte.

Seine Hand umklammerte das Glas. Hinter seinem linken Auge pulsierte ein dumpfer Schmerz.

Zur Hölle damit.

»Ich liebe dich, Selena! Seit Megan habe ich das zu niemandem mehr gesagt.«

Sie erstarrte, mit ihrem Weinglas auf halbem Wege zu ihrem Mund. Seine Worte waren wie ein Stromschlag, der durch ihren Körper fuhr. Sie hatte sich bereits damit abgefunden, dass er es niemals aussprechen würde, und nun hatte er es einfach getan.

»Brauchte es echt eine Bombe, um mir das sagen zu können? Du hast es mir nicht sagen können, weil du Angst hattest, dass ich sterben könnte?«

»Ja.«

Selena stellte ihr Glas auf den Küchentresen. »Das ist so ziemlich das Dümmste, was ich je von dir gehört habe. Was ist, wenn du getötet wirst? Was glaubst du, wie ich mich dann fühlen würde?« Sie atmete tief ein. »Wenn wir uns lieben, sollten wir zusammenleben.«

»Dann liebst du mich also auch?«

»Nick, manchmal bist du wirklich schwer von Begriff.«

Sie streckte die Hände nach ihm aus und küsste ihn. Ein langer, inniger Kuss. »Kapierst du es jetzt? Ja, natürlich liebe ich dich.«

Nach einer Weile wich sie ein wenig von ihm zurück. Ihre Gedanken hatten sich überschlagen.

»Also, was ist mit der Wohnung?« Sie deutete auf die auf dem Tresen ausgebreiteten Fotografien.

Nick warf noch einmal einen Blick darauf. Ihm schossen gerade viel zu viele Gedanken durch den Kopf. »Sie ist teuer.«

Ihr Onkel war ein sehr wohlhabender Mann gewesen und hatte ihr eine Menge vererbt. Nick hatte sie nie danach gefragt und sie hatte nie darüber gesprochen. Bis jetzt.

»Ich kann sie mir leisten. Etwas von dem Geld, das mein Onkel mir vermacht hat, ist mit der Wirtschaftsflaute über den Jordan gegangen. Ein Teil wird noch von den Gerichten zurückgehalten. Die Chinesen sind etwas schwierig, was seine Investitionen bei ihnen anbelangt, aber der Rest ist hier angelegt. Die Hälfte davon geht an wohltätige Zwecke und von der anderen Hälfte lebe ich. Es ist immer noch genug da.«

»Es fühlt sich aber einfach nicht richtig an. Ich sollte meinen Anteil daran auch bezahlen.«

»Heißt das, du möchtest es nicht tun? Mit mir zusammenziehen?«

Nick spürte, wie sich bei ihm Kopfschmerzen ankündigten. Vielleicht musste er es wirklich darauf ankommen lassen, ob es funktionieren würde oder nicht.

»Ich bin mir nicht sicher. Lass mich eine Weile darüber nachdenken.«

»Du musst ja nicht gleich so enthusiastisch werden.«

Er stellte sein Glas ab und legte ihr seine Arme um die Taille. »Ich kann ziemlich enthusiastisch sein.«

Ihr Kuss schmeckte nach Wein. Ein paar Minuten später waren sie bereits im Schlafzimmer. Sie ließen die Kleider auf den Boden und sich aufs Bett fallen. Er küsste sie, zog sie fest an sich, spürte ihre Wärme, ihren Herzschlag und ihre Brüste unter seinem Kinn. Mit seinen Fingern strich er durch ihre Haare und dann über ihren Körper. Sie packte seine Pobacken und drückte fest zu.

»Nett«, flüsterte sie, ihr warmer Atem in seinem Ohr. Dann drang er in sie ein.

Sie ließen sich Zeit. Irgendwie fühlte es sich dieses Mal anders an, mit ihr zu schlafen. Vielleicht lag das an den Worten, die er endlich ausgesprochen hatte.

Kapitel 7

Elizabeth Harker dachte über die Folgen der Morde nach. Die Tötungen waren binnen vierundzwanzig Stunden erfolgt. Nur eine straff organisierte Gruppe wäre zu so etwas fähig gewesen.

Das gesamte Team mit Ausnahme von Lamont Cameron hatte sich nun in ihrem Büro versammelt. Lamont weilte noch in Bethesda und unterzog sich einer letzten Untersuchung seines Armes, der vor einigen Monaten in Khartoum von einer Kugel zertrümmert worden war.

Ronnie Pete war gerade nach einer Woche Aufenthalt im Reservat der Navajo zurückgekehrt. Er trug eines der hawaiianischen T-Shirts aus seiner Sammlung. Dieses war schwarz und mit unzähligen weißen Blüten des Tempelbaums bedruckt. Geradezu dezent, für Ronnies Verhältnisse.

Ronnies Haut besaß eine hellbraune Färbung, mit einer Spur von Rot darin. Seine Augen waren braun und mit ihnen konnte er im gleißenden Licht der Wüste einen Hasen ausmachen, wo andere nur Steine und Kakteen sahen. Seine Fähigkeiten im Fährtenlesen galten bei den Marine Recon als legendär. Seine große Nase hätte auch eine Büste aus dem alten Rom zieren können. Ronnie war breitschultrig, mit schmalen Hüften, und schien mit seinen einhundertachtzig Pfund nur aus Sehnen und steinharten Muskeln zu bestehen.

Elizabeth griff nach ihrem Füllhalter.

»Selena, wie geht es mit der Übersetzung voran?«

Selena trug ein eng geschneidertes Outfit aus einem grünlichen Material, welches leicht schimmerte, wenn sie sich bewegte. Ihre Garderobe wirkte bequem. Harker fragte sich, wie sie das immer wieder hinbekam. Manchmal verspürte sie tatsächlich einen Anflug von Neid. *Niemand sollte so gut aussehen dürfen,* dachte sie. *Ich wette, dafür kann sie nicht kochen.*

»Sie ist fertig.«

»Und?«

»Ein Teil davon ist eine Auflistung der Schätze von Darius dem III. Darin werden Gold- und Silbermünzen erwähnt, goldene Statuen und die besagte goldene Urne. Diese Urne soll angeblich den Fluch der griechischen Göttin Demeter in all seinem Zorn enthalten. Alexander wies einen Mann namens Aetolikos an, den Schatz zurück nach Griechenland und die Urne an ihren Platz in Demeters Tempel zu bringen. Als Belohnung erhielt er dafür einen Teil des Schatzes.«

»Nette Bezahlung, wenn man sie denn wirklich bekommt. Ein Teil des größten Schatzes der Menschheitsgeschichte. Was hat es mit dem Fluch der Demeter auf sich?«

»Darauf wird in einem anderen Teil eingegangen. Es ist ein Fragment aus einem langen Epos aus dieser Zeit, eine Variation von Persephones Reise in die Unterwelt.«

»Einen Moment«, unterbrach sie Nick. »Wer ist Persephone?«

Nick trug ein leichtes graues Sportsakko, ein dunkelblaues Hemd und eine schwarze Hose. Keine Krawatte. Lässige Kleidung. Dabei wirkte er allerdings alles andere als lässig oder entspannt. Er sah eher so aus, als stünde er mehr unter Spannung als eine Stahlfeder, aber so sah er immer aus. An seinen Bewegungen konnte Elizabeth erkennen, dass ihm sein Rücken wieder Probleme bereitete. Seit seinem Absprung über Tibet meldeten sich die Schmerzen immer wieder in unregelmäßigen Abständen.

»Persephone ist die Göttin der Toten, die Tochter Demeters. Sie wurde von Hades entführt und vergewaltigt, dem König der Unterwelt. Manchmal wird sie mit Sexualität und Krieg in Verbindung gebracht. Das schwarze Pferd auf der Urne war eines ihrer Symbole. Das englische Wort Nightmare hat darin seinen Ursprung.«

»Sex und Krieg, das passt ja. Hat ja beides irgendwie miteinander zu tun.«

»Du bist echt ein hoffnungsloser Fall.« Selena schüttelte den Kopf. »Die Vergewaltigung zog einige schlimme Konsequenzen nach sich.«

»Konsequenzen?«

»Demeter ist die Göttin der Fruchtbarkeit und der Ernte. Als sie herausfand, dass Hades ihre Tochter entführt hat, geriet sie in Raserei. Sie machte von ihrer dunklen Seite als Demeter Erinnys Gebrauch und sorgte dafür, dass sich nichts mehr fortpflanzen konnte. Die Ernten gingen ein. Es gab Hungersnöte und Krankheiten. Es wurden keine Kinder mehr geboren. Alle Tiere waren plötzlich steril.

Nichts wuchs oder gedieh mehr, bis Persephone freigelassen wurde. Das ist so eine Sache, die fast alle griechischen Götter und Göttinnen gemeinsam haben: Man sollte ihnen besser nicht ans Bein pinkeln.«

Eines der vielen Dinge, die Nick an Selena mochte, war ihre derbe Ausdrucksweise – etwas, das man angesichts ihrer Herkunft nicht erwarten würde.

»Und das ist der Fluch?«

»Ja. Sie schloss mit Zeus einen Handel ab. Als Gegenleistung für Persephones Freiheit brachte sie die Dinge wieder ins Lot und versprach, es nie wieder zu tun. Das Übliche eben. Aber in dieser Version hier ging sie auf Nummer sicher. Sie verbarg ihre Macht, alles Wachstum aufzuhalten, für den Fall der Fälle.«

»Ich wette, ich weiß auch, wo«, warf Ronnie ein.

Selena wartete.

»In einer goldenen Urne.«

»Das ist richtig.«

Harker nahm den silbernen Füller auf, der einmal Roosevelt gehört hatte, und begann damit auf ihre Unterlage zu tippen. Währenddessen dachte sie nach.

»Hin und wieder gibt es für diese Geschichten eine historische Grundlage, etwas Reales. Ich frage mich, ob das bei dieser Sache auch so ist.«

»Campbell zumindest glaubte daran«, meinte Nick.

»Campbell, Weinstein und McCullough hatten alle zwei Dinge gemeinsam. Sie kannten die Geschichte aus den Tafeln und sie waren Experten im selben Fachgebiet.

Außerdem besaßen Campbell und Weinstein eine recht hohe Sicherheitsfreigabe.«

»Wieso sollten sie diese brauchen?«, wunderte sich Selena.

»Sie arbeiteten an einem Geheimprojekt für das Pentagon«, antwortete Elizabeth. »Es wäre nicht das erste Mal, dass das CDC an einem Biowaffen-Programm beteiligt wäre.«

»Die Griechen setzten bereits biologische Kriegsführung ein. Sie warfen tote Pestopfer über die Mauern belagerter Städte oder katapultierten Giftschlangen auf feindliche Schiffe. Nicht selten vergifteten sie auch die Wasserversorgung durch tote Tiere.«

»Scheint so, als wäre alles schon einmal da gewesen, nicht wahr?« Harker rollte ihren Füller auf dem Tisch hin und her. »Campbell hielt die Urne für wichtig. Aber wir wissen nicht, was aus ihr geworden ist.«

»Wir wissen zumindest, dass Alexander sie Aetolikos anvertraut hat«, erklärte Selena. »Ich habe recherchiert. Wie sich herausstellte, war er ein Cousin Alexanders, einer seiner Feldherren. Also gehörte er zur Familie.«

»Konnten Sie herausfinden, wohin er die Urne gebracht hat?«

»Er transportierte die Schätze bis nach Pella und reiste dann nach Hause, nach Dion. Danach gibt es keine weiteren Aufzeichnungen mehr über ihn. Dion lag in Mazedonien, und dort gab es einen großen Tempel, der Demeter gewidmet war. Die Stadt wurde verwüstet, als die Perser einmarschierten. Xerxes könnte die Urne dort gefunden haben.«

»Sie glauben also, Alexanders Cousin nahm die Urne nach Dion mit?«

»Das würde zumindest Sinn ergeben. Für ihn wäre es nur logisch gewesen, etwas aus dem Besitz der Göttin wieder an seinen rechtmäßigen Platz zurückzubringen.«

»Aber es scheint mir unwahrscheinlich sie heute noch aufzuspüren zu können«, sagte Nick.

Selena zuckte mit den Achseln. »Die Stadt gibt es aber noch.«

»Wir müssen versuchen, herauszufinden, was aus dieser Urne geworden ist.« Harker wandte sich an Selena. »Wie ist denn Ihr Griechisch?«

Kapitel 8

Das Hotelbett war extrem unbequem. Der Raum war stickig, die roten Vorhänge an den Fenstern dunkel und schwer. Der dichte Smog in Athen ließ ihre Augen tränen. Deshalb war sie froh, als ihr Flugzeug endlich abhob und sie die Stadt wieder hinter sich lassen konnte.

Dion lag weit im Norden von Athen, am Fuße des Olymps. Der nächste Flughafen befand sich in Thessaloniki. Dort mietete sich Selena ein Auto und legte damit die restlichen siebzig Kilometer bis zu ihrem nächsten Hotel zurück. Die Rezeptionistin war überaus zuvorkommend. Gäste gab es jedoch nur wenige, selbst in diesem Fünf-Sterne-Resort. Der traumhafte Strand direkt vor ihrem Hotelfenster war beinahe menschenleer. Ein junger Mann führte dort gerade seinen Hund spazieren. Ein junges Paar schmiegte sich unter einer Decke aneinander, um sich gegen die beständige Brise zu schützen, die aus der Ägäis heranwehte.

Ihr erster Solo-Auftrag. *Du bist nicht mehr in Kansas*, dachte sie. *Jetzt bist du auf dich allein gestellt.* Es fühlte sich gut an, aber auch ein wenig unheimlich, so ganz ohne ihr Team zu sein.

Sie war nicht bewaffnet. Dies war schließlich nur eine Forschungsreise, die sich nicht von anderen Reisen in ihrer Vergangenheit unterschied, um gewisse Sprachen oder Kulturen zu studieren. Sie rechnete zwar nicht mit Schwierigkeiten, aber ihr hallten dennoch Nicks Worte durch den Kopf.

Begehe nie den Fehler, dich vom ersten Anschein leiten zu lassen. Halte immer nach dem trügerischen Wort, dem versteckten Messer oder der Pistole Ausschau. Vertraue niemandem.

Vertraue niemandem!

Dieser Gedanke war für sie nicht neu. Sie hatte lange gebraucht, wieder Vertrauen fassen zu können, nachdem ihre Eltern und ihr Bruder gestorben waren. Damals war sie erst zehn Jahre alt gewesen. Danach war sie zu einer attraktiven Frau herangewachsen und hatte gelernt, den Männern nicht zu vertrauen. Den meisten traute sie noch immer nicht. Nick bildete da eine seltene Ausnahme. Ihm hätte sie sogar ihr Leben anvertraut, das wäre kein Problem gewesen. Ihm ihr Herz zu schenken war hingegen eine ganz andere Sache. Er hatte ihr gesagt, dass er sie liebte. Sie wusste, dass er es ernst meinte, auf seine Art, aber das bedeutete noch lange nicht, dass sie ihn auch für vertrauenswürdig hielt. Es gab eine Menge unterschiedlicher Ebenen des Vertrauens. Sie schob ihre verwirrenden Gedanken nun beiseite und dachte stattdessen über ihre Mission nach.

Aetolikos war vor langer Zeit nach Hause zurückgekehrt. Er war mit Alexander verwandt gewesen und von hohem Rang. Womöglich hatten Ausgrabungen in dieser Gegend etwas über ihn zutage befördert. Das archäologische Museum von Dion war daher wahrscheinlich der beste Ort, um mit ihren Nachforschungen zu beginnen. Wenn das erfolglos blieb, würde sie sich mal in dem Dorf umhören. Vielleicht gab es ja Geschichten, die mündlich überliefert worden waren.

Das Hotelrestaurant duftete nach dem Meer. Es war groß und beinahe leer. Sie bestellte sich gefüllte Weinblätter, einen Salat, eine Flasche Mineralwasser und etwas Brot und Öl. Ein Mann mittleren Alters an einem Ecktisch trank Kaffee und blätterte in der Tageszeitung. Vier ältere Paare, die sich wahrscheinlich auf einer Rundreise befanden, saßen an den Fenstern, wirkten aber gelangweilt.

Zwei Männer in gerade geschnittenen dunklen Anzügen kamen jetzt herein und setzten sich. Sie blickten kurz in ihre Richtung, ignorierten sie dann aber. In gestelztem Englisch bestellen sie sich etwas zu Mittag, zusammen mit einer Flasche Retsina, einem starken griechischem Getränk, das ihrer Meinung nach wie Terpentin schmeckte. Dann begannen sie, geschäftliche Dinge zu bereden. Es dauerte einen Moment, bis sie die Sprache als Georgisch erkannte. Selena konnte sich darin zwar nicht verständigen, verstand aber die Grundlagen. Den Wortfetzen, die sie aufschnappen konnte, entnahm sie, dass sich die Männer über den Import von Oliven unterhielten. Vielleicht wollten sie diese aber auch verkaufen, da war sie sich nicht hundertprozentig sicher.

Selena blendete sie aus, aß langsam ihre Mahlzeit und dachte dabei an Nick und daran, wie es sich wohl anfühlen würde, mit ihm zusammenzuleben. Vielleicht war es ja doch besser, die Dinge so zu belassen, wie sie waren. Dann beendete sie ihr Mittagessen, unterschrieb die Rechnung und lief an dem Tisch mit den beiden Männern vorbei. Ihre Blicke folgten ihr bis aus dem Restaurant hinaus.

Es war Samstag, nach Mittag, und an den Samstagen der Wintermonate schloss das Museum bereits um 14:30 Uhr. Also beschloss sie, ihm jetzt sofort einen Besuch abzustatten. Am Schalter ihres Hotels ließ sie sich die genaue Adresse geben.

Der Tag war wunderschön und kühl, mit einem strahlend blauen Himmel und mit einem kristallklaren Sonnenlicht, das sie bisher nur in Griechenland erlebt hatte. Für Selena war dies eines der schönsten und interessantesten Länder der Welt, und über allem thronte der schneebedeckte Gipfel des Olymps.

Der Olymp, Wohnort der Götter. Sie fragte sich, was die Götter wohl von dem modernen Griechenland halten würden, das in einem Meer aus opportunistischer Korruption und riesigen Schuldenbergen langsam unterging. Selbst Odysseus hätte dieses Gewässer nicht unbeschadet überqueren können.

Das Museum war ein moderner, zweistöckiger Bau. Sie bezahlte einen moderaten Eintrittspreis und begann dann mit ihrer Suche. Das erste Stockwerk war den Artefakten und Skulpturen gewidmet worden. Sie sah eine schöne Statue von Dionysius, dem Gott des Weines. Einen Schaukasten, in dem Münzen und Relikte früher christlicher und römischer Ansiedlungen in dieser Gegend ausgestellt waren. Interessant, aber nichts, was ihr hätte nützlich sein können. Sie ging nach oben.

Das bedeutendste Exponat in diesem Stockwerk war eine hydraulische Wasserorgel, über zweitausend Jahre alt. Sie fragte sich, wie die Musik wohl geklungen haben mochte. Der Rest der Ausstellung beschäftigte sich mit dem Leben im altertümlichen Dion. Werkzeuge, Tonwaren, ein Spielzeugpferd für Kinder, kleinere Statuen der Götter und vieles mehr waren in Vitrinen ausgestellt, die die Wände säumten, oder wurden einzeln auf Sockeln präsentiert.

Dann betrat Selena eine weitere Sektion. Das Herzstück dieses Abschnittes bildete der Abguss des Deckels einer Grabstätte. Perfekt erhalten, von der Witterung und der Zeit unangetastet. Ein junges und gut aussehendes Gesicht war als Basisrelief in den Deckel gearbeitet worden, behelmt und stolz, die Lippen voll und sinnlich. Selbst in dem kalten Weiß des Gipsabdruckes war das Gesicht noch erstaunlich und wunderschön, perfekt proportioniert, so als könnten sich die Lippen jeden Moment öffnen und zu sprechen beginnen. Selena betrachtete die Inschrift, die in den Deckel eingraviert worden war, und übersetzte sie in Gedanken.

Aetolikos
Sicher in Elysium

Kapitel 9

»Sie haben also sein Grabmal gefunden?«

Harker legte Selena auf die Lautsprecher. Nick und Stephanie hörten zu.

»Leider nicht seine Gruft, aber einen Abdruck seines Sarges. Das Grabmal wurde erst im letzten Herbst entdeckt. Der leitende Archäologe ließ die Fundstätte versiegeln und stoppte die Ausgrabungen während der Winterregen, aber er wird sehr bald an dem Fundort weiterarbeiten.«

»Wie haben Sie das denn herausgefunden?«

»Ich habe mich bei einem Kaffee mit dem Kurator des Museums unterhalten. Er war überglücklich, jemandem zu begegnen, mit dem er sich mal angeregt und begeistert über das Grabmal unterhalten konnte. Die Gruft wurde in einen Berghang getrieben und verfügt über mehrere Räume. Ihre Nähe zu Alexander macht sie zu einer Ausgrabungsstätte von sehr hoher Priorität. Es könnte sich also tatsächlich noch mehr dort befinden.«

»Schaffen Sie es, hineinzugelangen?«

»Das weiß ich noch nicht. Ich habe ein paar Namen und den Ort, an dem sie sich befindet. Aber vor Montag wird wohl nichts passieren.«

»Wie sieht denn Ihr Plan aus?«

»Ich werde hinfahren, mich vorstellen und meine Qualifikationen vorweisen, dem Chefarchäologen Honig ums

Maul schmieren und ihm eine entsprechende Publicity in Aussicht stellen. Jeder möchte doch gern eine angemessene akademische Beachtung finden. Ich werde ihm sagen, dass ich es zu schätzen wüsste, wenn er mir eine Führung geben könnte. Ich denke, er wird anbeißen.«

»Und dann?«

»Wenn ich etwas finde, werde ich es genauer untersuchen.«

Harker nahm ihren Federhalter zur Hand und ließ ihn zwischen ihren Fingern kreisen. Nick wartete nur darauf, dass sie gleich wieder mit dem Tippen beginnen würde, und seufzte innerlich erleichtert auf, als sie ihn wieder ablegte.

»Hat sonst noch jemand Interesse bekundet?«

»Nicht, dass ich es bemerkt hätte.« Die Verbindung knisterte von atmosphärischen Störungen. »Der Ort gleicht einer Geisterstadt. Hier halten sich nur sehr wenige Besucher auf. Die paar, denen ich begegnet bin, wirkten unauffällig auf mich. Zwei Geschäftsleute aus Georgien. Ein Paar in den Flitterwochen und ein paar ältere Semester.«

»Was haben denn georgische Geschäftsleute in Dion verloren?«, fragte Nick. Sein Ohr begann plötzlich zu jucken.

»Ich habe ihnen nicht viel Aufmerksamkeit geschenkt. Sie unterhielten sich beim Mittagessen darüber, Oliven nach Russland zu exportieren.«

Jemand klopfte jetzt an ihre Tür.

»Entschuldigt mich kurz, ja?«

»Zimmerservice«, ließ sich undeutlich eine Stimme vernehmen.

Mit dem Handy in der Hand lief sie zur Tür. »Der Zimmerservice. Ich habe doch gar nichts bestellt. Bleibt mal dran.«

Sie wollte gerade die Tür öffnen, doch diese schlug ihr bereits entgegen und warf sie in ihr Zimmer zurück. Das Telefon flog ihr aus der Hand. Die beiden Männer, die sie in dem Restaurant gesehen hatte, kamen nun ins Zimmer gestürmt.

Zwanzig Jahre Martial-Arts-Training machten sich nun bezahlt. Meister Kim hatte in seiner jungen Schülerin schnell Potenzial gesehen und ihr nebenher ein paar Spezialstunden gegeben. Über die Jahre hinweg hatte er ihr so den etwas gefährlicheren Teil dieser Kampfkunst gelehrt.

Sie landete auf dem Rücken, als die Männer hereinplatzten, doch Selena nutzte die Bewegung für einen Rückwärtssalto und landete sofort wieder auf den Füßen. Sie sprang zur Seite, um zu einem der Männer zu gelangen, der auf sie losging, packte sein Jackett mit beiden Händen und warf ihn über ihre Hüfte. Sein Schwung ließ ihn gegen die Wand am anderen Ende des Zimmers krachen. Dann war der zweite Mann bei ihr und schlang seine Arme um sie. Sie wusste es besser, um zu versuchen, sich mit reiner Körperkraft aus diesem Griff herauszuwinden. Stattdessen spuckte sie ihm ins Gesicht. Er zuckte reflexartig zurück. Mit aller Kraft, die sie aufbringen konnte, verpasste sie ihm einen Kopfstoß. Damit hatte er nicht gerechnet und er lockerte seinen Griff.

Das genügte. Sie drehte sich um, packte mit ihrer Linken seine rechte Hand mit einem Klammergriff und drehte sie mit aller Kraft herum. Die Bewegung jagte einen urplötzlichen, überwältigenden Schmerz durch seinen Arm. Für einen kurzen Moment raubte es ihm die Fähigkeit, klar denken zu können, und mehr brauchte sie nicht. Mit ihrer anderen Hand trieb sie von unten seinen Ellenbogen nach oben. Der Schlag verursachte ein hässliches Geräusch, wie ein nasser Zweig, der brach. Er schrie vor Schmerzen auf. Sie trat ein paar Schritte von ihm zurück, trat ihm mit ausgestrecktem Bein in die Weichteile und zertrümmerte dabei seine Testikel. Er schrie noch einmal und fiel dann zu Boden.

Der andere Mann trug eine Waffe bei sich, eine riesige Automatik. Sie wirbelte herum und trat sie ihm mit einem hoch angesetzten Tritt aus der Hand. Dann ließ sie einen Schlag gegen seinen Solarplexus folgen, anschließend einen Schlag gegen seine Kehle und schließlich einen tödlichen Fausthieb gegen seinen Brustkorb. Der Mann brach ebenfalls zusammen. Sein Gesicht lief purpurrot an, als er starb.

Der erste Angreifer stöhnte schmerzerfüllt auf und presste sich die Linke auf seine Leistengegend. Sein rechter Arm stand in einem seltsamen Winkel ab. Selena lief zu ihm. Sie fühlte nichts und ihre Gedanken waren klar und fokussiert. Er hatte sie angefasst, sie gepackt. Er hatte ihr wehtun wollen, oder sogar noch Schlimmeres, daran zweifelte sie keine Sekunde. Sie überlegte bereits, mit welchem

Schlag sie ihn töten würde. Aber dann entschied sie sich anders, denn er könnte Antworten haben.

Sie erschauderte. *Woher kam dieser plötzliche Drang zu töten? Was war aus ihrer guten Erziehung geworden, ihrem tief sitzenden Mitleid und ihrem Sinn für Menschlichkeit?* Von einem Moment auf den anderen waren sie verschwunden, wie Rauch in einer starken Windböe.

Die Antwort lautete PROJECT. Seit sie sich dem PROJECT angeschlossen hatte, hatten sich die Dinge verändert. Über Jahre hinweg hatte sie sich hinter einer komfortablen Fassade aus akademischen und athletischen Erfolgen versteckt. Sie hatte die Kontrolle über ihr Leben besessen, alles war hübsch geordnet verlaufen. Das war nun vorbei. Das Leben für und mit PROJECT hatte diese Dinge von ihr abgestreift.

Wohin sie dieses neue Leben noch führen würde, wusste sie nicht.

Selena beugte sich über den schluchzenden Mann, der von ihr wegzukriechen versuchte. Sie legte ihren Daumen auf eines seiner Nervenzentren und drückte so lange darauf, bis er bewusstlos wurde. Ein Akt der Gnade. Nun war es wieder still in ihrem Zimmer. Irgendwo aus dem Hintergrund hörte sie ihren Namen, eine blechern klingende Stimme, weit entfernt.

Das Telefon! Es lag auf dem Teppich. Sie lief zu ihm, beugte sich hinunter und hob es auf. Sie keuchte und ihre Stirn schmerzte. Etwas Blut rann aus ihrer Nase. Sie wischte es sich mit dem Handrücken ab.

»Selena!«, schrie Nick.

»Alles in Ordnung.« Sie trat zu dem toten Mann hinüber. »Ich schätze, der Olivenhandel ist auch nicht mehr das, was er mal war.«

Kapitel 10

Nick landete sechzehn Stunden nach Selenas Anruf in Thessaloniki. Der Flug war offiziell angemeldet und mit den Griechen abgesprochen worden. Nick gab nicht vor, jemand anderes zu sein. Für Selena hatte er eine Glock .40 im Gepäck. Seine eigene Heckler&Koch ruhte in einem Schulterholster unter seinem Jackett.

Als er landete, war es Sonntagmorgen. Der Himmel war bewölkt und hier und da stahlen sich ein paar Sonnenstrahlen durch die dahinjagenden Wolken. Es roch nach Regen.

Vor dem Hotel wartete ein weißes Polizeiauto mit blauen Streifen. Ein gelangweilter Polizist stand neben dem Wagen und rauchte gerade eine Zigarette. Er beobachtete Nick, als dieser das Hotel betrat.

Selena öffnete ihm die Zimmertür. Ihre Stirn war rot und angeschwollen und um ihre blauen Augen herum zeugten rote Augenränder von Ermüdung. Doch sie lächelte. Er spürte, wie etwas in ihm auf und nieder sprang. Hinter ihr stand ein kleiner, dunkelhäutiger Mann am Fenster.

»Geht es dir gut?«

Sie nickte. »Das ist Chefinspektor Giorgos Demetrios von der Polizei. Wir haben uns gerade unterhalten.«

Sie stellte nun Nick vor.

Demetrios war etwa einen Meter siebzig groß und wog um die hundertvierzig Pfund. Er trug zivile Kleidung, einen braunen, nichtssagenden Anzug. Seine Schuhe waren schwarz und glanzlos. Auf seiner Krawatte waren Flecken. Sein Haar war kurz und gelockt und ließ erste graue Haare erkennen. Er trug eine ziemliche Wampe vor sich her und hätte außerdem eine Rasur benötigt. Nick schätzte ihn auf fünfundfünfzig Jahre. Dunkle Augen musterten ihn mit einem abschätzenden Blick, so wie er irgendwie allen Polizisten auf der ganzen Welt zu eigen schien. Er wirkte verärgert. An seinem Gürtel trug Demetrios eine Smith&Wesson 910.

Chefinspektor. In Anbetracht seines Alters war das nicht viel. Als besserer Streifenpolizist war er vergleichbar beim Rang eines Oberleutnants beim Militär stecken geblieben. Demetrios würde die Karriereleiter bestimmt nicht mehr weiter hinaufklettern.

Selena hatte einen der Angreifer umgebracht. Das würde die Dinge natürlich verkomplizieren.

»Carter«, begrüßte ihn Demetrios in passablem Englisch. »Ich erinnere mich an Sie. Aus den Filmen über Jerusalem, mit ihrem Präsidenten.«

Verdammt fluchte Nick innerlich, *die Jerusalem-Sache schon wieder.* Diese Sache hatte seine Tarnung auffliegen lassen.

Demetrios kam gleich zur Sache. »Ich würde gerne wissen, wieso Sie hier sind und wieso Doktor Connor angegriffen wurde … und wieso Sie bewaffnet sind.« Er deutete auf die Wölbung unter Nicks grauem Jackett. »Fremden ist es hier nicht gestattet, Waffen zu tragen. Nicht ohne offizielle Genehmigung.«

»Ich habe eine Genehmigung, Chefinspektor. Selena und ich arbeiten für unsere Regierung, als eine Art frei bewegliches Untersuchungsteam. Wir beschäftigen uns mit Dingen, die den Interessen unseres Landes gefährlich werden könnten. In diesem Fall sogar internationalen Interessen, darunter die von Griechenland.«

Sie benötigten so viel Hilfe, wie sie nur kriegen konnten, deshalb beschloss er, Demetrios weitestgehend einzuweihen, mit Ausnahme der goldenen Urne. Dieser Polizist konnte ihnen nämlich einigen Ärger bereiten, wenn er es wollte, und das würde die Dinge nur unnötig verzögern.

»Wir glauben, dass dieser Zwischenfall in direktem Zusammenhang mit drei Morden in den Vereinigten Staaten steht. Es geht dabei es um historische Artefakte.«

»Artefakte?«

»Reichtümer aus den Tagen Alexanders, die er aus Persien nach Hause geschickt hat.«

»Und Ihre Ermittlungen haben Sie hierher geführt, nach Mazedonien?«

»Ja.«

Er warf Selena einen zweifelnden Blick zu. »Der Mann, den Sie umgebracht haben, trug Ihr Bild in der Tasche. Letzte Nacht erreichte mich eine Mitteilung von Interpol. Diese Kriminellen, die Sie angegriffen haben, waren

Mitglieder einer mächtigen Organisation mit Sitz in Moskau. Wieso sollten diese Leute ein Foto von Ihnen besitzen?«

Chefinspektor Demetrios lief zu dem Fenster hinüber und betrachtete scheinbar interessiert die Aussicht. »Sie müssen wohl der Ansicht gewesen sein, dass Sie fähig dazu sind, diese fehlenden Schätze zu finden. Falls es diese überhaupt gibt. Über welchen Wert sprechen wir hier denn, so in etwa?«, fragte er beiläufig.

»Das wissen wir nicht«, antwortete Nick. »Vielleicht über eine ganze Menge. Einer von Alexanders Cousins hat offenbar einen Teil davon hier nach Dion gebracht. Ich bezweifle allerdings, dass noch etwas davon existiert. Aber jemand scheint da wohl anderer Meinung zu sein.«

»Alles, was mit Alexander zu tun hat, wäre für mein Land von unschätzbarem historischem Wert. Ich muss deshalb darauf bestehen, dass Sie alle Informationen, die Sie besitzen, mit mir teilen.« Demetrios Stimme hatte nun einen autoritären Tonfall angenommen.

Nick hob die Hände. »Wir brauchen Ihre Hilfe ebenso, Chefinspektor. Wir sind Ermittler, keine Schatzjäger. Wir wollen die Drahtzieher hinter diesen Morden finden, nichts weiter.«

Er konnte sehen, dass Demetrios nun angestrengt nachdachte. Das Aufspüren unbekannter Relikte Alexanders könnte seine Karriere retten. Ein gewisses Maß an Eigenmotivation konnte einen guten Verbündeten ausmachen, und Gier konnte ebenfalls eine gute Motivation sein. Nick vermutete, dass Demetrios sich mindestens so sehr für das Gold interessierte wie für die Geschichte seines Landes.

Selena erzählte ihm daraufhin von dem Grabmal. Demetrios erklärte sich bereit, eine Besichtigung der Gruft für Montag zu arrangieren. Er öffnete die Tür, hielt dann aber noch einmal kurz inne.

»Lassen Sie mich mal eines klarstellen, Carter. Ich habe hier das Sagen. Sie werden nichts auf eigene Faust unternehmen.« Nun klang er schon beinahe feindselig. »Sie sind Fremde in meinem Land. Ich werde als Allererstes Erkundigungen darüber einziehen, wieso Sie berechtigt sind, eine Waffe zu tragen. Sie werden dieses Hotel nicht ohne eine Eskorte verlassen und Sie werden nicht ohne meine ausdrückliche Genehmigung handeln. Haben Sie das verstanden?«

»Natürlich.« So viel also zu dem Versuch, Verbündete zu finden. Vielleicht musste er doch noch an seinen diplomatischen Fähigkeiten arbeiten.

Demetrios ging hinaus. Hinter ihm schloss sich die Tür.

»Geht doch nichts über einen warmherzigen Empfang«, sagte Nick trocken.

»Wieso zum Henker besaßen diese Typen ein Foto von mir?«, sprudelte es aus ihr heraus. Unruhig schritt Selena das Zimmer auf und ab. Sie war vollkommen aufgelöst.

»Das werden wir herausfinden. Lass uns aber zuerst runter ins Restaurant gehen. Mit leerem Magen denkt es sich nicht gut.«

»Du bist wirklich unglaublich.«

»Das sagtest du schon. Man muss essen, wenn man kann. Man weiß schließlich nie, wann sich die nächste Gelegenheit bietet.«

»Ist das etwa wieder eine deiner verdammten Regeln?«

»Komm schon, lass uns bei einem Kaffee darüber reden.«

Im Speisesaal berichtete Nick Selena nun, was Harker über die Männer herausgefunden hatte, die sie überfallen hatten.

»Sie tauchten sofort bei Interpol auf. Sie gehören zu einer russischen Bande.«

»Die Russenmafia?«

»So ähnlich. Es gibt etwa fünfzehn mächtige Banden in Russland. Diese hier stammt aus Georgien. Die Gruppe wird von einem Mann namens Zviad Gelashvili geführt. Der Mann, dem du in die Eier getreten hast, war sein Bruder, Bagrat Gelashvili. Zusammen mit den Ukrainern sind die Georgier die Schlimmsten, und das will schon was heißen.«

»Sein Bruder? Wieso sollte ein Unterweltboss seinen Bruder auf mich loshetzen … und wieso hier?«

»Gelashvili muss von den Tafeln erfahren haben. Wahrscheinlich ist er hinter Alexanders Schatz her. Also hat er diese Schläger losgeschickt, damit sie der gleichen Spur, wie wir folgen. Allerdings wissen wir noch immer nicht, wie er überhaupt davon erfahren konnte.«

»Aber woher wissen sie, wer *ich* bin?«

»Jemand, der weiß, wer du bist und was du hier vorhast, hat ihn offenbar beauftragt. Es muss jemand sein, der über PROJECT Bescheid weiß. Außerdem mussten sie in der Lage sein, jemanden noch am gleichen Tag wie dich hierher zu schicken. Das bedeutet erstklassige Organisation und Informationen. Es könnte durchaus einer der Geheimdienste sein … CIA, DIA, etwas in der Art.«

Sie seufzte und schob ihren Teller von sich. »Unkompliziert gibt es in diesem Job wohl nicht, oder?«

Kapitel 11

»Herein.«

Der Mann, der Alexei Ivanovich Vysotskys Büro betrat, war groß. Er trug einen dunkelblauen Anzug. Er bewegte sich mit zurückgehaltener Energie, wie eine kontrollierte Explosion. Er sah auf eine gewisse brutale Art gut aus, mit blonden Haaren, die er sich knapp über dem Kopf abgeschoren hatte. Eine kleine emaillierte Flagge der Russischen Föderation schimmerte an seinem Revers. An seinem Kinn war eine kleine Narbe zu erkennen.

Seine Augen waren von einem kalten Blau. Es waren die Augen eines Mannes, der ganz genau wusste, wer er war, und der Nichts und Niemanden fürchtete. Er besaß das militärische Aussehen, das man auf Rekrutierungspostern finden konnte. Ein rötlicher Schimmer bedeckte seinen Kiefer. Sein Name war Arkady Korov.

Er war engagiert, intelligent und tödlich, genauso, wie man es von einem Offizier der Zaslon erwartete. Wenn man einen willenlosen Roboter suchte, gab es genug, die diese Rolle ausfüllen würde, aber zu diesen gehörte Korov nicht. Er war deshalb perfekt für die Art von Auftrag, die Alexei vorschwebte. Korov trat vor den Schreibtisch und nahm Haltung an. Immerhin besaß Vysotsky den Rang eines Generalmajors.

»Rühren, Major.«

Alexei deutete auf einen Stuhl vor seinem Schreibtisch.

Korov setzte sich. Alexei händigte ihm nun einen Interpol-Bericht über einen Zwischenfall in Griechenland aus, in den eine amerikanische Frau und georgische Kriminelle verwickelt worden waren. Interpol vermutete, dass es sich dabei um einen vereitelten Entführungsversuch handelte, mit der Absicht, Lösegeld zu erpressen. Aus dem Bericht ging hervor, dass die Frau sehr wohlhabend war, und das war sie tatsächlich. Das PROJECT wurde dabei zwar nicht erwähnt, aber Alexei war sich Selenas wirklicher Rolle sehr wohl bewusst.

»Was halten Sie davon?«

Korov überflog das Dokument. »Zviads Bruder, Bagrat. Sieht nach einer Entführung aus, die nach hinten losging.«

»Kommt Ihnen dabei nicht irgendetwas seltsam vor?«

»Mehrere Dinge sogar. Wieso Griechenland? Und wieso überhaupt eine Entführung? Das passt so gar nicht in Gelashvilis Verhaltensmuster. In dem Bericht heißt es außerdem, dass einer der Männer gestorben ist und Bagrat schwer verwundet wurde. Wie konnte es einer einzelnen Frau gelingen, diese Männer zu überwältigen? Bagrat ist schließlich genauso übel wie sein Bruder. Er ist ein Tier und sehr stark.«

Alexei wirkte zufrieden. »Ganz genau. Die Frau ist nicht das, was sie vorgibt zu sein. Sie ist Teil einer amerikanischen Elite-Geheimdienstgruppe.«

Korov hob eine Augenbraue. »Was tut Sie dann in Griechenland?«

»Sie sucht nach einem Schatz. Vielleicht aber auch nach etwas anderem.«

»Einem Schatz?«

»Sie folgt einer Spur, die eigentlich seit langer Zeit erkaltet ist.« Alexei berichtete Korov von den Tafeln und dem Mord an drei bekannten amerikanischen Virologen.

»Was wird passieren, jetzt, wo Gelashvili versagt hat?«

»Genau das sollen Sie für uns herausfinden, Arkady.«

Korov registrierte die Benutzung seines Vornamens. Das verriet ihm, dass dieser Auftrag wichtig sein musste. Vysotsky zog jetzt eine Schublade auf und nahm eine Flasche Wodka und zwei Gläser heraus. Dann schenkte er ihnen ein.

»Na sdorówje!« *Wohl bekomm's.* Die beiden Männer tranken.

»Ich brauche mehr Informationen, und da kommen Sie ins Spiel.«

»Wieso sind die Amerikaner involviert?«

»Das weiß ich nicht. Diese Gruppe ist anders als die anderen amerikanischen Geheimdienste. Sie sind beweglicher und unterliegen weniger Beschränkungen, ähnlich wie wir. Wenn sie diese Sache verfolgen, gibt es nicht nur Rauch, sondern auch Feuer. Aber das ist nur eine Komplikation, nichts weiter. Meine Sorge gilt eher Gelashvili. Wenn die Amerikaner ihm den Garaus machen, soll es mir recht sein. Wer weiß, vielleicht helfen Sie ihnen sogar dabei. Vielleicht sollten Sie sie sogar aufsuchen und sich offiziell vorstellen.«

Korov sah ihn regungslos an.

»Das war ein Witz, Major. Aber in diesem Fall verfolgen wir vielleicht tatsächlich das gleiche Ziel.«

Korov wartete.

Alexei grübelte für einen Moment nach. »Ich denke, Bagrat Gelashvilis Verletzungen werden wohl tödlich für ihn enden …«

Korov nickte. Er brauchte nicht nachzufragen, wie er das Ganze bewerkstelligen sollte, wenn Bagrat sich doch in Polizeigewahrsam befand. Es würde seine Aufgabe sein, alles Nötige zu arrangieren.

»Sie werden nach Griechenland fliegen.« Alexei reichte Korov ein Päckchen. »Ihr Flug geht um 15:30 Uhr. Hier drin finden Sie Ihren Lebenslauf, Tickets, Pass, Geld, einen Führerschein und Bagrats derzeitigen Aufenthaltsort. Unsere Kontaktperson in Athen wird Sie mit allen Waffen und Ausrüstungsgegenständen versorgen, die Sie benötigen. Kümmern Sie sich um Bagrat. Untersuchen Sie diese Sache. Finden Sie über die Amerikaner heraus, was Sie können. Sie haben vollkommene Freiheiten, was diese Mission angeht.«

Korov wusste, dass er den Kopf hinhalten musste, wenn etwas schiefging. Auf der anderen Seite ließ man ihm aber absolut freie Hand, um erfolgreich zu sein. Er lächelte.

Kapitel 12

Arkadys Flug landete planmäßig. Er nahm sich ein Zimmer in Plaka, einem Stadtteil im Schatten der Akropolis. Seiner Kontaktperson gehörte hier ein Souvenirgeschäft. In Athen wimmelte es zu jeder Jahreszeit von Touristen. Arkadys Ausweis gab ihn als Wilhelm Wimmer aus, ein deutscher Architekt auf Urlaubsreise. Niemandem würde es seltsam vorkommen, dass ein Architekt Griechenland besuchte. Die klassische griechische Architektur wurde noch immer auf der ganzen Welt bewundert.

Arkady gefielen Gebäude wie die Akropolis tatsächlich. Mit ihren akkurat angeordneten Säulenreihen und den perfekten Proportionen stellten diese menschlichen Prunkbauten einen Spiegel der Taten ihrer Götter dar. Korov war durchaus imstande, der Geschichte und gerade auch der griechischen Kultur seine Anerkennung entgegenzubringen. Er hielt sich für einen gebildeten Mann, auch wenn das meiste seiner Bildung die Kunst des Krieges betraf.

Als Arkady seine Beförderung zum Juniorleutnant erhalten hatte, endete gerade das russische Abenteuer in Afghanistan. Doch an anderen Konflikten mangelte es nicht. Während er in Tschetschenien diente, wurde er als *Spetsnaz* rekrutiert. Danach begannen die Dinge erst richtig interessant zu werden. Anti-Terror-Einsätze gegen militante islamistische Staatsfeinde in Tadschikistan und Usbekistan. Sonderberater in Syrien. Er hatte nie geheiratet, und auch sonst gab es niemanden, der ihn vermissen würde. Seine Einheit war seine einzige Familie.

Es war jetzt Nacht in Athen. Die Akropolis auf dem Hügel über seinem Fenster wurde in Licht gebadet. Morgen würde er seine Waffen bekommen und sich ein Auto mieten, um nach Norden zu fahren. Bagrat Gelashvili wurde streng bewacht in einem Krankenhaus in Thessaloniki festgehalten. Seine Verletzungen waren schwer … und sie würden noch schwerwiegender werden.

Kapitel 13

Der Montagmorgen war grau, dunstig und roch nach Frühling. Niedrige verwitterte Steinwände zogen sich nahe dem Grabmal durch die antiken Felder. Das Land war grün von frischem Gras, gesprenkelt mit vereinzelten weißen und blauen Wildblumen. Im Hintergrund ragte der Olymp auf, von dunklen Wolken eingehüllt. Sollten die Götter dort noch immer thronen, schien ihnen die Welt unter ihnen egal geworden zu sein.

Der Eingang zu dem Grabmal gähnte in der Seite eines großen Berghanges. Jahrhunderte altes Dickicht war entfernt worden, um eine rechteckige steinerne Öffnung freizulegen. Vor dem Eingang stand ein ausgeschalteter Dieselgenerator. Von diesem schlängelten sich am Boden Kabel in die Gruft hinein, wie Medusas Schlangen.

Nick nahm an, dass der Generator und die Verkabelung für Licht sorgen sollten. Das war gut, denn dunkle Tunnel und enge Räume hatte er in seinem Leben schon mehr als genug gesehen. Grabmäler machten ihm nichts aus, ebenso wenig wie die Schatten der Toten – außer, sie verfolgten ihn in seinen Träumen. Aber lichtlose Höhlen und Tunnel, das war eine ganz andere Geschichte.

Er stand neben Selena, Demetrios und Abraxas Papadakis, jenem Archäologen, der die Ausgrabungen hier leitete. Demetrios hatte seit ihrer Ankunft noch kein einziges

Wort mit ihnen gewechselt. Eine Gruppe von Arbeitern lungerte rauchend und schwatzend in der Nähe herum und wartete offenbar auf Anweisungen, was sie als Nächstes tun sollten. Eilig schienen sie es allerdings nicht zu haben.

Papadakis war ein rundlicher, muskulöser Mann. An einem Band, das hinter seinen ungleichen Ohren verlief, trug er eine Gleitsichtbrille. Sein Gesicht war von der jahrelangen Arbeit im Freien wettergegerbt und seine Zähne waren in einem äußerst schlechten Zustand.

Auf Griechisch verwickelte Selena Papadakis sofort in ein lockeres Gespräch. Demetrios zog ein finsteres Gesicht, Papadakis aber war offenbar vollkommen hingerissen.

»Sie planen, die hintere Kammer heute noch zu öffnen«, übersetzte Selena. »Unser Timing hätte also nicht besser sein können. Das ist der letzte Teil der Gruft, den es noch zu erkunden gibt.«

Aus Rücksicht auf Nick wechselte auch Papadakis nun ins Englische. »Doktor Connor hat recht, es ist ein sehr gutes Timing von Ihnen. Die Römer plünderten diese Anlage hier, übersahen jedoch das Grabmal. Vor dem Winter räumten wir den vorderen Teil der Gruft und jetzt öffnen wir den hinteren Part. Es sollte nicht allzu lange dauern, die Trümmer zu entfernen, die den Zutritt zu der hinteren Kammer versperren.«

Er wirkte sehr aufgeregt. »Wir sollten beginnen, oder?«

Er bellte seinen Arbeitern nun ein paar Befehle zu. Einer von ihnen startete daraufhin den Generator. Das Rattern zerriss die Stille des Frühlingsmorgens. Ein Schwarm Vögel stieg erschrocken von einem Baum in der Nähe auf. Die Arbeiter griffen nach ihren Werkzeugen und verschwanden kurz darauf im Eingang.

Nick folgte dem Archäologen, Demetrios und Selena durch den niedrigen Zugang. Innen war die Decke gerade hoch genug, um aufrecht stehen zu können. Es war feucht hier und kühl. Helle Lampen warfen ein flackerndes Licht über die Wände aus weißem Marmor. In regelmäßigen Abständen waren leere Nischen in die Wände gehauen worden. Einem rechteckigen marmornen Sarg war in der Mitte der Gruft ein Ehrenplatz vorbehalten worden. Er war schlicht gestaltet und etwa einen Meter hoch. Auf dem Deckel befand sich das gleiche Basisrelief und dieselbe Inschrift, die Selena bereits im Museum betrachtet hatte.

Die letzte Ruhestätte Aetolikos, Feldherr und Cousin Alexander des Großen. Papadakis beantwortete ihnen nun Fragen, die noch keiner von ihnen gestellt hatte.

»Er liegt noch immer darin. Wir fanden zwei persische Goldmünzen in seinem Schädel. Man hatte sie ihm offenbar auf die Augen gelegt, um den Fährmann zu bezahlen.«

»Den Fährmann?«, fragte Nick verwirrt.

»Charon. Er brachte die Seelen der Toten über den Fluss Styx in die Unterwelt. Man musste ihm dafür aber einen Obolus bezahlen, oder man war dazu verdammt, für immer an den Ufern des Acheron zu stranden. Ein unerfreuliches Schicksal.«

»Es empfahl sich also nicht, pleite zu sein, wenn man starb.« Nick legte seine Hand auf den marmornen Sarg.

Aetolikos war gemeinsam mit Alexander dem Großen gegen den König von Persien geritten. Er hatte die Kriegsbanner gesehen, die unter dem persischen Himmel im Wind geweht hatten. Er hatte die hellen Schwerter und langen Speere in der Sonne funkeln gesehen, hatte das Klirren der Waffen im Kampf gehört. Er hatte den Staub und das Blut gerochen und die Schreie der abgeschlachteten Männer und Tiere vernommen.

Nick wusste, wie Staub und Blut schmeckten, und war dem Klang des Krieges über Tage und Monate hinweg gefolgt. Für Aetolikos, in einem Jahrhundert, in dem Helden noch verehrt wurden, waren dies glorreiche Zeiten gewesen. Für Nick, der in einer Zeit lebte, die ihre Helden schnell vergaß, war von diesen Erfahrungen nichts als böse Erinnerungen und schlechte Träume geblieben.

Er fühlte sich plötzlich niedergeschlagen. Von dem Leben eines Kriegers war nur noch ein Sarg voller trockener Knochen übrig geblieben, aus dem Fremde ihm am Ende noch die Münzen aus dem Schädel stahlen. Im Tod waren alle gleich.

Papadakis stand am hinteren Ende des Raumes und sah seinen Arbeitern zu. Der Zugang war sehr schmal. Die Männer reichten einander in einer langen Kette Gesteinsbrocken zu und legten diese am Rand der Kammer ab. Dann ließ sich plötzlich vom vorderen Ende der Kette ein Ruf vernehmen.

»Sie sind durchgebrochen«, erklärte Selena aufgeregt.

Sie warteten, dass sich die Arbeiter zurückzogen. Papadakis nahm eine starke Stablampe zur Hand, denn er würde die Kammer als Erster betreten. Nick, Selena und Demetrios drängten sich dicht hinter ihm zusammen. Gemeinsam krochen sie durch die Öffnung und erreichten schließlich den letzten verbliebenen Raum.

Die Kammer war groß und leer. Eine Nische war in den Felsen der hinteren Wand getrieben worden. Darüber hatte man das Bild eines schwarzen Pferdes geritzt. Auf dem Stein waren immer noch Spuren schwarzen Pigments zu erkennen. Daneben waren grob einige Buchstaben in die Wand gemeißelt worden, so als wäre jemand in großer Eile gewesen.

Papadakis leuchtete mit seiner Taschenlampe auf die Inschrift. Selena sah ihm über die Schulter und las die Worte. Der Archäologe seufzte leise.

Erinnys wartet auf dich
an den Quellen von Thrakien
dort, wo sich die beiden Flüsse treffen,
sollst du sie suchen und sterben

»Es ist eine Botschaft«, erklärte er, nachdem er für Nick die Inschrift übersetzt hatte.

»Erinnys?« Nick erinnerte sich daraufhin an Selenas Erklärungen zu Hause in Virginia. »Demeters rachsüchtige Seite?«

Papadakis nickte bestätigend. »Das ist richtig. Das schwarze Pferd ist das Zeichen der Persephone. Eine Rappstute. Wissen Sie etwas über Persephone?«

»Ich bringe diese ganzen Namen leider immer wieder durcheinander. Persephone, Demeter, Erinnys. Im Prinzip ist das doch immer die gleiche Göttin, oder?«

Papadakis lächelte. »Nicht so ganz, auch wenn manche es so sehen wollen.«

Er wandte sich wieder der Inschrift zu. »Diese Worte sind als spöttische Bemerkung an die Römer gedacht. Wahrscheinlich stammen sie aus dem Jahre 147 oder 146 vor Christus, während der letzten Eroberung Griechenlands. Die Legionen plünderten alles, was ihnen unter die Finger kam. Wenn sich hier etwas befand, hat man es weggeschafft und versteckt.«

Ratlos ließ er seine Hand durch die Kammer kreisen. »So etwas ist mir noch nie untergekommen. Das ist absolut untypisch.«

Die Wände zeigten keinerlei Verzierungen, mit Ausnahme der Inschrift, dem Pferd und der leeren Nische. Der Raum war vollkommen schmucklos in den Felsen gehauen worden. Er glich eher einem Lagerraum als einer Gruft.

»Klingt nach einem Rätsel.« Selena fuhr mit ihren Fingern über die herausgemeißelten Buchstaben.

»Das bezweifle ich. Das ist die typische poetische Ausdrucksweise jener Zeit. Wahrscheinlich bedeutet es lediglich, dass die Einheimischen nach Thrakien flohen und dass man die Römer umbringen würde, wenn sie ihnen folgen würden. In Thrakien gab es aber bereits große römische Siedlungen. Typische Angeberei, und der Grund, der die Römer irgendwann so sehr verärgerte, dass sie Griechenland wieder zur Provinz machten.«

»Wo liegt dieses Thrakien denn?«, fragte Nick und betrachtete die Inschrift.

»Im heutigen Bulgarien. Das altertümliche Thrakien endete im Norden am Balkangebirge und schloss den westlichen Teil der Türkei mit ein, auf dieser Seite des Bosporus.«

»Dann hat man das, was man hier gefunden hat, womöglich mit nach Thrakien genommen.«

Papadakis zuckte mit den Schultern. »Das werden wir wohl nie herausfinden. Aber das hier ist interessant. Das sollte Stoff für einige Zeitungen abgeben.« Sorgfältig musterte er die Inschrift.

Der Akademiker bei der Arbeit. Nick bemerkte, dass Selena lächelte und ihn ansah. Sie verließen jetzt die Gruft und kehrten in die Außenwelt zurück. Ein leichter Regen wehte über das Gras und die Bäume. Die Erde roch satt und voll. Nach dem Besuch der Gruft fühlte es sich so an, als würde man ins Leben zurückkehren. Die Regentropfen hinterließen auf seiner Haut kleine Explosionen.

Papadakis war in der Kammer geblieben. Demetrios stand zusammen mit Nick und Selena im Regen. Er zog sich den Kragen seines Mantels hoch.

»Mir will diese Inschrift einfach nicht aus dem Kopf gehen«, meinte Nick.

»Wieso?« Demetrios warf ihm einen feindseligen Blick zu.

»Ich denke, Selena hat recht und unser Archäologe könnte falsch liegen. Ich glaube, es ist ein Rätsel oder eine Art Botschaft. Es ist mehr als eine Stichelei gegen die Römer.«

»Glauben Sie, die Nachricht betrifft den Schatz?«

»Könnte sein.«

Selena wischte sich ein paar Regentropfen aus dem Gesicht. Gemeinsam liefen zu den Fahrzeugen hinüber.

»Sie haben Papadakis gehört, Chefinspektor. Der Raum war untypisch für einen Fund dieser Art. Irgendetwas hat sich dort befunden. Wieso hätte man ihn sonst bauen sollen?«

»Sie stellen hier nur Vermutungen an, Sie beide. Wir wissen gar nichts über das, was sich in diesem Raum befand.«

»Aber wir wissen, dass jemand dort eine Nachricht hinterließ. Das ist der einzige Hinweis, den wir haben. Ich denke, wir sollten ihm nachgehen.«

Demetrios blieb neben seinem Wagen stehen. »Ich werde jetzt nach Thessaloniki fahren und mir Gelashvili vernehmen.«

»Dann sollten wir Sie begleiten.«

»Nein, Carter, das sollten Sie nicht. Sie werden hierbleiben, bis ich zurückkehre.«

Selena spürte, dass Nick kurz davorstand, aus der Haut zu fahren. Sie berührte ihn sanft am Arm. »Wir werden hierbleiben. Ich muss ohnehin das Internet im Hotel bemühen.«

»Ich werde morgen wieder zurück sein. Sie werden das Hotel in der Zwischenzeit nicht verlassen.« Demetrios stieg in den Streifenwagen und fuhr davon.

Nick schüttelte den Kopf, als der Wagen die beiden zurückließ. »Was für ein Arschloch.«

»Ein wirklich unangenehmer Mann. Vergiss ihn. Das Loch in der Wand hatte genau die richtige Größe für etwas, das ungefähr zwei Ellen hoch ist.«

»Ich dachte das Gleiche.«

»Lass uns ins Hotel zurückfahren.«

Keiner der beiden bemerkte den alten Mann, der unweit der Gruft unter einem Olivenhain stand. Er sah wie jemand aus, der sein ganzes Leben lang auf den Feldern geschuftet hatte. Sein Rücken war vom Alter gebeugt und seine Haut dunkel gebräunt. Er trug einen Stoffhut. Er sah dem Wagen mit den zwei Fremden, der immer kleiner wurde, hinterher, bis er nicht mehr zu sehen war. Dann seufzte er, bekreuzigte sich und schlurfte durch den Regen davon.

Kapitel 14

Thessaloniki war eine große Stadt voller Ruinen, Befestigungsanlagen und historischen Schlachtfeldern. Korov beschloss, sich umzusehen und die Stadt näher zu erkunden, wenn er die Angelegenheit mit Gelashvili geklärt hatte.

Gelashvili war unter Bewachung im AHEPA University Hospital untergebracht worden. Ein hochmoderner Komplex mit verschiedenen Flügeln und angrenzenden Gebäuden. Korov parkte seinen Wagen in der Nähe des Haupteingangs. Der Tag war grau und es regnete in Strömen. Noch einmal ging er im Kopf die einzelnen Schritte der Infiltration durch.

Korov hatte die Pläne des Gebäudes genau studiert. Er wusste, wo sich die Treppen befanden, von wo aus man aufs Dach gelangte, wie viele Fahrstühle es gab und wohin diese fuhren, und auch, wo die verschiedenen Abteilungen untergebracht waren.

Für seinen Auftrag hatte er eine seiner Lieblingswaffen ausgewählt. Die schallgedämpfte PSS feuerte panzerbrechende 7.6x41mm-Munition ab. Die unverwechselbare Bauweise der Pistole verhinderte das Austreten von explosiven Gasen, denn Gas verursachte Lärm. Außerdem besaß sie die Vorteile eines kurzen Laufs und geringer Größe. Für seine Zwecke war die Pistole ideal. Herkömmliche schallgedämpfte Pistolen waren im Vergleich zu einer

PSS geradezu ungeheuer laut. Wenn er diese abfeuerte, würde man kaum mehr als ein leises Husten hören. Die Waffe fasste nur sechs Schuss, aber das war kein Problem. Nicht einmal die würde er benötigen.

Gelashvili würde mit Handschellen an sein Bett gefesselt sein. Vor der Tür würde sich ein Wachposten befinden. Waren es zwei, konnte es etwas ungemütlich werden, aber wahrscheinlich würde es nur einen Wachmann geben.

Korov trug noch eine andere, besonders unter Spetznaz beliebte Waffe bei sich, eine OC23 Drotik. Die Drotik feuerte kleine 5.4x18mm-Patronen ab, aus einem Magazin mit sechsundzwanzig Schuss. Er konnte zwischen den Modi Einzelschuss, Dreiersalve und Vollautomatik wählen und mit ihren eintausendachthundert Schuss pro Minute war diese Pistole auf einzigartige Weise tödlich. Dabei erzeugte sie nur einen leichten Rückstoß, der sich leicht kompensieren ließ.

Er stieg aus dem Wagen und begab sich nun zum Eingang. An hohen, in einem Halbkreis angeordneten Masten hingen Fahnen wie nasse Bettlaken im Regen. Ein langer Säulenvorbau erstreckte sich bis zu den Eingangstüren. Er ging hinein. Hüpfende Figuren waren auf gelbe Wände gemalt worden. Korov vermutete, dass diese ein Gefühl von Gesundheit und Vitalität vermitteln sollten. Er rückte seine Krawatte gerade und trat an den Informationsschalter. Eine Frau mittleren Alters saß hinter dem Tresen und gab gerade Daten in einen Computer ein. Sie hob den Kopf, als er sich näherte.

»Entschuldigen Sie«, begann Korov auf Englisch. Er rechnete damit, dass jeder hinter diesem Schalter Englisch sprach. Er zog seine Brieftasche hervor und zeigte ihr seinen Ausweis, der ihn als Inspektor Allon Dubois von Interpol ausgab. Er trug einen dunklen Anzug nach europäischer Machart, wie ihn ein internationaler Polizeibeamter höchstwahrscheinlich tragen würde.

»Ich bin hier, um einen Gefangenen zu vernehmen, Gelashvili. Können Sie mir sagen, wo ich ihn finde?«

Korov hielt ihr seinen Ausweis nahe genug hin, damit sie ihn lesen konnte. Mit diesem Ausweis hätte er sogar ins Hauptquartier von Interpol spazieren können. Die Fälscher der SVR waren nämlich die besten der Welt. Ein Umstand, der den Agenten im Einsatz nicht selten zu beruhigen wusste.

»Einen Moment, Inspektor.« Sie tippte etwas in ihren Computer. »Er befindet sich in Raum 4003. Vierte Etage.« Sie wies ihm den Weg. »Nehmen Sie einfach den Fahrstuhl, etwas weiter den Gang hinunter. In der vierten Etage wenden Sie sich nach links, gehen bis zum zweiten Korridor, biegen dort nach rechts ab, und dann sehen Sie es schon, gleich auf der linken Seite.«

»Danke. Sie haben mir sehr geholfen.« Er lächelte sie an und wandte sich dann den Aufzügen zu.

»Ihre Kollegen sind bereits da.«

»Oh?« Korov drehte sich noch einmal zu ihr um. »Beide?«

»Ja, seit einer halben Stunde etwa. Soll ich sie anrufen und ihnen Bescheid sagen, dass Sie kommen?«

»Nein, danke. Ich fahre einfach zu ihnen hinauf. Sie wissen bereits, dass ich mich verspätet habe.«

Er entfernte sich zu den Aufzügen. Nach ein paar Schritten warf er noch einmal einen kurzen Blick zu der hilfsbereiten Empfangsdame zurück. Sie hatte sich schon wieder ihrem Computer gewidmet. Gut. Kein Anruf also. Er musste sich entscheiden: *Sollte er die ganze Aktion abbrechen und es später noch einmal versuchen? Aber was wäre, wenn die Agenten hier waren, um Gelashvili an einen sicheren Ort zu verlegen?* Das Risiko durfte er nicht eingehen.

Vielleicht würde er die Drotik doch noch brauchen.

Kapitel 15

Draußen vor Nicks und Selenas Hotel hatte der Wind zugenommen. Nick stand vor den Fenstern und sah hinaus. Die Nieselschauer hatten sich in heftigen Regen verwandelt. Durch die Sturzbäche, die gegen das Fenster prasselten, war das Ägäische Meer kaum noch zu erkennen. Irgendwo jenseits der Gewässer lag Homers Troja. Er hörte, wie unter ihnen die tosenden Wellen an das Ufer brandeten. Selena saß mit ihrem Laptop in einem Sessel. Dort saß sie bereits seit über einer Stunde.

Nick glaubte, dass sie in einer Sackgasse angekommen waren und sich in einer sinnlosen Suche verzettelt hatten. Die Chancen, die Urne oder irgendeinen anderen Teil von Alexanders Schatz zu finden, gingen gegen null. *Wie lange konnte ein Relikt wie dieses schon unentdeckt bleiben?* Das hier war Europa, es war über Tausende von Jahren hinweg von Armeen, machtgierigen Königen und brutalen Eroberern geplündert worden war. Niemand konnte einen solchen Schatz über so viele Jahrhunderte verbergen. Andererseits hatte man den Schatz der Tempelritter auch bis heute noch nicht gefunden. Vielleicht war es also doch möglich.

Er warf einen Blick auf Selena. Ihr Gesicht war ein Musterbeispiel für Konzentration. Er musste an die Appartementwohnung in D.C. denken und daran, mit ihr zusammenzuziehen. Was das anging, war er noch immer nicht zu einer klaren Entscheidung gelangt. Der Mietvertrag für sein eigenes Appartement lief noch ein weiteres Jahr. Er beschloss deshalb, die Wohnung fürs Erste zu behalten.

»Sieh dir das an«, rief Selena und riss ihn damit aus seinen Gedanken. Er trat zu ihr und sah auf ihren Bildschirm. Darauf war eine Tourismus-Website aus Bulgarien zu sehen.

»Bulgarien.«

»Ja, oder Thrakien, ganz wie du magst.«

»Was hast du gefunden?«

»Ich habe versucht, etwas zu finden, was der Inschrift entsprechen könnte. Erinnerst du dich? *An den Quellen von Thrakien, dort, wo sich die beiden Flüsse treffen.* Ich denke, ich weiß jetzt, wo das ist. In Bulgarien gibt es nämlich viele Quellen.«

Sie bewegte den Mauszeiger und klickte. Das Bild einer Großstadt mit hohen Kirchen, Pflasterstraßen und fröhlichen Menschen erschien daraufhin auf dem Display. Die Kirchen waren kuppelförmig und alt. Die Leute auf den Straßen hingegen jung und alles andere als kuppelförmig.

»Sofia?«

»Man spricht es SoFIA aus, mit der Betonung auf der letzten Silbe. Die Hauptstadt Bulgariens. Sie wurde im siebten Jahrhundert vor Christus um eine Mineralquelle herum gegründet.«

»Was ist mit diesen Flüssen?«

»Sofia liegt in einem breiten Talkessel, am Fuße eines Berges. Es gibt zwei Flüsse, die durch die Stadt fließen, der Wladajska und der Perlowska.«

»Zwei Flüsse, die sich kreuzen, und eine Quelle. Ich denke, du hast es gefunden. Aber wir werden mehr als das brauchen. Das führt uns immer noch nicht an die exakte Stelle.«

»Das ist aber alles, was wir bis jetzt haben. Die Inschrift wurde vielleicht für jemand anderen als die Römer hinterlassen.«

»Jemand, der erfahren sollte, wohin der Schatz gebracht wurde?«

»Genau.« Sie streckte sich.

»Aber das heißt noch lange nicht, dass er noch immer dort ist, oder wir ihn finden können.«

»Nein, aber wenn ich recht habe, sind wir der Lösung einen Schritt nähergekommen. Vielleicht können wir damit ja jemanden aufscheuchen.«

»Wie meinst du das?«

»Wir könnten unsere Idee mit Sofia durchsickern lassen. Vielleicht ruft das jemanden auf den Plan und wir können ihn zum Fundort zurückverfolgen.«

»Und ihn festnageln!« Er dachte kurz darüber nach. »Das ist eine gute Idee. Geben wir Harker Bescheid. Sie soll entscheiden, wie wir weiter vorgehen sollen.«

Sie stand auf und lief ans Fenster. Es regnete noch immer, aber der Wind war abgeebbt. Das Meer wirkte nun grau und wenig einladend. Sie dachte an Homers

Beschreibung der Ägäis als weinfarbenes Meer. Dunkel war es, das stimmte, aber an diesem Tag besaß es nicht die Farbe von Wein.

Nick trat hinter sie. »Was ist eigentlich mit Steph?«

»Was meinst du?«

»Sie wirkt in letzter Zeit anders. Heiterer.«

»Hast du es denn noch nicht gehört?«

»Was gehört?«

»Sie schläft mit Lucas. Ich denke, sie ist in ihn verliebt.«

»Du machst Witze. Der arbeitet bei der CIA.«

»Welchen Unterschied macht das denn?«

»Ich denke da vor allem an die Sicherheit. Außerdem arbeitet er für Lodge.«

»Lucas hat eine hohe Sicherheitsfreigabe. Aber er arbeitet nicht für Lodge, er arbeitet für Hood. Steph wird ihm nichts verraten, und ich denke auch nicht, dass er vor ihr etwas ausplaudern wird.«

»Weiß Harker denn davon?«

»Es würde mich sehr wundern, wenn nicht. Sie hat aber noch nichts dazu gesagt. Steph hat es verdient, mit jemandem zusammen zu sein, und in unserem Job ist das nun mal nicht so leicht.«

»Was du nicht sagst.«

»Bist du hungrig?«

»Ja.« Er zog sie dicht an sich und ließ seine Hand am Rücken unter ihren Rock gleiten. »Ich bin hungrig auf dich.«

»Das geht mir genauso.«

Sie zogen sich nun gegenseitig aus. Sie streichelte mit ihrer Hand über seine rechte Seite, an seinem Bein hinunter, und spürte die Erhebungen und Striemen des Narbengewebes, das die Granate hinterlassen hatte. Vorsichtig berührte sie die runzelige Narbe, wo eine Kugel seine Schulter durchbohrt hatte.

»Du solltest dich vielleicht öfter mal ducken«, meinte sie.

»Brauche ich nicht, wenn ich mich gleich hinlege.«

Es dauerte nicht lange, bis sie nebeneinanderlagen.

Kapitel 16

Korov trat aus dem Fahrstuhl und wandte sich nach links. Vor sich sah er zwei Pfleger und einen Arzt in blauer Krankenhauskleidung, die sich mit einem älteren Paar unterhielten. Außerdem zwei weitere Männer in weißen Kitteln, mit Stethoskopen um den Hals, wahrscheinlich Internisten. Die Schwesternstation befand sich etwa fünfzehn Meter von den Fahrstühlen entfernt. Am Ende des Korridors kennzeichnete ein Notausgangsschild das Treppenhaus.

Es roch hier, genauso wie in jedem anderen Krankenhaus, in dem er bisher gewesen war … nach Desinfektionsmittel, Sorge, Krankheit und Effizienz. Die Böden waren sauber gewienert, von heller Farbe und aus Kunststoff. Die Luft war zu warm.

Er passierte eine Schwingtür, an der rote und gelbe Strahlensymbole und Warnungen in Griechisch, Englisch und Französisch prangten. Zwei Männer und eine Frau in grüner Kleidung, die sich miteinander unterhielten, kamen durch die Tür. Sie ignorierten ihn und liefen an ihm vorbei. Er schritt an der Schwesternstation vorüber.

»Sir!«, rief ihm die diensthabende Schwester hinterher.

Korov zeigte ihr daraufhin seinen Interpol-Ausweis. »Ich möchte zu Zimmer 4003.«

Dann lief er einfach weiter. Die Schwester wollte noch etwas erwidern, aber dann klingelte ihr Telefon und sie nahm den Anruf entgegen. Korov schritt weiter den Gang entlang. Kurz vor dem zweiten Quergang verlangsamte er seine Schritte. Der Korridor vor ihm war leer, abgesehen von einer Krankenbahre an einer der Wände. Er erreichte jetzt die Kreuzung und warf einen flüchtigen Blick nach rechts. Vor einem der Räume saß ein gelangweilter Polizist auf einem Plastikstuhl.

Also doch nur ein Polizist. Die anderen müssen im Zimmer sein.

Im Geiste stellte sich Korov vor, wie der Raum aussah. Ob das Bett links oder rechts stand, würde keinen Unterschied machen. Gegenüber würde sich auf jeden Fall das Bad befinden. Vor dem Bett hing möglicherweise ein Vorhang. War der Vorhang offen, würde es keine Schwierigkeiten geben. War er jedoch zugezogen, könnte das zu einem Problem werden, denn es könnte ihn verlangsamen.

Korov zog die PSS aus seinem Holster und versteckte sie in seiner Hand. In der anderen hielt er seinen falschen Ausweis. Dann lief er auf den Polizisten zu, den Ausweis gut sichtbar vor sich ausgestreckt. Als der Polizist aufblickte, schoss Korov ihm in die Brust. Der Polizist sank vornübergebeugt zusammen. Der Schuss war kaum lauter als ein leises Niesen gewesen. In Korovs Kopf begann nun eine Uhr herunterzuzählen.

Arkady griff nach unten und zog die Leiche auf dem Stuhl wieder in eine aufrechte Position. Jeder, der den Gang jetzt hinunterblickte, würde einen sitzenden Polizisten bei der Arbeit sehen. Für die nächsten zwei Minuten etwa würde das reichen. Mehr brauchte Arkady nicht. Sollte jemand den Alarm auslösen, trug er schließlich immer noch seine Drotik bei sich.

Er öffnete die Zimmertür. Es gab tatsächlich einen Vorhang, und dieser war aufgezogen worden. Mit seiner Linken zeigte er seinen Ausweis vor. Zwei Männer standen vor dem Bett, in dem Bagrat Gelashvili lag. Ihre Augen wanderten zu dem Ausweis. Arkady streckte blitzschnell seinen rechten Arm aus und schoss dem ersten Mann in den Kopf, und danach dem zweiten, bevor dieser auch nur reagieren konnte. Das Geräusch, mit dem ihre leblosen Körper auf den Boden sanken, verursachte mehr Lärm als die Schüsse selbst.

Gelashvili war bei Bewusstsein. Sein rechter Arm steckte in einem Gips, sein linker war mit Handschellen an den Bettrahmen gefesselt. Er starrte Korov an und riss den Mund auf, als wollte er um Hilfe schreien. Der nächste Schuss durchbohrte sein rechtes Auge. Es explodierte mit einem leisen Ploppen. Durch die Spritzer der Hirnmasse und des Blutes verfärbte sich die Wand hinter ihm gräulich und rot. Korov schoss noch einmal, dieses Mal ins linke Auge. Nur, um ganz sicherzugehen.

Sollten die Pfleger doch später das ganze Blut zusammenwischen. Daran waren sie ja schon gewöhnt.

Korov steckte seine PSS zurück in die Tasche und ließ stattdessen die Drotik in seine Schusshand wandern, die er allerdings in seiner Jackentasche verbarg. Er trat wieder aus dem Zimmer und schloss die Tür hinter sich. Der tote

Polizist saß noch immer auf seinem Stuhl. Korov kehrte zu dem Hauptkorridor zurück und schlenderte dann unauffällig zum Treppenhaus an dessen Ende. Das war einer der Vorteile von Krankenhäusern: Es gab so viele Ausgänge. Er öffnete die Tür und hastete dann eilig die Stufen hinab.

Vier Tote. Korov sah auf die Uhr. Vier Minuten seit dem Moment, an dem er den Wachmann erschossen hatte. Mehr als geplant. Er wurde wirklich nachlässig. Fünf Minuten später, etwa zu dem Zeitpunkt, als eine Schwester den toten Polizisten entdeckte und zu schreien begann, fuhr Korov bereits aus der Parklücke und verschwand im dichten Verkehr von Thessaloniki.

Kapitel 17

Zviad Gelashvili saß an seinem Schreibtisch. Einer seiner Lieutenants betrat soeben den Raum. Sein Schreibtisch war eine Antiquität, ein leuchtendes Beispiel der Handwerkskunst des 18. Jahrhunderts. Die zarte Anmut des Möbelstücks bildete einen eigenwilligen Kontrast zu Zviads massigem Körper. Ein Schreibtisch dieser Art hätte einen japanischen Zen-Meister wahrscheinlich dazu inspiriert, ein Gedicht zu schreiben.

Vor der Wand hinter Zviad standen zwei Leibwächter. Sie waren immer zugegen, sprachen aber niemals ein Wort. Fürs Reden wurden sie schließlich nicht bezahlt.

Der Lieutenant war nervös. Zviad glaubte an das Prinzip, sich Loyalität durch Belohnungen zu erwerben. Für Zviad zu arbeiten war deshalb sehr lukrativ, aber diese Gleichung bestand noch aus einem zweiten wichtigen Teil: Angst!

Zviad war bekannt dafür, die Überbringer schlechter Nachrichten umzubringen, und ein Blick auf diesen Mann genügte ihm, um zu wissen, dass etwas ganz gewaltig schiefgelaufen war.

»Boss …«

»Was ist, Iosif?« Zviad hatte Iosif noch nie zuvor so nervös erlebt. Die Nachrichten mussten wirklich übel sein. Er griff nach einer Flasche Wodka und goss zwei große Gläser ein.

»Trink, und dann erzähl mir, weshalb du hier bist.«

Iosif kippte sich den klaren Schnaps hinunter, dann sprudelten die Worte nur so aus ihm heraus. »Boss, es geht um Bagrat. Er ist tot.«

Zviads Hand mit dem Glas hielt auf halbem Weg zu seinen Lippen inne. Dann stellte er es vorsichtig wieder ab. Jetzt wusste er, warum er bislang noch nichts von seinem Bruder gehört hatte. Seine erste Reaktion war Unglauben, Bagrat war schließlich unzerstörbar. Der zweite Gedanke, der ihm durch den Kopf schoss, war eine seltsame Erinnerung an ihre Kindheit, als sie zwischen Weinreben gespielt hatten. Sein dritter Gedanke war gar kein Gedanke mehr, sondern vielmehr ein Gefühl, das über ihn schwappte … Wut.

»Wie?«, fragte er leise.

»Er lag in einem Krankenhaus in Griechenland. Jemand hat ihn dort erschossen. Der Schütze tötete einen Wachmann im Flur, dann betrat er Bagrats Zimmer und erschoss einen griechischen Polizisten und einen Agenten von Interpol und zuletzt Bagrat selbst.«

»Wieso lag Bagrat überhaupt in einem Krankenhaus?«

»Eine Frau hat ihn dorthin befördert. Eine Amerikanerin. Bagrat hatte versucht, sie anzufassen, sie wehrte sich. Grigor starb dabei, Bagrat wurde schwer verletzt, also brachten sie ihn ins Krankenhaus.«

»EINE FRAU?« Seinen Schrei konnte man im ganzen Haus hören. Draußen, vor seinem Arbeitszimmer, hob seine eigene Frau den Kopf und lauschte überrascht.

Zviad hämmerte mit seiner riesigen Faust auf die antike Tischplatte. Ein Riss bildete sich und die Tischplatte sackte in der Mitte durch. Dann hieb er noch einmal darauf. Der Tisch zersplitterte nun komplett in zwei Hälften. Der Wodka, Dokumente und die beiden Gläser fielen zu Boden. Die Flasche rollte davon und zog gluckernd eine Spur aus Wodka hinter sich her.

Iosif wartete … zu verängstigt, um sich zu bewegen.

Zviad schüttelte sich wie ein sibirischer Bär. Dann hob er die Wodka-Flasche auf, setzte sie sich an die Lippen und trank mehrere große Schlucke. In seinem Kopf begann er bereits zu planen und abzuwägen. Hier ging es nun einzig und allein um Ehre. Um Bagrat. *Wie konnte das nur geschehen?*

Wenn sich erst einmal herumsprach, dass eine Frau dafür verantwortlich war, würde dies den Verlust von jeglichem Respekt bedeuten. Die Männer würden Witze darüber machen. Es würde Schwierigkeiten geben. Er musste also ein Exempel statuieren. *Wer hatte diese Schüsse abgegeben? Wer hatte es gewagt?*

»Sag mir, was man bisher darüber weiß.«

Iosif räusperte sich. »Bagrat stand unter Bewachung. Ein Mann gab sich als weiterer Interpol-Agent aus. Er benutzte eine Waffe mit Schalldämpfer. Niemand bemerkte etwas, bis eine Krankenschwester den toten Wachmann vor Bagrats Zimmer fand. Keiner hatte die Schüsse gehört.«

»Bagrat und drei Polizisten.«

»Ja, Boss.«

»Fliege nach Griechenland. Nimm drei Männer mit … gute Männer. Finde die Frau und finde heraus, was du kannst. Und Iosif?«

»Ja, Boss?«

»Ich will diese Frau und den Mann, der für seinen Tod verantwortlich ist. Haben wir uns verstanden?«

Iosif verstand nur zu gut. Sein Kopf lag bereits auf dem Schafott. Seine einzige Hoffnung bestand darin, die Frau zu finden oder sich ein Ticket zu einem Ort zu buchen, der weit, weit von Moskau entfernt lag.

»Ja, Boss, alles klar.«

»Iosif?«

»Ja, Boss?«

»Komm nicht ohne sie zurück. Jetzt geh.«

Iosif ging hinaus und schloss die Tür des Arbeitszimmers leise hinter sich. Zviads Frau trat aus den Schatten, in dem sie sich verborgen hatte.

Bedisa war in Georgien geboren und aufgewachsen. Sie hatte die Unterhaltung mitgehört. Sie wusste, dass die Rettung von Bagrats Ehre eine Vergeltung bedurfte. Zviad war nämlich besessen von Respekt. Die Frau, wer immer sie auch sein mochte, war bereits so gut wie tot. Wenn Zviad sie erst einmal gefunden hatte, würde sie sich für sehr lange Zeit wünschen, bereits tot zu sein.

Sie strich sich ihre langen schwarzen Haare zurück. Die Bewegung akzentuierte ihre vollen Brüste. Dann legte sie ihren Zeigefinger an die Lippen. Iosif beobachtete sie. Sie konnten hören, wie Zviad in seinem Büro auf und ab lief und dabei laut fluchte. Seine schweren Schritte hallten durch den Flur.

Sie lief zu Iosif, strich mit ihren Fingern zuerst über sein Gesicht und dann über seine Leistengegend. Anschließend küsste sie ihn.

»Bist du verrückt?«, zischte er. »Was, wenn er herauskommt?«

»Er wird nichts herausfinden. Ich werde zu ihm gehen und ihn beruhigen.«

Iosif schlief jetzt seit sechs Monaten mit Bedisa. Zuerst hatte er sich darüber gewundert, wieso sie ihn auserwählt hatte und wieso er sich auf die Sache einließ. Vielleicht war es die Lust an der Gefahr. Wenn Zviad Wind davon bekam, würde das furchtbar enden. Diese Angst sorgte für einen zusätzlichen Adrenalinschub bei ihrem wilden, einfallsreichem Sex.

Der Sex. Bedisa glich keiner anderen Frau, die er je gekannt hatte. Sie war einzigartig. Was sie mit ihrem Körper und mit seinem anstellen konnte, erstaunte ihn immer wieder. Sie war wunderschön und sie war nicht die Art von Frau, die jemanden wie Iosif anziehend fand. Er wusste, dass er niemals einen Schönheitspreis gewinnen würde. Dennoch war Iosif hoffnungslos in sie verliebt.

Nach einem Monat begann sie schließlich, über Zviad zu reden. Darüber, dass Iosif der neue Boss werden könnte. Was sie zusammen erreichen könnten, wenn Zviad nicht mehr unter ihnen weilen würde.

Doch Zviad war genauso paranoid wie gerissen. Er besaß sogar einen Diener, der sein Essen vorkostete. Er wurde die ganze Zeit über bewacht. Er entfernte sich nie allzu weit von Moskau und besuchte nur hin und wieder eine Villa in Tbilisi, die von Leibwächtern umringt war. Er war kein Mann, der leicht zu töten war. Bedisa wusste, dass Iosif ihn nicht einfach umbringen und seine Geschäfte übernehmen konnte. Es musste so aussehen, als wäre jemand anderes dafür verantwortlich, sonst würde es zu einem Rachefeldzug kommen.

Ihre Stimme klang nun leise, fast wie ein Flüstern. »Finde die Frau. Danach lockst du Zviad zu ihr, wo immer sie sich befindet, und bringst ihn um. Eine bessere Chance werden wir vielleicht nie wieder bekommen.«

Iosif zögerte. »Ich weiß nicht …«

Bedisa ließ ihre Hand langsam über seine Leiste wandern, packte seine Weichteile und drückte zu, dann fuhr sie mit ihrer Zunge über sein Ohr.

»In Ordnung.«

»Gut.«

Kapitel 18

In Virginia hörte Harker Nick über Lautsprecher zu.

»Und niemand hat die Schüsse gehört?«

»Die haben erst was davon gemerkt, als eine Schwester den toten Polizisten fand. Der Raum glich einem Blutbad. Der griechische Polizist, mit dem wir zusammengearbeitet haben, wurde ebenfalls umgebracht. Kein besonders herber Verlust, wenn du mich fragst.«

»Wie sah der Mörder aus?«

»Wie ein Cop. Er besaß einen Interpol-Ausweis. Die diensthabende Schwester hatte erst kurz zuvor einen gesehen und dachte deshalb, er würde zu ihm gehören. Die Empfangsdame sagte aus, dass er adrett angezogen und sehr höflich war. Er hatte kurze Haare und kam ihr ganz und gar wie ein Polizist vor.«

»Was soll das heißen?«

»Er wirkte hart und hatte alte Augen, wie jemand, der schon zu viel gesehen hat. Das waren ihre genauen Worte. Seine Augen haben sie am meisten beunruhigt. Ihr hat ihr ebenfalls seinen Interpol-Ausweis gezeigt.«

Auf der anderen Seite des Ozeans wartete Nick auf eine Antwort.

»Das klingt mir aber nicht nach einem Auftragsmord einer anderen Mafiaorganisation, die mit den Georgiern im Clinch liegt.«

»Schalldämpfer, gefälschter Ausweis, sauberer Abgang. Eher wie die Arbeit eines Geheimdienstes. Mossad, CIA, etwas in der Art.«

»Aber welcher Geheimdienst würde Polizeibeamte umbringen?«

»Gute Frage. Fest steht nur, dass dieser Kerl kein gewöhnlicher Entführer war. Sein Bruder leitet die Organisation. Ich denke, er ist hinter Alexanders Schatz her. Jemand muss ihn auf dessen Spur nach Griechenland gebracht haben. Selena glaubt, dass wir herausfinden könnten, wer dahintersteckt, wenn wir ein paar Informationen streuen, und warten, was sich auftut.«

»Wo würden Sie denn beginnen?«

»Ich bin mir nicht sicher. Gelashvili kann eigentlich nichts von uns wissen, wieso ist er also hinter Selena her? Wie ist er an ihr Foto gelangt? Wer ordnete die Morde in Griechenland an? Bestimmt nicht Gelashvili. Hier ist mehr als nur ein Gegenspieler am Werk.«

Manchmal schloss Harker ihre Augen und dachte an ihren Vater, wenn sie eine Eingebung benötigte.

Wie würde er diesen Fall beurteilen?

Sie stellte sich vor, wie er in seinem Arbeitszimmer in Colorado in seinem grünen Sessel sitzend Bourbon trank. Sie konnte seine Stimme beinahe hören. Sie erinnerte sich noch daran, wie sie nach ihrem zweiten Jahr auf dem College nach Hause gekommen war, unschlüssig, welchen Weg sie zukünftig einschlagen sollte.

»Was sollte ich deiner Meinung nach tun?«

»Das, was du tun willst.«

»Das ist aber keine Antwort.«

Der Richter hob sein Glas und trank einen Schluck. Die bernsteinfarbene Flüssigkeit bildete rauchige Kringel über dem Eis. Seit ihre Mutter krank geworden war, trank er öfter.

»Doch, ist es. Du weißt, dass ich das nicht für dich entscheiden kann. Ich hatte immer gehofft, dass du ebenfalls den Weg in die Juristerei einschlägst, aber vielleicht ist das nicht das Richtige für dich.«

»Vielleicht schon. Ich weiß es einfach nicht.«

»Was würde dich denn sonst noch interessieren?«

»Ich dachte an Medizin.«

Der Richter lachte. »Vom Regen in die Traufe. Wenn du glaubst, die Arbeit bei Gericht sei schon hart … aber du würdest bestimmt eine gute Ärztin abgeben. Wieso Medizin?«

»Es klingt vielleicht naiv, aber ich würde gern etwas bewirken können.«

»Und das kannst du in der Justiz nicht?«

»Doch, natürlich.«

»Okay«, hatte ihr Vater gesagt. »Lass uns mal etwas versuchen. Das tue ich manchmal, wenn ich mich bei etwas nicht entscheiden kann. Mach die Augen zu.«

Sie schloss sie.

»Stell dir vor, du bist eine Ärztin. Na los! Versuch, herauszufinden, wie es sich für dich anfühlt … gut, schlecht oder keines von beidem.«

Nach einer Minute öffnete sie die Augen wieder. »Ich habe … gar nichts gespürt.«

»Okay, dann mach die Augen wieder zu. Nun stell dir vor, du bist jemand, der das Gesetz vertritt, es verteidigt und es anwendet.«

Sie versuchte es, und plötzlich durchströmte sie eine Hitzewelle, eine innere Aufregung. Sie öffnete die Augen.

Der Richter nickte. »Siehst du? Jetzt weißt du, was du tun solltest.«

»Nick.«

»Ich bin noch hier.«

»Fliegen Sie sofort nach Sofia. Unsere einzige Spur ist die Inschrift aus dem Grabmal. Ich kläre in der Zwischenzeit alles Nötige mit Bulgarien und mache Ihren Aufenthalt dort offiziell.«

»Das bedeutet aber, dass jeder weiß, wer wir sind.«

»Sehen Sie es als einen Weg an, die Leute aus ihren Löchern zu treiben, die Ärger machen.«

»Wenn ich etwas für Köder übrighätte, würde ich Angeln gehen.«

»Sie schaffen das schon. Ich schicke auch Ronnie zu ihnen, damit sie gemeinsam Fischen gehen können.«

Kapitel 19

Ronnie war mit einer British-Airways-Maschine von London/Heathrow nach Sofia geflogen. Er sah genauso aus, wie es alle Leute taten, wenn sie zu viele Stunden in Flughäfen und Flugzeugen verbracht hatten. Er umarmte Selena und begrüßte dann Nick. Ronnie schüttelte keine Hände. Das war bei den Navajos nicht üblich.

»Ich war noch nie zuvor in Bulgarien. Hat man denn schon auf euch geschossen?«

Nick musste unwillkürlich grinsen. »Die Taxen stehen da drüben. Wir wohnen im Hilton.«

»Das ist aber ziemlich auffällig.«

»Wir sind ja nicht undercover hier. Alles ist hochoffiziell. Die Griechen und Bulgaren wissen, dass wir hier sind. Soweit ich weiß, wissen es die Chinesen, die Inder und die Pakistanis auch. Die Russen sowieso. Hoffentlich locken wir auf diese Art irgendjemanden hinter dem Ofen hervor. Warum die Sache dann nicht wenigstens auch ein wenig genießen?«

»Ich bin dabei.«

Sie riefen sich ein Taxi. »Hast du eine Waffe mitgebracht?«

»Jap«, antwortete er und klopfte auf seine Tasche.

Es war ihr erster Besuch in Bulgarien. Hier in Sofia gab es Cafés mit Außentischen entlang der Boulevards, so wie in jeder anderen europäischen Großstadt auch. Die Stadt beeindruckte mit kunstvoll verzierten Appartementgebäuden, Büros und Parks. Straßenbahnen fuhren mithilfe von Oberleitungen durch die Stadt, wie man es ebenfalls in vielen Städten Europas sah. Doch obwohl Nick es nicht genau benennen konnte, schien Sofia anders zu sein. Vielleicht lag es an der Farbe der Gebäude, vielleicht war es auch die Architektur selbst.

Sie passierten nun ein gewaltiges Bauwerk.

»Die Newski-Kathedrale«, erklärte der Fahrer und deutete hinaus. »Sehr heilig.«

Die Kathedrale war riesig. Nick konnte allein fünf oder sechs kolossale Kuppeldächer erkennen. Die meisten der Kuppeln waren über die Jahre grün angelaufen. Lange Reihen von Bogenfenstern säumten das untere Stockwerk. Irgendwie erinnerte die Kirche an eine riesige Hochzeitstorte. Falls er bis eben noch irgendwelche Zweifel gehegt hatte, sich in Westeuropa zu befinden – die Newski-Kathedrale hatte sie endgültig ausgeräumt.

Sie versammelten sich kurz darauf in Ronnies Hotelzimmer. Es war ein schöner Raum, sehr weit oben. Das Hotel glich allen anderen Hiltons in größeren Städten. Mit Ausnahme der Speisekarte für den Zimmerservice und dem Warmwasserhahn auf der rechten Seite hätten sie sich auch in St. Louis befinden können.

Sofia lag in einem breiten Talkessel, überschattet von einem Berg, den der Reiseführer als den Witoscha bezeichnet hatte. Von ihrem Hotelzimmerfenster aus konnten sie über die Stadt und das unter ihnen liegende Tal blicken. Hinter dem Tal ragte das Balkangebirge auf und formte eine Art drohende Mauer am Horizont. Schneebedeckte die Wipfel der Berggipfel. Die Wolken, die vor der Sonne vorüberzogen, warfen wechselnde Schatten über die Berghänge. Nick riss seinen Blick nun von dem beinahe hypnotischen Anblick los.

»Okay. Wir sind hier, wo sich die Quelle und zwei Flüsse kreuzen. Was nun?«

»Früher befand sich einmal ein öffentliches Bad an der Stelle, wo die Quelle entspringt. Heute ist es ein Museum. Der einzige andere Hinweis, den wir noch haben, ist der Verweis auf Erinnys.«

»Erinnys?« Ronnie lief zu dem Mini-Kühlschrank hinüber, nahm eine Flasche Wasser heraus und setzte sich auf das Bett.

»Die zerstörerische Seite von Demeter. Niemand, dem du gerne begegnen würdest.«

»Wie sollen wir sie denn finden? Habt ihr eine Idee?«

»Wir stellen Nachforschungen an, wie immer. Die Inschrift lässt sich auf etwa 146 vor Christus zurückdatieren. Damals lebten sehr viele Griechen in Bulgarien.«

»Jetzt nicht?«

»Nicht mehr. Die vorherrschende Kultur hier war eher slawisch. Die Aufzeichnungen aus dieser Zeit sind weitestgehend verloren gegangen, aber es muss so etwas wie einen Schrein oder einen Tempel für Demeter oder Erinnys gegeben haben. Vielleicht können wir herausfinden, wo sich dieser befand. Wer immer die Inschrift verfasst hat, musste den genauen Standort gekannt haben, sofern es sich dabei wirklich um eine Nachricht über die Urne gehandelt hat.« Nick setzte sich.

»Was willst du als Erstes tun?«

»Es bei den Bibliotheken und Museen versuchen, bei der Quelle angefangen. Du und Ronnie, könnt euch in der Zwischenzeit ja die Sehenswürdigkeiten ansehen.«

»Ich denke, es ist besser, wenn wir zusammenbleiben. Die bösen Typen haben dich bereits in Griechenland aufgespürt, dann können sie dich hier auch finden.«

»In einer Bibliothek oder einem Museum werden sie mir schon nichts tun.«

»Nein? Wieso nicht?«, fragte Nick.

»Weil es da zu öffentlich ist.«

»Das spielt überhaupt keine Rolle. Menschen wie diesen ist es vollkommen egal, ob sie dabei beobachtet werden oder nicht.«

Sie wusste, dass er damit recht hatte.

»Dann gehen wir eben alle ins Museum. Ich hoffe, ihr seid darauf vorbereitet, einmal so richtig gelangweilt zu werden.«

»Hey, ich mag Museen«, antwortete Ronnie. »Vielleicht gibt es hier ja bulgarische Dinosaurier.«

Kapitel 20

Alexei Ivanovich gestattete sich ein Lächeln. Korov hatte sich wie immer als äußerst effizient erwiesen. Zviad Gelashvili war außer sich über den Tod seines Bruders. Wut und Zorn waren für ihn äußerst wünschenswert, denn Menschen, die sich von ihrem Zorn leiten ließen, begingen zwangsläufig irgendwann Fehler.

Alexei verfügte über Informanten in Zviads Organisation. Gelashvili hatte in Erfahrung bringen können, dass die Frau aus Griechenland nun von einem Mann begleitet wurde. Er war überzeugt davon, dass es derselbe sein musste, der auch Bagrat umgebracht hatte. Zviad schwor, ihm bei lebendigem Leibe die Haut abzuziehen. Das würde er wirklich tun, wenn es ihm gelingen sollte, ihn zu finden.

Alexei wusste, dass es sich bei Connors Partner um Nicholas Carter handelte, dem *Director of Special Operations* der Geheimorganisation PROJECT. Er besaß über jeden Mitarbeiter des PROJECTs einige Informationen, und er nahm an, dass sie auch etwas über ihn wussten. Wenn man in der Welt der Geheimdienste erst einmal eine ähnlich hohe Position wie er erreicht hatte, waren plötzlich nur noch sehr wenige Dinge über einen geheim. Vysotskys Position als Leiter des Department S bedeutete automatisch, dass es irgendwo in Washington detaillierte

Akten über ihn gab, und mit Sicherheit auch beim PROJECT.

Die Geheimdienste dieser Welt folgten noch immer ein paar ungeschriebenen Regeln. Mitglieder einer bestimmten Agency griffen niemals Kollegen anderer Geheimdienste an, es sei denn, es gab dafür einen direkten und triftigen Grund. Das war so eine Art Vereinbarung unter Ehrenleuten, auch wenn diese Leute alles andere als Ehrenleute waren. Das sorgte für eine gewisse Sicherheit. Denn niemand hatte ein Interesse daran, dass sich die verschiedenen Geheimdienste untereinander bekriegten, zumindest nicht öffentlich. Morde zogen zwangsläufig Vergeltungsmaßnahmen nach sich, und niemandem war daran gelegen, die nicht ganz so gute alte Zeit des Kalten Krieges zu wiederholen.

Auf der anderen Seite gab es aber auch kein Gesetz, welches einem verbot, Kontrahenten zu beschützen, wenn eine dritte Fraktion es auf sie abgesehen hatte. Das ging ihn erst einmal nichts an, es sei denn, es war zu seinem Vorteil, und im Moment sah Alexei keinen Vorteil darin, Carter wissen zu lassen, dass Gelashvili ihn und seine Partnerin beschatten ließ. Carter war ein erfahrener Mann, er würde diese Möglichkeit schon selbst in Betracht gezogen haben. Er würde ganz bestimmt auf der Hut sein.

Die beiden Amerikaner waren nach Bulgarien weitergereist, wo sich ihnen ein drittes Mitglied aus dem Team angeschlossen hatte. Sie hatten sich in einem Hotel in Sofia eingetragen und machten sich nicht die Mühe, ihre

Identitäten zu verschleiern. Alexei fand das sehr ungewöhnlich und beinahe erfrischend. Auf gewisse Art und Weise ergab das sogar Sinn, denn Carter war hinlänglich bekannt, und ganz offensichtlich kannte Gelashvili Connor. Wieso sollten sie sich also die Mühe machen, zu verschleiern, wer sie waren? Er fragte sich, ob sie damit womöglich versuchten, Gelashvili aus seinem Versteck zu locken. Bulgarien war schließlich nicht so weit von Moskau entfernt. Es war also nicht so, als würden sie versuchen, Zviad in eine ihrer westlichen Städte zu bekommen. Genau das Gleiche hätte er an ihrer Stelle auch versucht – ihn irgendwo hinzulocken und dann mit ihm zu reden. Notfalls mit Gewalt.

Vielleicht wollte Gelashvili ja persönlich Rache üben. Wenn das passierte, wollte Alexei sicherstellen, dass Korov zur Stelle war. Er befahl Arkady, den Amerikanern nach Bulgarien zu folgen. Sie waren der perfekte Köder, um Gelashvili aus seiner Moskauer Festung zu locken. Sie würden die ganze Arbeit verrichten und er den Erfolg ernten. Es war an der Zeit, Gelashvili zu eliminieren. Er würde auf fremdem Boden sterben und niemand würde Alexeis Hand hinter diesen Ereignissen vermuten. Je länger er darüber nachdachte, umso mehr gefiel ihm dieser Plan.

Wenn die Amerikaner dabei ebenfalls ums Leben kamen, war es zumindest nichts Persönliches.

Kapitel 21

Im Hotel mieteten sie sich einen Wagen und parkten diesen vor dem Museum.

»Noch mehr Kuppeln«, sagte Ronnie und deutete hinauf aufs Dach.

Das alte öffentliche Badehaus besaß einen hohen, gewölbten Eingang unter einer großen Kuppel und hohe Sprossenfenster entlang der Fassade. Zwei weitere, ebenfalls mit Kuppeln verzierte Türme rundeten das Bauwerk an beiden Seiten optisch ab. Um die Außenseite herum zogen sich weiße und braune horizontale Linien, mit gelben Akzenten und einem roten Dach.

Doch das Museum war leider geschlossen.

»Wohin jetzt?«, fragte Nick.

»Zum nationalhistorischen Museum. Das steht als Nächstes auf meiner Liste.«

Zusammen mit ihrem Wagen hatten sie sich auch ein GPS-Gerät gemietet. Dieses leitete sie nun durch Sofias unübersichtlichen Verkehr und die unaussprechlichen Straßennamen, bis sie schließlich das Nationalmuseum fanden.

Das Gebäude wirkte in seiner Siebzigerjahre-Bauweise modern, flach und gerade, ein Musterbeispiel an Schlichtheit. Im Hauptfoyer war es kühl und hell. Der Boden bestand aus poliertem grauem Stein. Ein breiter

Treppenaufgang führte in die zweite und dritte Etage hinauf. An den Seiten befanden sich verschiedene Ausstellungsräume. Selena studierte den in Englisch und Bulgarisch verfassten Reiseführer. Die griechischen Antiquitäten wurden im zweiten Stock ausgestellt.

Der Raum mit den griechischen und römischen Exponaten befand sich auf der linken Seite. Weiße Podeste in variierender Höhe fungierten als Stellflächen für gläserne Schaukästen. Auch hier bestand der Boden aus großen polierten Steinfliesen, unter einer Decke aus sich wiederholenden Vierecken aus dunklem Holz.

In dem Ausstellungsraum war es still und ebenfalls kühl. Sie waren die einzigen Besucher. Selena lief die Schaukästen ab, auf der Suche nach etwas, das mit Erinnys oder Demeter zu tun hatte. Die Exponate waren chronologisch angeordnet. Auf diese Weise durchquerte sie rasch die Jahrhunderte und blieb schließlich vor einem etwa einen Meter hohem Glaskasten stehen, der in Hüfthöhe begann.

»Hier ist etwas.«

Der Schaukasten enthielt Statuen und Töpferwaren.

»Das ist Erinnys.« Sie deutete auf die beschädigte Statue einer Frau in einer wogenden Robe, mit einem geflochtenen Kranz auf dem Kopf. Der Bildhauer hatte ihr starke, aber unversöhnlich wirkende Züge verliehen. Ihre Mundwinkel waren nach unten gezogen. Sie betrachtete offenbar gerade etwas, das ihr nicht zu gefallen schien.

Selena las die Beschreibung unter der Figur.

»Die Skulptur wurde nicht in Sofia gefunden. Laut der Beschreibung wurde sie in Bankja ausgegraben, in einem Tempel, der Demeter gewidmet war.«

Nick musterte die Statue. »Das würde zumindest zu der Inschrift passen. Wo liegt Bankja denn?«

»Ich habe keine Ahnung.«

Im Wagen konsultierten sie ihr GPS.

»Etwa zehn Kilometer von hier.« Nick sah auf die Uhr. »Es wird langsam spät. Heben wir uns das doch für morgen auf.«

Also fuhren sie zurück ins Hilton.

Kapitel 22

Zviad lag nackt auf dem Rücken, Bedisa hatte ihren Kopf auf seinem riesigen Bauch gebettet. Beide glänzten vor Schweiß. Zviad hatte die Augen offen und dachte nach. Normalerweise fiel er nach dem Sex immer in einen kurzen Schlummer. Wobei das kein wirklicher Schlaf war, eher eine zehnminütige Flucht aus der Realität. Eine zehnminütige Flucht … für sie.

Aber nicht heute, denn Bedisa wartete. Sie wusste, dass es nichts brachte, ihn anzusprechen. Ihr Körper hob und senkte sich mit Zviads Atembewegungen.

»Iosif hat mich angerufen.«

Sie wartete.

»Die Amerikaner sind jetzt nach Bulgarien geflogen, nach Sofia genauer gesagt. Iosif hat ihre Verfolgung aufgenommen.«

»Wieso gerade Bulgarien?«

»Wer weiß?« Er stieß Bedisa grob auf das Bett und stand dann auf.

Anschließend warf er sich einen der roten Seidenmäntel über, den er besonders mochte. Erleichtert sah sie zu, wie dieser seine massigen Pobacken bedeckte. Es wurde immer schwieriger für sie, den Schein zu wahren. Zviads Körper ekelte sie unfassbar an. Er stank und seine Haut fühlte sich stets schmierig an, was sie sofort schmutzig fühlen ließ.

Sein großer Penis war seine einzige positive körperliche Qualität, der sie für ihre Mühen entschädigte. Iosif war nicht so gut bestückt, dafür ließ dieser sich aber auf eine Weise manipulieren, die bei Zviad undenkbar war. Wenn alles nach Plan verlief, würde sie sich nicht mehr lange mit Zviad abgeben müssen.

Sie konnte spüren, wie das Baby in ihrem Bauch wuchs. Schon bald würde man es sehen können. Zviad wusste noch nicht, dass sie schwanger war. Bedisa war sich sicher, dass das Kind von Iosif war. Wenn Zviad Verdacht schöpfte, dass das Kind nicht von ihm sein könnte, würde er sie bestimmt umbringen. Doch bevor er sie tötete, würde er sie noch aufschlitzen und ihr das Kind aus dem Bauch reißen. Wenn es erst geboren war, würde Zviad allerdings ohnehin wissen, dass es nicht sein Kind war, denn er war zu clever, um es nicht zu bemerken. Das war auch der Grund dafür, weshalb sie sich entschlossen hatte, ihre Pläne zu beschleunigen.

»In der Stadt wird bereits geredet.«

»Was sagen sie?«

Sie wählte ihre Worte mit Bedacht. »Ich besuche immer die Salons, wie du weißt. Eine der Frauen, die ich dort kenne, ist mit einem Mann verheiratet, der für Rokovsky arbeitet.«

Rokovsky war Zviads Erzrivale, der Boss der meisten russischen Gangs in Moskau.

»Scheiß auf Rokovsky. Rokovskys Mutter treibt es mit kranken Bettlern, die im Puff aus dem Klo saufen. Was wird denn geredet? Ihr Frauen zerreißt euch doch immer das Maul.«

»Sie liebt es, zu sticheln. Sie weiß natürlich nicht, dass ich es nur deshalb zulasse, um für dich ein paar nützliche Dinge zu erfahren.« Zviad wurde immer ungeduldiger. Sie kam deshalb zum Punkt, aber das war der gefährliche Teil.

»Die Russen glauben, du wirst langsam schwach. Bagrats Tod wurde noch nicht gerächt. Rokovsky denkt, du wärst zu feige, zu tun, was getan werden muss.«

Zviads Gesicht lief dunkelrot an.

»Für Rokovsky ist das eine Frage der Ehre, wenn die Familie eines Mannes angegriffen wurde. Ein Mann, der den Tod seines Bruders nicht rächen kann, ist kein richtiger Mann. Sie sagte, du seist weder ehrenhaft noch ein echter Mann.«

Zviad wirbelte herum und trieb seine Faust in den Putz der Wand neben ihm. »Das ist genau das, was ich mit Rokovsky tun werde.«

Er schlug noch einmal auf die Wand ein und dann sah er sie an. Für einen Moment fürchtete sie sich vor ihm. Denn wenn er auf sie genauso einschlagen würde, würde sie das umbringen.

»Was hast du ihr geantwortet?«

Bedisa lächelte.

»Ich sagte ihr, dass ich wüsste, dass ihr Ehemann anstelle von Frauen eher Männer bevorzugt, und ich mich frage, was passieren würde, wenn sich das herumspräche. Ich war sehr höflich. Ihr Gesicht wechselte daraufhin mehrfach die Farbe, aber im Endeffekt lief sie bleich an. Ich glaube nicht, dass sie noch einmal so etwas über dich verbreiten wird.«

Zviad lachte. »Stimmt das wirklich? Das über ihren Ehemann?«

»Ja. Ich habe zuerst Gerüchte darüber gehört, war mir aber nicht sicher. Doch die Art, wie sie darauf reagierte, sagte mir, dass es wohl wahr sein muss.«

»Gut, Bedisa. Jetzt gehört er mir. Ich werde ihn für mich benutzen.«

»Aber das Gerede wird dadurch nicht verschwinden, Zviad. Auch andere machen sich bereits ihre Gedanken. Du solltest dich beeilen, Bagrats Tod zu rächen. Was wirst du tun?«

Zviad betrachtete sich in einem Ganzkörperspiegel.

»Ich denke, ich werde nach Bulgarien reisen und ein Exempel an diesem Mann und der Frau statuieren. Ein Exempel, an das man sich erinnern wird. Dann wird Rokovsky auch verstehen, wen er hier beleidigt hat. Niemand wird danach mehr an meiner Ehre zweifeln.«

Bedisa nickte. Das war alles, was sie hatte hören wollen.

Kapitel 23

Es war Vormittag am darauffolgenden Tag. Selena rief auf ihrem Computer ein paar Informationen über Bankja auf.

»Bankja ist ein exklusiver Vorort von Sofia. Viele Ruinen, Artefakte, hauptsächlich Töpferwaren und Bronze. Es gibt dort ein Hotel, heiße Quellen und einen alten Präsidentenpalast. Wegen der Quellen ist es allerdings ein ziemlicher Touristenmagnet und ein berühmter Kurort. Ein Museum gibt es auch.«

»Mit jeder Menge Kuppeln, nehme ich mal an«, sagte Ronnie trocken.

Nick war gerade damit beschäftigt, seine .45er zu reinigen. Er setzte sie wieder zusammen, steckte sie sich ins Holster und stand dann auf. Er hatte unglaubliche Kopfschmerzen.

»Dann mal los, bringen wir es hinter uns.«

Sie fuhren in die Lobby hinunter, verließen das Hotel und stiegen in den Peugeot. Arkady Korov beobachtete sie dabei. Er stieg daraufhin in seinen eigenen Mietwagen und fädelte sich in sicherem Abstand hinter ihnen ein. Nur ein weiterer verbeulter grauer Renault, wie so viele. Sie würden ihn gar nicht bemerken. Auf diese Weise folgte er ihnen aus der Stadt heraus. Die Route ließ ihn vermuten, dass sie auf dem Weg nach Bankja waren.

Wieso nach Bankja?, fragte sich Arkady. *Vielleicht wollten sie wegen der Quellen dorthin?*

Kurz zuvor hatte er noch mit Alexei Ivanovich gesprochen.

»Gelashvili ist davon überzeugt, dass die Amerikaner seinen Bruder getötet haben. Deshalb ist er hinter ihnen her. Eigentlich sollte er mittlerweile bereits in Sofia angekommen sein. Früher oder später wird er garantiert bei ihnen auftauchen. Deine Hauptmission gilt seiner Eliminierung, vielleicht übernehmen das aber auch die Amerikaner für dich.«

»Verstanden.«

»Arkady, in dieser Sache dienen uns die Amerikaner als Mittel zum Zweck. Beobachte sie und finde heraus, was du kannst. Betrachte sie aber nicht als Feinde.«

Korov antwortete nichts darauf. Befehle waren eben Befehle.

Kapitel 24

Als sie den Stadtrand von Bankja erreichten, waren Sofia und der Witoscha in der Ferne noch immer gut zu erkennen. Das einzige Museum der Stadt war nicht schwer zu finden.

»Vielleicht gibt es hier ja einen Dinosaurier.« Ronnie klang hoffnungsvoll.

Aber es gab keine Dinosaurier.

In dem Museum erfuhren sie, dass der Tempel der Demeter unter einer Kirche außerhalb der Stadt vergraben lag. Sie verließen das Museum und standen kurz darauf wieder in der Sonne.

»Und was nun?«

»Wir essen jetzt erst mal was, Ronnie, und danach sehen wir uns die Kirche an.«

Sie fanden ein Café. Hinter einem niedrigen hölzernen Zaun mit einem Tor standen ein Dutzend Tische. Darüber breiteten Bäume ihre Äste aus. Es war ein sehr hübscher Ort.

»Das Wetter ist schön.« Selena nahm einen tiefen Zug der frischen Frühlingsluft. »Wir können draußen sitzen.«

Sie bestellten sich würziges Rindergulasch, Brot und Kaffee, dazu einen großen Salat aus Tomaten, Gurken, Zwiebeln, gebratener Paprika und einem unbekannten Käse. Das Essen war sehr gut.

Korov beobachtete sie von einer Bank unter einem der Bäume aus. Sein Wagen parkte ganz in der Nähe. Er hielt eine lokale Zeitung vor sein Gesicht und tat so, als würde er darin lesen. Er trug einfache Arbeitskleidung und eine Stoffkappe. Hin und wieder suchten die Amerikaner das Gelände ab. Ihre Blicke ruhten immer für einen kurzen Moment auf ihm, wanderten danach aber schnell weiter. Arkady wusste, dass es sich dabei um einen Automatismus handelte. Sie hatten ihn nicht bemerkt. Die Frau schien komplett in ihr Essen versunken zu sein.

Dann sah er einen von Gelashvilis Männern. Dieser sprach gerade in sein Handy.

Fünf Minuten später fuhren zwei Autos an ihnen vorbei. Zviad Gelashvili befand sich im zweiten Wagen. Der Mann mit dem Handy stieg in das erste Fahrzeug ein. Zusammen mit Gelashvili zählte Korov fünf Männer. Die Amerikaner in dem Café hatten mittlerweile ihr Essen beendet. Sie standen auf, stiegen in ihr Auto und fuhren davon. Gelashvili und seine Männer folgten ihnen unauffällig.

Korov erhob sich und faltete seine Zeitung zusammen. Die anderen waren noch in Sichtweite. Er stieg in seinen Wagen, startete den Motor und fädelte sich hinter ihnen in den Verkehr ein.

Wie lautete noch einmal die amerikanische Redewendung? Showtime!

Kapitel 25

Die St. George-Kapelle befand sich etwas außerhalb der Stadt, an einer Nebenstraße abseits der Hauptstraße. Sie war aus weißem Kalkstein gefertigt und in ihrem Grundriss einem Kreuz nachempfunden. An einer Seite stand ein hölzernes Baugerüst, darunter lag ein Haufen Schutt. Die Kirche besaß einen hohen gewölbten Eingang und wirkte verwahrlost. Aus ihrer Mitte ragte ein einzelner Glockenturm auf, der in einer grünen Kuppel mündete und von einem russischen Kreuz gekrönt wurde. Auf dem Berghang hinter der Kirche konnte man vereinzelte alte Gebäude sehen, die langsam verfielen. Ein Kloster, das dem Aussehen nach bereits seit langer Zeit verlassen war.

Das Eingangstor war aus schweren Holzplanken zusammengesetzt worden und mit einem großen, verrosteten Vorhängeschloss versehen worden, welches so alt wie die Kirche selbst schien.

Nick sah sich um.

»Scheint niemand da zu sein, der sie verwaltet. Doch wir müssen unbedingt hinein.« Er rüttelte an dem Schloss. Es war alt, aber immer noch sehr stabil.

Ronnie lief zu dem Schutthaufen unter dem Baugerüst. Er stocherte in den Trümmern herum, bückte sich und zog schließlich ein langes Stahlrohr hervor, das etwa einen halben Meter lang war.

»Versuch's mal damit.«

»Du willst hier einbrechen?«, fragte Selena stirnrunzelnd.

»Hast du vielleicht eine bessere Idee?«

Nick schob die Stahlstange in das u-förmige Schloss, stemmte sich gegen das Tor und drückte die Stange dann nach unten. Das Schloss gab knirschend nach. Er warf die Stange beiseite, dann zog er einen der Torflügel auf. Sie traten hindurch und er schloss das Tor wieder hinter ihnen.

Das Innere der Kapelle wurde von Sonnenlicht beschienen, das durch ein gebogenes Buntglasfenster fiel, welches St. Georg beim Bezwingen des Drachen zeigte. Vor ihnen lag der Altar, in rotes Tuch gehüllt, und dahinter eine aus drei Teilen bestehende hölzerne Altartrennwand. Freiliegende, vom Alter geschwärzte Holzbalken kreuzten sich an der Kuppeldecke, weit über dem Kirchenboden. In regelmäßigen Intervallen hingen Kristallleuchter an langen Ketten von der Decke. Zwei Türen links und rechts des Altars führten zu den Armen des Querschiffes. Über den Reihen der geschnitzten Holzbänke wehte noch eine schwache Erinnerung an Weihrauch.

Direkt neben der Tür befand sich ein staubiger hölzerner Tisch mit einigen Broschüren. Selena nahm eine davon zur Hand.

»Das jetzige Gebäude wurde 1664 gebaut«, las sie vor. »Die originale Kirche wurde im elften Jahrhundert auf den Ruinen eines griechischen Tempels errichtet, welcher der Göttin der Fruchtbarkeit gewidmet war.«

»Demeter«, warf Nick ein.

»Die Statue der Erinnys wird hier auch erwähnt. Sie wurde während der Rekonstruktion entdeckt. Laut der Broschüre existiert der Tempel noch immer unter der jetzigen Kirche.«

Sie las weiter. »Der griechische Tempel befand sich über einer natürlich entstandenen Kalksteinhöhle, die im Altertum eine Mineralquelle beherbergte. Als die erste Kirche errichtet wurde, wandelte man die Höhle aber in eine Gruft für die Mönche um.«

»Du meinst, sie existiert immer noch?« Nick griff ebenfalls nach einer Broschüre.

»Sieht ganz danach aus. Sie haben allerdings aufgehört, Leichen dort unterzubringen, nachdem die neue Kirche gebaut wurde.«

»Wenn die Höhle Teil des griechischen Tempels war, lässt sich dort vielleicht noch etwas finden.«

»Ganz bestimmt«, warf Ronnie ein. »Jede Menge Knochen und tote Mönche.«

»Was soll's, jetzt sind wir schon so weit gekommen! Das ist unser letzter Versuch. Sonst gibt es keine weiteren Spuren, denen wir folgen könnten.«

»Ich mag aber keine Knochen.« Ronnie schüttelte den Kopf.

»Du wolltest doch einen Dinosaurier sehen.«

»Das ist doch etwas vollkommen anderes. Das sind große Knochen … wie Drachenknochen. Menschliche Knochen hingegen bringen Unheil.«

»Lasst den Quatsch, Jungs«, unterbrach sie Selena. »Suchen wir doch mal nach einem Eingang.«

Auf den ersten Blick war nichts zu sehen. Sie durchsuchten alle Räume im Seitenschiff der Kirche, doch nach zwanzig Minuten hatten sie noch immer nichts entdeckt.

Dann fiel Selenas Blick plötzlich auf einen alten türkischen Teppich, der neben dem Altar lag.

»Ein schöner Teppich. Bestimmt zweihundert Jahre alt.« Sie sah sich um. Der Rest des Bodens hinter dem Altar war vollkommen schmucklos.

»Wieso sollte man hier einen Teppich hinlegen?« Sie hob ihn an einer Ecke hoch und zog ihn danach ganz zurück. Darunter kam nun eine hölzerne Luke zum Vorschein, die in den Boden eingelassen worden war, mit einem eisernen Ring an jedem Ende. Ronnie und Nick hoben die Luke hoch. Eine schmale Treppe führte in die Dunkelheit hinab. Aus dem Loch wehte ein trockener, alter Geruch zu ihnen hinauf.

»Déjà-vu, wohin man auch schaut«, sagte Nick.

»Nicht ganz. Dieses Mal wissen wir wenigstens, was uns dort unten erwartet.« Trotzdem wirkte Selena nervös. Das letzte Mal, als die drei in die Dunkelheit hinabgestiegen waren, hätten sie dafür beinahe mit dem Leben bezahlt.

»Wir brauchen Licht.«

»Hast du deine Taschenlampe nicht dabei? Ich dachte, die trägst du immer bei dir?«

Da hatte sie recht. Für gewöhnlich tat er das.

»Dieses Mal aber nicht.« Nick lief zu dem Altar hinüber und nahm zwei große Kerzen herunter. »Die sollten reichen.« Mit ein paar Streichhölzern, die daneben lagen, zündete er die Kerzen an, reichte eine davon an Ronnie und lief dann zu der Öffnung.

Die Stufen endeten etwa sechs Meter unter ihnen. Eine enge Passage führte durch grob behauene Steinwände hindurch ins Dunkel. Sie begannen nun mit dem Abstieg.

Kapitel 26

Manchmal wünschte sich Elizabeth, sie hätte sich doch dafür entschieden, Ärztin zu werden. Oder vielleicht Geburtshelferin. Neues Leben in die Welt zu bringen, wäre doch etwas Gutes gewesen … oder Chirurgin. Hightech-Laser, spezielle Brillen, blaue Kittel und Masken. Das leise Summen der technischen Geräte im Hintergrund, während ein engagiertes Team ihr dabei half, böse Dinge aus Menschen herauszuschneiden, die sie krank und verrückt machten.

Die Akten, die an jedem beliebigen Tag auf ihrem Tisch landeten, konnten einen leider ebenso verrückt machen. Die meisten Menschen wären schreiend davongerannt, wenn sie gewusst hätten, was so alles darin stand. Ein geplanter terroristischer Anschlag, bei dem fünfzigtausend Menschen hätten sterben sollen, der erst in letzter Sekunde hatte vereitelt werden können. Eine Atombombe, die vermisst wurde. Die neuesten Meldungen aus Nordkorea. Eine Kurznachricht über einen möglichen Giftgasanschlag auf die New Yorker U-Bahn.

Elizabeth war oftmals in der Lage, ein Muster zu erkennen, wo andere nur unzusammenhängende Einzelteile sahen, und in diesem Moment gefiel ihr ganz und gar nicht, was ihr durch den Kopf ging. Ihre Intuition ließ alle Alarmglocken in ihr schellen. Die Verbindungen des

Pentagons zur CDC, zu Weinstein und Campbell beunruhigten sie extrem. Sie vertuschten etwas, da war sie sich sicher. Das war an sich nichts Neues, aber was versuchten sie hier, zu verheimlichen?

Ausgeklügelte Bomben hatten zwei Wissenschaftler getötet, ein dritter war brutal ermordet worden. All diese Ereignisse waren auf irgendeine Weise mit der Urne verknüpft oder mit dem, was sich womöglich darin befand, dem Schlüssel zu einer verheerenden Pflanzenkrankheit.

Sie nippte an ihrem Wasser und schluckte zwei Aspirin, dann entnahm sie ihrer Schublade einen gelben Notizblock und zog die Kappe von Roosevelts Füller. Manchmal mochte sie es, sich gewisse Dinge aufzuschreiben und ihre Gedanken zu ordnen. Ein langsamerer, aber intimerer Prozess als mit einem Computer. Es half ihr beim Nachdenken. Sie stellte nun eine Liste auf.

C, M, W ermordet, zwei Bomben. Semtex. Wer?
Pentagon?
Mythos/Demeter/Persephone/Urne
Erntefäule
Angriff/Selena/Wer ist das Leck?
Krankenhausschießerei/Griechenland

Auf der Liste standen einfach zu viele Dinge. *Worin bestand die Verbindung zum Pentagon?* Vielleicht gab es ja einen Weg, das herauszufinden. Sie tippte auf ihre Sprechanlage.

»Steph, könnten Sie bitte für eine Minute zu mir kommen?«

»Bin gleich bei Ihnen, Director.«

Stephanie betrat nun das Büro und setzte sich. Wenn es darum ging, sich in Hochsicherheitssysteme zu hacken, kam niemand an Stephs Fähigkeiten heran.

»Was gibt's?«

»Ich habe einen kniffligen Auftrag für Sie. Er betrifft das Pentagon.«

»Sie wollen, dass ich mich dort hineinhacke?«

»Ja.«

»In die DIA?«

»Kommt darauf an, was Sie finden. Es gibt da ein paar Dinge, nach denen ich suche.«

Steph wartete.

»Zuerst müssen wir herausfinden, was sie mit der CDC zu tun hatten. Wieso war Campbell so aufgebracht?«

»Okay.«

»Finden Sie außerdem so viel wie möglich darüber heraus, ob es Pläne zur biologischen Kriegsführung gibt, die irgendetwas mit Ernten oder Erntefäule zu tun haben. Aber sie dürfen nicht merken, dass wir es waren.«

»Was ist die zweite Sache?«

»Wenn Sie über irgendetwas davon stolpern sollten, dann versuchen Sie, herauszufinden, wer es autorisiert hat.«

»Das wird einen, vielleicht auch zwei Tage dauern, aber sie werden nichts mitbekommen.«

»Sehr gut. Fangen Sie bitte gleich damit an.«

Steph stand auf und lief zu den Computern hinüber. Elizabeth nahm ihren Füller wieder in die Hand und begann, mit ihm auf ihre Schreibunterlage zu tippen. Sie spürte, wie sich ihre Brust zusammenschnürte und sie kurzatmig wurde. Es war Zeit für ihre Dosis, die hatte sie ganz vergessen. Sie legte den Füller auf den Tisch, zog ihre Schublade auf und nahm eine Spritze und eine Glasphiole heraus. Dann zog sie die entsprechende Dosis auf und injizierte sie sich in den Oberschenkel. Eine Minute später ging es ihr schon besser. Die Krankheit war gestoppt und unter Kontrolle, aber sie musste dennoch auf sich achten.

Ihre Lungen würden sich nie wieder ganz erholen. Sie würde keine Marathons mehr laufen können, doch wenigstens war sie noch am Leben. Sie wünschte sich, jemanden an ihrer Seite zu haben, wenn es einmal schlimmer werden sollte, aber da gab es niemanden.

Sie war Single geblieben, nachdem in jüngeren Jahren eine längere Beziehung in die Brüche gegangen war. Ihr blieb ohnehin kaum Zeit für ernsthafte Beziehungen. Sie lebte in einer Stadtvilla in Georgetown, besaß das Vertrauen des Präsidenten, einen neuen Audi und mehr Macht als die meisten Männer, die die Geschicke in der Hauptstadt lenkten. Aber sie hatte niemanden, mit dem sie es teilen konnte, wenn sie nach Hause kam. Doch sie hatte sich damit abgefunden, dass es auch nie mehr jemanden geben würde. Ihre Arbeit war nun mal ihr Liebhaber geworden.

Sie schluckte noch zwei weitere Aspirin und sah sich danach ihre Liste an.

Jemand hatte die Informationen auf den Tafeln offenbar durchsickern lassen. Es war nur eine Frage der Zeit, bis sie herausfinden würde, wer es gewesen war. Danach würde sie auch herausfinden, wer Campbell und die anderen getötet und die beiden Killer hinter Selena hergeschickt hatte. Sicher war nur, dass sich alles um diese Urne drehte.

Elizabeth lehnte sich in ihrem Sessel zurück. Ein Schritt nach dem anderen.

Kapitel 27

Der Durchgang am Fuß der Treppe verlief etwa sechs Meter geradeaus und bog dann in einem rechten Winkel nach links ab. Von dort öffnete er sich in eine lange, hohe Höhle, die durchzogen war von alten Mineralquellen. In der Höhle war es extrem dunkel. Die Wände waren unregelmäßig und von der Decke hingen seltsame Gebilde herab. Nick schien es so, als wartete die Höhle nur darauf, ihn zu verschlucken.

Die Knochen befanden sich gleich am Anfang der Höhle.

Er wusste nicht, was er erwartet hatte. Skelette vielleicht, an denen noch vermoderte Stofffetzen hingen, oder vertrocknete, ledrige Leichen … Särge. Aber das Gegenteil war der Fall.

Gewölbte Regale, die an Öfen erinnerten, säumten die Wände. In den Regalen stapelten sich die Knochen. In einigen Regalen waren Oberschenkelknochen wie Feuerholz übereinandergeschichtet worden. Manche enthielten Armknochen, andere die kleinen Knöchelchen von Händen und Füßen. Wieder andere waren mit Reihen voller leerer Schädel gefüllt, die ins Nichts starrten. Außerdem waren Hunderte dieser Schädel an den Wänden befestigt worden. Sie folgten der Form der Vertiefungen in den Wänden und umrahmten die Regale. Das Licht der Kerzen flackerte und tanzte über die Knochen hinweg.

Doch die Knochen schwiegen und die Schädel hatten nichts mehr zu sagen. Die Gruft roch nach Staub und Jahrhunderten der Stille.

»Schätze mal, die Mönche mochten es gesellig«, murmelte Nick trocken.

Ronnie hob seine Kerze und warf einen genaueren Blick auf die Schädel. »Das macht mir, ehrlich gesagt, eine ganz schöne Gänsehaut.«

Sie hielten jetzt auf das hintere Ende der Kammer zu. Tausende leblose Augen folgten ihnen. Von Demeters Tempel war nicht viel mehr als eine gerissene Marmorwand und ein paar Bodenplatten unter ihren Füßen geblieben. Ein großer schwarzer Steinblock ruhte in der Mitte. Er war mit dunklen, uralten Flecken bedeckt. Eine große Nische war in die Wand gehauen worden, doch sie war leer.

»Wieso hier unten?«, fragte Ronnie. »Wieso haben sie das nicht oben an der Oberfläche aufgestellt?«

»Demeter und Persephone wurden mit einem Ritus geehrt, der als die *Mysterien von Eleusis* bezeichnet wurde«, erklärte Selena. »Der Haupttempel befand sich bestimmt einmal dort oben. Hier unten wurden allerdings die geheimen Riten der Priester abgehalten. Es ist eine Höhle, also wie geschaffen dafür. Der große schwarze Stein ist ein Altar, der wahrscheinlich für Tieropfer verwendet wurde. Ronnie, reich mir mal bitte die Kerze.«

Sie nahm ihm die Kerze ab und beleuchtete damit ihre Umgebung. Auf der Wand über der Nische war die Figur eines Pferdes zu sehen.

»Da ist es wieder, Persephones Symbol. Wie es aussieht, sind wir wieder an einem toten Punkt angekommen.«

»Dann sind wir hier ja genau richtig«, sagte Ronnie.

Nick vernahm plötzlich ein Geräusch. Irgendetwas kratzte über den Stein. Gleichzeitig begann sein Ohr zu brennen.

»Löscht sofort das Licht.« Seine Stimme war kaum mehr als ein Flüstern. »Da kommt jemand.«

Sie bliesen die Kerzen aus und die Kammer verfinsterte sich.

Zumindest gibt es hier keine Spinnen, dachte er. Er zog seine .45er. Vielleicht war es ja nur ein Priester, der sich wunderte, wieso die Gruft offenstand. Vielleicht aber auch nicht.

Ein Lichtstrahl erschien am Eingang der Höhle. Jemand mit einer Taschenlampe. Dann war ein zweiter Lichtschein zu sehen. Ein großer Mann betrat die Höhle. Im Schein der Lampe hinter ihm zeichnete sich sein dunkler Umriss ab. In einer Hand hielt er eine Taschenlampe, in der anderen eine Pistole.

Dieser Mann war definitiv kein Priester und besonders klug war er ebenfalls nicht.

Ein zweiter Mann folgte ihm. Auch er trug eine Pistole. Hinter ihm flackerte ein weiteres Licht auf.

Damit waren es mindestens drei, vielleicht sogar noch mehr, die ihnen folgten oder oben auf sie warteten.

Der erste Mann ließ seinen Lichtstrahl nun über die aufgetürmten Knochen streifen. Der suchende Lichtkegel traf nun auf Selena, die sich mit ihrer Glock in den ausgestreckten Händen gegen die alte Tempelwand drückte. Der Mann rief nun etwas und hob seine Waffe.

Nick erschoss den ersten Mann und warf sich danach sofort hinter den Steinaltar. Eine Sekunde später folgte ihm Ronnie. Selena ließ sich kurzerhand auf den Boden fallen. Alle begannen nun gleichzeitig, aus ihren Waffen zu feuern. Mündungsfeuer blitzte an beiden Enden der Gruft auf und zeichneten kurze Abbilder der Schädel und Knochen. Das Donnern der Waffen erfüllte die Höhle. Splitter der uralten Knochen wirbelten durch die Luft. Nick konnte den Luftzug einer Kugel spüren, die an ihm vorüberpfiff. Projektile prallten von den Wänden und dem Altar ab und heulten durch das Dunkel der Höhle. Der zweite Schütze fiel irgendwann zu Boden, dann der Dritte.

Endlich herrschte wieder Stille. Nicks Ohren klingelten. Zum Glück erschien niemand mehr in der Passage.

»Ist jemand von euch getroffen worden?«

»Nein«, presste Selena hervor. »Aber der Boden ist verdammt hart.«

»Ich auch nicht«, meldete sich Ronnie leise zu Wort.

»Ich komme zu dir.« Nick rutschte nach rechts und erreichte Selena, die sich gerade aufrappelte.

»Bleib hinter mir, aber nicht zu nahe.«

Er tastete sich an der Wand entlang. Seine Hand berührte Knochen, Zähne und die schartige Kante, wo sich früher einmal Augen befunden hatten. Er zuckte mit der Hand zurück und lief weiter. Irgendwann erreichte er den Durchgang.

Selena und Ronnie schlossen zu ihm auf.

Drei Körper lagen im Eingang der Passage. Sie bewegten sich nicht mehr. Blut sickerte unter ihnen hervor. Sehr viel Blut. Ihre Gedärme hatten sich entleert. Der Gestank ließ Nick würgen.

Selena stieg, ohne nachzudenken, über sie hinweg. Erst nach vier Schritten wurde ihr bewusst, was sie da gerade getan hatte. Drei tote Männer, und es hätten genauso gut Müllsäcke sein können, so wie es sich für sie anfühlte. Die Erkenntnis erschütterte sie.

»Was meinst du, Ronnie?«, fragte Nick mit leiser Stimme.

»Möglicherweise lauern noch mehr hinter der nächsten Ecke und ganz sicher warten da oben noch mehr auf uns.«

»Wie in Falludscha. Erinnerst du dich noch an die Fabrik?«

»Ja, natürlich erinnere ich mich.«

Nick kauerte sich auf den Boden und warf einen schnellen Blick um die Ecke.

»Bis zu den Treppenstufen ist die Luft rein.«

Der Aufgang war gerade so breit, dass man nur nacheinander hinaufsteigen konnte. Wer immer dort oben auf sie wartete, hätte ein leichtes Spiel, sie nacheinander abzuschießen, wenn sie in der Bodenöffnung erschienen.

»In Falludscha hatten wir Granaten. Das ist echt Scheiße, Kemosabe.«

»Kemosabe? Ist das dein Ernst?«

»Das wollte ich schon immer mal sagen. Tonto nannte den Lone Ranger immer so, wenn die Kacke am Dampfen war. Kemosabe. Klingt irgendwie nett.«

»Was bedeutet es denn?«

»Das willst du nicht wissen.«

»Wenn ihr dann fertig seid …«, unterbrach sie Selena. Sie drehten sich zu ihr um. »Wie kommen wir jetzt hier raus?«

»Der Altar ist nicht weit weg, geradeaus und dann nach rechts. Wir gehen nacheinander hoch und dahinter in Deckung.« Nick grinste sie an. »Aber schnell.«

Er stürmte die Stufen hinauf, kam durch die Öffnung und rollte sich sofort nach vorn hinter den Altar ab. Das Rattern einer Uzi auf Automatik hallte oben durch die Kirche. Die Altarwände explodierten und Splitter aus altem Holz tanzten die Stufen hinunter. Sie hörten, wie Nick ihnen aus seiner .45er Feuerschutz gab.

»Du zuletzt. Wir geben dir Deckung.«

Ronnie hastete wie Nick die Treppe hinauf und verschwand. Eine Sekunde später hörte Selena seine Glock. Die Geräusche, die von oben zu ihr herunterdrangen, hörten sich an, als wäre dort der Dritte Weltkrieg ausgebrochen. Sie rief sich die Position des Altars und den freien Raum dahinter ins Gedächtnis zurück, dann holte sie tief Luft. Das Adrenalin schoss durch ihren Körper, als auch sie die Stufen hinaufrannte.

Kapitel 28

Alexei Ivanovich trommelte mit seinen Fingern auf seinem Schreibtisch herum. Sein Tag war soeben sehr viel schwieriger geworden. Er sah auf den USB-Stick in seiner Hand hinunter und fragte sich, was dieser wohl enthielt. Dann las er noch einmal die Notiz. Sie war in Englisch verfasst worden.

Ziehen Sie keine voreiligen Schlüsse. In dieser Sache ist PROJECT auf Ihrer Seite.

Unterschrieben war die Nachricht mit *Ein Freund.*

Das Päckchen und die Nachricht waren heute Morgen von UPS überbracht worden. Über die Jahre hinweg hatte Alexei schon viele merkwürdige Arten der Kommunikation erlebt. Manchmal in der Nacht, in dunklen Gassen. Manchmal auf offiziellem Weg. Manchmal sogar in einem schalldichten Raum, wo unerträgliche Schmerzen den Auftakt für die Wahrheit bildeten.

Aber noch nie mit UPS. Er wusste jedoch, dass die Spur nirgendwohin führen würde, sollte er versuchen, sie zurückzuverfolgen. Das Video auf dem USB-Stick zeigte den Direktor der CIA, der über eine Verschwörung gegen Russland sprach, die den Codenamen Demeter trug.

Ziehen Sie keine voreiligen Schlüsse.

Alexei übersetzte den Satz für sich. Fällen Sie kein vorschnelles Urteil, bevor Sie nicht die Fakten kennen.

Handeln Sie nicht unüberlegt. *Do not jump to conclusions.* Eine amerikanische Redensart. Es war daher nur logisch, anzunehmen, dass ein Amerikaner das Paket gesandt hatte. *Aber wieso sollte ein Amerikaner ausgerechnet ihm ein derart schädigendes Video schicken?*

In dieser Sache ist PROJECT auf Ihrer Seite.

Der Absender musste irgendjemand beim amerikanischen Geheimdienst sein. Niemand sonst besaß Kenntnis über PROJECT oder wusste, wie er ein Video zu Alexei schicken konnte.

Alexei war sich darüber im Klaren, dass er damit zu seinem Boss gehen musste. Doch wenn er das tat, würde die Hölle losbrechen. Der Kreml war ohnehin schon paranoid genug.

Ziehen Sie keine voreiligen Schlüsse.

Jemand wollte ihn offenbar wissen lassen, dass der Direktor der CIA eine Verschwörung gegen Russland plante. Dieser Jemand wollte den Direktor aufhalten, und er wollte Alexeis Hilfe bei diesem Unterfangen. Jemand wollte, dass er PROJECT als Verbündete ansah.

Es gab nur eine Erklärung, die Sinn machte. Das Ganze war keine autorisierte Operation. Doch das machte es für beide Nationen äußerst gefährlich. Alexei zog die Möglichkeit in Betracht, dass das Video Teil eines weitaus größeren Plans mit unbekanntem Ausgang sein könnte, so verdächtig wie drei Tage alter Fisch auf dem Wochenmarkt. Wenn es keine Fälschung war, war das genau die Sorte Informationen, die zu einem Krieg führen konnten, und Alexei ging nicht davon aus, dass das Video gefälscht war.

Manchmal kam es Vysotsky so vor, als lebe er in einer Welt aus zerbrochenen Spiegeln, einer Welt aus unendlich vielen Reflexionen und möglichen Realitäten. Die Wahrheit war dort draußen, aber oft war sie unerfreulich und nur schwer zu finden.

Ziehen Sie keine voreiligen Schlüsse.

PROJECT war eine kleine Organisation. Die SVR war riesig. PROJECT war nicht dazu imstande, eine nennenswerte Operation in Russland zu starten. Die SVR hingegen besaß alle notwendigen Ressourcen, um genau das tun zu können. In Amerika verhielt es sich genau umgedreht. Das PROJECT konnte dort in einer Weise operieren, wie es Alexei unmöglich war. Die Amerikaner hatten den Bogen gespannt, der Pfeil aber war auf Russland gerichtet. Wer immer also das Video geschickt hatte, strebte ein Bündnis des gegenseitigen Nutzens gegen einen gemeinsamen Feind an.

Alexei traf eine Entscheidung. Er nahm sein Satellitentelefon zur Hand und rief Korov an.

Kapitel 29

Korov folgte Gelashvili und den Amerikanern zu der Kapelle des Heiligen St. Georg. Die Kirche lag weitab der gepflasterten Straße, abgeschieden am Rand eines Hügels. Man erreichte sie nur über einen langen Schotterweg, der in einem miserablen Zustand war. Verlassene Gebäude waren auf dem Berghang darüber verstreut. Er hielt in etwa dreißig Metern Entfernung an und überlegte seine nächsten Schritte.

Sein Telefon vibrierte. Nur General Vysotsky besaß diese Nummer.

»Ja?«

»Die Dinge haben sich geändert. Wie ist Ihre Lage?«

»Gelashvili ist den Amerikanern gefolgt. Sie befinden sich alle in einer Kirche kurz hinter Bankja. Er wird garantiert versuchen, sie dort umzubringen.«

»Sie werden das verhindern. Töten Sie Gelashvili. Beschützen Sie die Amerikaner. Aber geben Sie sich nicht zu erkennen.«

»Die Amerikaner beschützen?«

»Um jeden Preis. Wiederholen Sie Ihre Befehle.«

»Gelashvili töten. Die Amerikaner beschützen.«

Schüsse hallten auf einmal durch die Kirche.

»Sir, in der Kirche fallen gerade Schüsse.«

»Sie kennen Ihre Befehle!«

Die Verbindung wurde unterbrochen.

Arkady schob das Telefon in seine Tasche zurück und zog hastig die Drotik aus seinem Schulterholster, dann rannte er zu der Kirche, zog das Tor auf und schlüpfte hinein.

In dem Regenbogenlicht, das durch das Buntglasfenster fiel, sah Korov Gelashvili und zwei seiner Männer, etwa in der Mitte des Hauptganges. Sie kauerten hinter Kirchenbänken und feuerten immer wieder Salven in Richtung Altar. Von dort beantworteten zwei Pistolen die Schüsse. Während er sie beobachtete, tauchte eine Frau aus einem Loch auf und rollte sich hinter den Altar, während sie dabei drei Schüsse abfeuerte.

Einer von Gelashvilis Männern huschte nun geduckt in einen Seitengang und bewegte sich dann nach vorn. Eine große, lebensecht bemalte Statue der Jungfrau Maria in einer blauen Robe und mit einer goldenen Krone auf dem Kopf verbarg ihn vor dem Altar. In wenigen Sekunden würde er die Amerikaner flankiert haben.

Die Drotik war eine äußerst treffsichere Pistole. Die 5.6mm-Geschosse flogen mit sehr hoher Geschwindigkeit und einer flachen Flugbahn. Korov war außerdem ein ausgezeichneter Schütze. Ein leichter Schuss für ihn. Er hob die Pistole, legte den Wahlhebel auf Automatik und drückte dann den Abzug. Der Knall zerriss die Stille wie dünnen Stoff. Zviads Mann schrie auf und brach leblos auf dem Kirchenboden zusammen.

Hinter dem Altar drehte sich Nick zu Ronnie um.

»Was zur Hölle war das denn gerade?«

»Keine Ahnung. Auf jeden Fall keine Uzi.«

»Scheiße.«

Weitere Schüsse fielen. Wieder dieses peitschende Geräusch, gefolgt von einem Todesschrei. Nick spähte nun neugierig hinter dem Altar hervor. Ein großer, bärenhaft aussehender Mann richtete sich zwischen den Bankreihen auf. Wuterfüllt schrie er und feuerte auf jemanden im hinteren Teil der Kirche. Das peitschende Geräusch ertönte noch einmal, begleitet von einem kurz aufflackerndem blendend hellen Mündungsfeuer. Der bullige Mann blickte an sich hinab und presste dann eine Hand auf seine Brust. Er schwankte, dann fiel er nach vorn und krachte in die Bänke.

Jemand rannte aus dem Tor der Kirche und verschwand.

»Hey!«, schrie Nick ihm hinterher. Er hörte, wie ein Auto gestartet wurde, Räder, die durchdrehten, und dann das Geräusch eines Motors, das schnell in der Ferne verklang.

In der Kirche war es jetzt so still geworden wie in der Gruft darunter. Sie verließen ihre Deckung und schritten vorsichtig durch die Kirchenbänke. Ronnie deutete auf eine der Leichen, die mit ausgestreckten Armen und Beinen am Boden lag.

»Der da drüben hätte ein freies Schussfeld gehabt, wenn nicht jemand eingegriffen hätte.«

»Stimmt. Ein guter Samariter … mit einer Highend-Automatik.«

»Kein Amerikaner oder Europäer.«

»Nichts, was wir schon einmal gehört hätten.«

Selena hielt noch immer ihre Glock in der Hand. Sie sah auf den toten Mann hinunter. »Wer sind diese Leute?«

»Ich weiß es nicht. Aber sieh dir mal ihre Kleidung an. Ich würde sagen, das sind die gleichen, die dich in Griechenland schnappen wollten.«

Mit der Spitze seines Schuhs stieß er Gelashvilis massigen, toten Körper an. »Ganz miserabler Schnitt. Jemand sollte diesen Kerlen mal einen anständigen Schneider empfehlen.«

Kapitel 30

»Mussten Sie dafür wirklich eine Kirche zusammenschießen?« Harker klang verärgert.

Nick hielt das Handy in der linken Hand. Seine Rechte war um ein Glas Whiskey geschlungen. Das nächtliche Sofia füllte die Aussicht aus dem Fenster aus. Überall funkelten Lichter und hatten die Stadt in ein märchenhaftes Bild aus Kuppeln und alten Gebäuden verwandelt. Vor einem nächtlichen Himmel voller funkelnder Sterne zeichnete sich drohend die Silhouette des Balkangebirges ab. Die Szenerie wirkte wie aus einem Walt-Disney-Film. Das Einzige, was dazu noch fehlte, waren Pinocchio und Jiminy Grille.

»Wir hatten keine andere Wahl. *Die* haben sich den Ort ausgesucht, uns herausgefordert und verloren. So einfach ist das.«

Nick betrachtete die Lichter der Stadt. Erst jetzt ließ das aufgekratzte Gefühl von den Kämpfen in der Kirche endlich ein wenig nach. *Wie oft würde er so etwas noch erleben, bevor das Glück ihn endgültig verließ?*

»Die Männer, die Sie erschossen haben, gehörten der gleichen Organisation an, die versucht hat, Selena in Griechenland zu entführen. Einer von ihnen war Zviad Gelashvili. Sie haben einen der größten russischen Gangsterbosse ausgeschaltet.«

»Wir haben ihn aber nicht getötet.«

»Was soll das heißen?«

»Es hat dort noch jemand mitgemischt. Ein Mann.«

»Wieso haben Sie das nicht gleich gesagt?«

»Ich kam ja nicht dazu. Aber jetzt wissen Sie's.«

»Wer war es?«

»Das weiß ich nicht. Er hat eine spezielle Pistole benutzt. Eine Vollautomatik, sehr hohe Schussfolge, kleines Kaliber. Davon gibt es nicht so viele.«

»Klingt nach Militär.«

»Muss wohl so sein.«

»Gelashvili wohnte in Moskau. Vielleicht war es ein Russe.«

»Wieso sollten die Russen uns helfen?«

»Vielleicht haben sie das ja gar nicht. Vielleicht wollten sie nur Gelashvili ausschalten, weil er zu einem Problem für sie geworden ist.«

»Sie wissen doch, wer wir sind. Uns zu helfen ergibt deshalb überhaupt keinen Sinn.«

Nick hörte sie am Telefon seufzen. »Was ist mit der Urne?«

»Was damit ist? Wir haben nichts gefunden, was uns verraten hätte, was mit ihr geschehen ist. Keinerlei Spuren.«

»Sind Sie sicher?«

»So ziemlich, sofern Selena nicht noch irgendetwas aus dem Hut zaubert. Unter der Kirche war nichts zu finden.«

»In Ordnung. Wenn Sie keine neuen Informationen mehr beschaffen können, dann kommen Sie zurück nach Hause.«

»Verstanden.« Nick legte sein Telefon weg.

Selena kam jetzt aus dem Badezimmer und war in einen weißen Bademantel gehüllt. Ihr Haar war ungekämmt und noch feucht. Sie hatte mehrere Drinks, bevor sie im Bad verschwunden war. Auch jetzt hielt sie einen Whiskey in der Hand. Sie kippte ihn hinunter und goss sich direkt aus der Flasche einen weiteren ein. Das war dann ihr fünfter, oder vielleicht auch ihr sechster. Nick hatte sie noch nie so viel trinken sehen, und schon gar nicht Whiskey. Selena bevorzugte eher Wein. Starker Schnaps war eigentlich nicht ihr Ding.

»Wie geht's dir?«

»Gut.« Sie ließ sich auf die Couch fallen und trank weiter. Er setzte sich neben sie. Sie duftete nach Seife und Zitronenshampoo und ihrem ganz eigenen Geruch. Ihr Atem hingegen roch stark nach Whiskey. Vielleicht hatte sie sich beim Baden noch einen gegönnt.

»Guter Whiskey«, sagte sie. »Der hilft einem, nach so einem ereignisreichen Tag.«

Sie lallte bereits ein wenig. Er schwieg.

»Auf einen weiteren ereignisreichen Tag.« Sie prostete ihm zu. Das Glas in ihrer Hand schwankte leicht. »Aufstehen, die Sehenswürdigkeiten ansehen, Mittagessen. Ein paar Leute über den Haufen schießen und schnell zurück ins Hotel zum Dinner.«

»Selena …«

Sie trank einen großen Schluck und ihr Glas war erneut leer. Sie erhob sich von der Couch und taumelte ein wenig auf dem Weg zur Flasche, um sich noch einen Drink einzuschenken.

»Vielleicht hast du genug.«

Sie lief um ihn herum. Aus ihrem Glas schwappte etwas Flüssigkeit. »Du sagst mir nicht, wann ich genug habe! Ich weiß selbst, wenn ich genug habe.«

»Was ist denn bloß los?«

»Was los ist? Was glaubst du denn, was los ist? Du hast mich zu einem verdammten Killer gemacht.«

Das ist nicht fair. Aber er behielt es für sich.

»Oh verdammt.« Sie stellte ihr Glas ab und ließ sich auf das Sofa fallen. »War nicht so gemeint.«

»Ich weiß.« Er legte seinen Arm um sie und zog ihren Kopf an seine Schulter.

»Bin einfach über sie gelaufen … als wären sie Abfall.«

Er brauchte einen Moment, um zu verstehen, was sie damit meinte.

»Sie waren Abfall. Das waren böse Menschen.«

»Aber es waren *Menschen*, und wir haben sie einfach umgebracht.«

»Sonst hätten sie *uns* umgebracht.«

»Darwin.«

»*Was?*«

»Darwin. Nur der Stärkste überlebt.«

Ihr Gesicht wurde plötzlich bleich, dann schlug sie sich eine Hand vor den Mund, sprang auf und rannte ins Badezimmer. Er hörte, wie sie sich dort in die Toilette übergab.

Nick wartete. Die Würgegeräusche verstummten, dann erklang die Klospülung. Ein paar Minuten später stand sie in der Tür.

»Komm schon, Zeit fürs Bett.« Er half ihr ins Schlafzimmer und aus ihrem Bademantel. Sie kroch sofort unter die Decke.

»Tut mir leid«, murmelte sie noch, dann war sie auch schon eingeschlafen.

Nick lief in den Wohnbereich zurück und löschte das Licht. In dem Talkessel funkelte Sofia wie eine Lichterkette. Aus einem unerfindlichen Grund musste er auf einmal an die Schlussszene aus *Vom Winde verweht* denken.

Morgen würde ein neuer Tag anbrechen.

Er ging aufs Klo, putzte sich die Zähne, dann lief er ins Schlafzimmer und zog sich aus. Danach stieg auch er ins Bett. Selena schnarchte leise.

Er starrte an die Decke und dachte nach. Sie war betrunken gewesen, aber die Worte hatten ihn dennoch getroffen, auch wenn er wusste, dass es nicht stimmte. Sie hatte sich selbst für ihr neues Leben entschieden. Nicht er. Er dachte an Megan.

Was er für Megan empfunden hatte und seine Gefühle für Selena waren zwei verschiedene Dinge. *Liebe* genügte dafür nicht. Das Wort allein verwirrte ihn schon. Megan war so anders gewesen. Sie hatte sich wohlgefühlt, mit sich selbst und auch mit ihm. Sie hatte in einer Welt gelebt, die so unendlich weit von jenen trostlosen Orten entfernt lag, an denen der Tod seine Tage und Nächte bestimmt hatte.

Wäre sie nicht gestorben, hätte ihre Welt auch seine Welt werden können. Er hätte das Corps verlassen und wäre ein normaler Zivilist geworden. Dann hätte er niemals die Bekanntschaft mit dem Kind und der Granate in Afghanistan gemacht … niemals Harker oder Selena getroffen.

Megans Welt war so unglaublich friedlich gewesen. Die Welt, die er und Selena teilten, konnte man beim besten Willen nicht friedlich nennen, und dieses Leben hinterließ jetzt erste Spuren bei ihr. Selena wurde aufbrausender, schlief nicht gut und manchmal sah er sie einfach so ins Leere starren. Sie bekam diesen Blick. Er wusste genau, dass sie auf den Moment der Wahrheit zusteuerte. Früher oder später gelangte jeder, für den Gewalt und Tod einen Teil seines Berufes ausmachten, an diesen speziellen Punkt. Er wusste nicht, wie sie damit umgehen würde. Vielleicht sollte er mal mit Harker darüber sprechen.

Er schloss die Augen. Es dauerte lange, bis er endlich einschlief und träumte.

Wieder ist er zurück im Staub jener afghanischen Straße. Er ist auf dem Markt … wie immer. Die AKs rattern los, so wie sie es immer tun. Er duckt sich in einen Hauseingang, wie er es immer tut. Wieder rennt das Kind mit der Granate auf ihn zu. Er hebt sein Gewehr.

Doch dieses Mal verläuft der Traum anders. Dieses Mal steht jemand am Straßenrand. Es ist eine Frau. Eine nackte Frau, dunkel, so als würde sie im Schatten stehen. Sie sieht ihn an. Ihre Augen haben nichts Menschliches an sich.

Vielmehr ähneln sie tiefschwarzen Pfützen, in denen Sterne schimmern. Das Kind wirft die Granate. Er spürt, wie sein Gewehr gegen seine Schulter zuckt, und das Gesicht des Kindes wird zu dem von Selena. Dann wird alles Weiß.

Keuchend schreckte Nick hoch. Sein ganzer Körper war schweißbedeckt. Das Laken unter ihm war klatschnass. Neben ihm schlief Selena, tief und fest.

Der Traum hatte sich verändert. Das hatte er noch nie zuvor. Bislang war es immer das Gleiche gewesen, immer wieder jener Tag in Afghanistan, an dem er beinahe gestorben wäre. Über die Jahre hinweg hatte er sich in seine Nächte geschlichen. Für eine Weile waren die Träume weniger geworden, doch jetzt waren sie wieder da und sie hatten sich verändert.

Wer war diese Frau? Vor drei Jahren hatte keine nackte Frau in diesem Dorf in Afghanistan gestanden, und irgendetwas mit dem Gesicht des Kindes war auch anders gewesen. Dann fiel es ihm wieder ein. Er zitterte.

Er stand auf und wartete auf den neuen Tag.

Kapitel 31

Selena hatte die meiste Zeit des langen Rückflugs aus Bulgarien über geschwiegen. Nick bezweifelte, dass sie sich noch an viel von dem erinnerte, was sie in dem Hotel zu ihm gesagt hatte. Er hatte das Thema bewusst nicht angesprochen. Außerdem hatte er entschieden, Harker nicht einzuweihen. Selena war Teil seines Teams, und es war seine Aufgabe, auf sie aufzupassen. Harker hatte schon genug, worum sie sich kümmern musste.

Letzte Nacht hatte er wieder von Afghanistan geträumt. Die dunkle Frau war jedoch nicht aufgetaucht und das Kind war bis zum letzten Augenblick ein afghanisches Kind geblieben. Seit drei Uhr morgens war er wach gewesen, hatte Kaffee getrunken und zum Fenster hinausgestarrt. Dabei hatte er an Selena gedacht.

Sie kannte ihn nicht, zumindest nicht richtig. Er versuchte, sich zu erinnern, wie es gewesen war, als Megan noch lebte.

Hatte sie ihn wirklich gekannt? Das war eine Frage, die er sich noch nie zuvor gestellt hatte. Damals war er allerdings auch noch ein ganz anderer Mann gewesen, das wusste er. Als sie starb, hatte er sich in sich selbst zurückgezogen. Manchmal fühlte es sich so an, als gäbe es eine Wand aus Stahl um ihn herum, die jeden von ihm fernhielt. Selena aber hatte diese Wand durchbrochen.

Nachdem Harker ihm einen zivilen Job angeboten hatte, hatte er gedacht, dass er damit fertig war, auf Leute zu schießen. Er würde endlich ein normales Leben führen. Ein ruhiges Leben. *Damit lag ich wohl falsch,* dachte er. Er wusste doch schon längst nicht mehr, wie sich ein normales Leben anfühlte.

Nick sah sich in dem Zimmer um. Zum ersten Mal seit Wochen waren sie wieder alle in Harkers Büro versammelt. Sogar Lamont war zurück. Seine Mutter hatte ihn nach Lamont Cranston benannt, der wahren Identität der Hörspielfigur *The Shadow.* Bei den Seals hatten sie ihn deshalb nur *Shadow* gerufen, und dieser Spitzname war irgendwie hängen geblieben.

Lamont besaß äthiopische Vorfahren. Das zeigte sich in seinem drahtigen Körperbau, der nur aus Muskeln und Sehnen zu bestehen schien, die wie Seile hervortraten. Er hatte blaue Augen und kaffeebraune Haut. Eine tiefe Furche aus weißem und pinkem Narbengewebe verlief von seiner Stirn über seinen Nasenrücken bis hinunter zu seiner Wange … ein Souvenir aus dem Irak. Seinen verletzten Arm trug er in einem Verband in einer blauen Schlinge um den Hals. Das war eine wesentliche Verbesserung im Vergleich zu dem starren Gipsverband, den er seit Khartoum hatte tragen müssen.

Harker hielt einen USB-Stick in die Höhe. Er war Schwarz und glänzte.

»Das kam gestern mit UPS hier an, ob ihr's glaubt oder nicht. Keine Erklärung, keine Notiz.«

Sie war vollkommen aufgedreht. Nick konnte sich nicht erinnern, wann er sie das letzte Mal so erlebt hatte. Sie trommelte unentwegt mit ihrem verdammten Füller auf dem Tisch herum. Er wünschte sich, sie würde wieder damit aufhören. Vielleicht lag es ja auch an dem letzten Drink von letzter Nacht, aber seine Kopfschmerzen wollten einfach nicht verschwinden.

Harker steckte den USB-Stick in einen Slot auf ihrem Schreibtisch. Der große Monitor an der Wand erwachte daraufhin zum Leben und zeigte einen fensterlosen Raum mit schmucklosen Wänden. Fünf Männer saßen an einem glatten Holztisch. Zwei von ihnen kehrten der Kamera den Rücken zu. Die Lichtverhältnisse und die Qualität des Videos waren gut, nur der Bildausschnitt selbst war sehr schmal. Nick vermutete, dass die Aufnahme aus einer versteckten Kamera stammte, die vielleicht in der Wand steckte.

Einer der Männer, die mit dem Gesicht zur Kamera saßen, war um die sechzig, elegant und makellos gekleidet, in einem dunklen Anzug, der Geld und Macht ausstrahlte. Sein Hemd schimmerte auf eine Art, wie es nur maßgeschneiderten Hundert-Dollar-Hemden vermochten. Dazu trug er eine Krawatte, die höchstwahrscheinlich aus der gleichen Hand wie das Hemd stammte. Sein Haar war silbern und perfekt frisiert, wie von einem Künstler geformt.

Es war Wendell Lodge, der Direktor der CIA.

Ein anderer der Männer, die man nur von hinten sah, kam Nick ebenfalls irgendwie bekannt vor, aber er konnte ihn nicht einordnen. Dieser trug zivile Kleidung und einen Kurzhaarschnitt. Der Art, wie er dort saß, haftete irgendetwas Militärisches an. Lodge sprach, doch seine Worte waren unverständlich.

»Der Ton wird in ein paar Sekunden klarer«, erklärte Harker. »Der Mann links von Lodge ist übrigens Harold Dansinger. Sie wissen doch alle, wer Dansinger ist, oder?«

Jeder hier wusste es. Dansinger, der sich in der Landwirtschaft ein Vermögen verdient hatte, war die treibende Kraft hinter genetisch veränderten Lebensmitteln. Getreide war dabei sein Hauptstandbein. Weizen, Reis, Mais, Gerste, Hirse. Die Brotkörner und Grundnahrungsmittel für den größten Teil der Welt.

Carter kannte auch die Werbeanzeigen für Dansingers Produkte. Sie zeigten ihn breit lächelnd unter dem zu seinem Markenzeichen gewordenen weißen Stetson, die Hand ausgestreckt zu den goldenen Kornfeldern, die sich bis zum Horizont erstreckten. Ein paar glückliche Drosseln zogen an einem heiteren, sonnenbeschienenen Himmel dahin. Anheimelnd wirkende Buchstaben verkündeten: *»Hal Dansinger, Freund der Landwirte.«* Darunter stand zu lesen. *»Dansinger Enterprises: Wir bringen amerikanisches Essen auf die Tische dieser Welt.«*

Nick stellte sich die Anzeige gerade in Gedanken vor. Seiner Meinung nach wirkte Dansinger wie ein Gebrauchtwagenverkäufer, der gerade eine weitere Schrottkiste mit stattlichem Gewinn verhökert hatte.

»Das Essen von dem würde ich nicht mal mit einem Stock anrühren«, sagte Selena. »Er manipuliert sein Saatgut so, dass es jegliche natürliche Konkurrenz zerstört. Wenn man Dansingers Reis oder Mais angebaut hat, wächst danach nichts anderes mehr dort.«

»Worüber spricht Lodge denn gerade?«, fragte Ronnie.

»Einen Moment noch.«

Mitten im Satz wurde die Tonspur nun plötzlich verständlicher.

»… April. Die Langzeitwettervorhersagen für die Ukraine und Westrussland klingen äußerst vielversprechend und Demeter ist einsatzbereit.«

»Sind Sie sicher, dass alles vorbereitet ist?« Dansingers Stimme klang spröde und ohne jede Wärme. Er war Ende sechzig, grobschlächtig und von den Jahren unter der texanischen Sonne wettergegerbt.

Lodge beantwortete Dansingers Frage. »Ja.« Dann machte er eine kurze Pause. »Bevor wir fortfahren, möchte ich allerdings sichergehen, dass wir uns alle einig sind.«

Einer der Männer an dem Tisch stand auf. »Das sind wir nicht. Mit unserem gemeinsamen Ziel bin ich zwar einverstanden, Wendell, aber nicht damit. Das Leid, das wir anrichten, wird unfassbar sein. Gut möglich, dass Millionen deshalb sterben werden. An so etwas kann ich mich einfach nicht beteiligen.«

Harker deutete auf ihn. »Das ist doch George Wilkinson, Chef der BRES.« BRES stand für *Biological Research Engineering Solutions*, die führende Autorität in der Welt, wenn es um das Ankurbeln der Landwirtschaft in den Ländern der Dritten Welt ging. Wenn es in Südostasien oder Afrika Probleme mit der Ernte gab, wendete man sich an die BRES. Wilkinson war ein Genie und er war erst kürzlich gestorben.

Carters Ohr begann zu jucken.

»Ich verstehe Ihre Bedenken durchaus, George. Mir geht es ja genauso. Bis jetzt ist ja noch keine Entscheidung gefallen, den Plan umzusetzen. Aber Demeter ist einsatzbereit, sollten die Russen es zu weit treiben.« Er deutete auf den Mann mit den kurz geschorenen Haaren, der ihnen weiterhin den Rücken zukehrte, und dieser nickte. »Es ist nichts weiter als eine reine Vorsichtsmaßnahme. Doch wir würden es sehr bedauern, Sie zu verlieren. Ich vertraue natürlich auf Ihre Diskretion, was unsere Unterhaltung hier betrifft.«

»Ich habe ein Dokument unterzeichnet, Wendell. Ich werde nichts verraten. Aber das Ganze ist abgrundtief falsch. Ich denke, Sie sollten noch einmal über alles nachdenken.« Er sah auf die Uhr. »Meine Herren, ich muss jetzt leider zurück nach Washington.«

Wilkinson verließ den Raum. Ein kurzer Moment des Schweigens folgte, dann ergriff Dansinger das Wort.

»Er ist ein Problem, Wendell.«

Lodge sah auf ein paar vor ihm liegende Notizen hinunter. »Nein, Harold, das ist er nicht.«

»Dann kann ich den anderen also berichten, dass er uns nicht in die Quere kommen wird?«

»Natürlich.«

Der Bildschirm wurde nun schwarz.

»Halten Sie das für echt?«, fragte Nick Harker angespannt.

»Das tue ich. Wir können es analysieren lassen, aber ich glaube nicht, dass es eine Fälschung ist.«

»Wilkinson ist tot.«

»Die Implikationen liegen auf der Hand. Lodge hat Wilkinson töten lassen, weil er sich nicht an den Plan halten wollte, wie immer dieser auch aussehen mag.«

»Aber wieso? Das ist komplett überzogen, selbst für Langley.«

»Sofern Lodge Wilkinson wirklich hat umbringen lassen. Bis jetzt gibt es dazu nichts Offizielles. Er handelte hier auf eigene Faust. Er plant offenbar irgendeinen unautorisierten Anschlag auf Russland. Ich muss damit zum Präsidenten. Verdammt noch mal.«

»Wer könnte uns das Video denn geschickt haben, Direktor?«

»Gute Frage, Nick. Jemand, der Lodge nicht leiden kann, aber jemand, der damit genauso wenig an die Öffentlichkeit gehen kann.«

»Aus Langley?«

»Vielleicht.«

Sie legte den Füller auf den Tisch. Alle Augen waren jetzt auf sie gerichtet.

»Das ist alles, was wir brauchen«, erklärte sie. »Legen wir uns mit der CIA an.«

»Wir gehen nicht gegen die CIA vor«, korrigierte sie Nick. »Wir legen uns mit Lodge an. Ich verstehe mich ganz gut mit Hood, und Hood möchte gern der Direktor der CIA werden. Ich könnte mich ja an ihn wenden und unauffällig herausfinden, ob er von Lodges Plänen weiß.«

Clarence Hood war der DNCS in Langley, der *Director of National Clandestine Services.* Verantwortlich für alle Außeneinsätze in der Welt.

»Das können wir nicht riskieren. Was, wenn er in der Sache mit drinsteckt?« Elizabeth hob den Füller wieder auf. »Ich werde eine zweite Autopsie an Wilkinson beauftragen. Wir müssen erst einmal davon ausgehen, dass Lodge abtrünnig geworden ist, aber wir müssen extrem vorsichtig sein. Wer immer uns diesen Beweis geschickt hat, erwartet von uns, dass wir etwas dagegen unternehmen. Möglicherweise versuchen sie ja, uns für deren Ziele einzuspannen.«

Sie sah in die Gesichter der Anwesenden. »Ich muss das vielleicht nicht extra erwähnen, aber jeder von Ihnen sollte sich vorsehen.«

»Was genau ist denn daran neu?«, witzelte Ronnie.

Kapitel 32

Harker war schon oft im Weißen Haus gewesen, aber es beeindruckte sie jedes Mal aufs Neue. Sie wartete gerade im Vorzimmer des Oval Office. Zwei Agenten des Secret Service standen ganz in ihrer Nähe. Die dunklen Anzüge und Ohrhörer, die sie trugen, waren mittlerweile genauso ein Teil des Weißen Hauses geworden wie die Flagge, die über dem Gebäude wehte.

Das Bauwerk selbst verströmte eine beinahe greifbare Aura der Macht. Jeder, der hierherkam, konnte sie spüren. Jeder, der die Politik ernst nahm, wollte gern hier sein. Das Weiße Haus war weit mehr als nur ein hübscher Prunkbau oder ein Symbol. Es war das schlagende Herz einer der mächtigsten Nationen auf diesem Planeten, und der Mann im angrenzenden Raum war der wichtigste Politiker der Welt.

Es hatte im Laufe der Jahre gute und schlechte Präsidenten gegeben und auch ein paar großartige. Für Elizabeth gehörte James Rice zu den großartigen. Wie alle mächtigen Führer war er umgeben von Leuten, die versuchten, ihm gefällig zu sein oder ihn in die Irre zu führen. Sie neigten dazu, ihn nur das wissen zu lassen, was er hören wollte, und ihre eigenen Absichten dabei vor ihm zu verbergen. Das galt insbesondere für die Geheimdienste.

Rice hatte das PROJECT ins Leben gerufen, um sicherzustellen, dass er bestimmte Dinge erfuhr, die ihm sonst niemand verraten würde. Das PROJECT warnte ihn vor Problemen, bevor diese zu ernsten Bedrohungen werden konnten, und mehr noch – es gab ihm die Möglichkeit, diese Probleme, ohne die Behinderung durch eigennützige Politiker, zu beseitigen. Elizabeths Einheit operierte mit einem geheimen Budget, dessen Gelder schwärzer als die dunkle Seite des Plutos waren.

Was sie ihm gleich erzählen würde, war politischer Sprengstoff. Schlimmer noch. Der Direktor der CIA hatte dabei geholfen, mit einer Verschwörung aufzuräumen, die das Land auseinandergerissen hätte. Es war Harkers Team gewesen, die diese Verschwörung aufgedeckt hatten. Lodge war zu diesem Zeitpunkt der amtierende Direktor gewesen und hatte sich als sehr nützlich erwiesen. Zum Dank war ihm der Direktorenposten in Langley angeboten worden. Rice hatte tun müssen, was für das Land am besten war, auch wenn er Lodge weder traute, noch ihn sonderlich mochte. Dem Präsidenten würde es deshalb gar nicht gefallen, was sie ihm heute mitteilen würde.

Eine Sekretärin trat durch eine bogenförmige Tür in der Wand.

»Sie können jetzt zu ihm, Direktor. Er erwartet Sie.«

»Danke.«

Sie stand auf und strich ihren schwarzen Leinenanzug glatt, den sie für das Treffen ausgewählt hatte.

Rice stand hinter Teddy Roosevelts Schreibtisch auf und kam auf sie zu, um sie zu begrüßen.

»Elizabeth. Schön, dass Sie kommen konnten.«

Das war Rices Art. Sie hatte um dieses Treffen gebeten, aber er gab ihr dennoch das Gefühl, als würde sie ihm einen Gefallen tun. Der Secret-Service-Agent, der vor einer Wand stand, verharrte dort regungslos.

Rice war etwa einen Meter achtzig groß. Er trug einen dunkelblauen Anzug und eine rote Krawatte. Er verfügte noch immer über jenes muskulöse Aussehen, das verriet, dass er als junger Marine in Vietnam gekämpft hatte. Er war nicht wirklich gut aussehend zu nennen, aber das spielte auch keine Rolle. In seiner Gegenwart bekam man unwillkürlich das Gefühl, in diesem Moment die wichtigste Sache in seinem Leben zu sein. Er besaß Ausstrahlung und das in sehr hohem Maße. Darüber hinaus war er ein sehr intelligenter Mann.

»Danke, dass Sie mich so kurzfristig empfangen, Mr. President.«

»Ich kann Ihnen zehn Minuten geben, Direktor.« Er lief zu einer Couch hinüber und gab ihr mit einer Geste zu verstehen, ihm zu folgen. Sie setzten sich.

»Sie haben keine guten Nachrichten für mich, nicht wahr?«

»Nein Sir. Wir haben ein großes Problem, und es wäre das Beste, wenn wir allein wären, wenn wir darüber sprechen.«

»So schlimm?« Rice drehte sich zu dem Agenten um. »Eddie, warten Sie doch bitte draußen.«

»Sir …?«

»Ich weiß, Sie sollen mich im Auge behalten, aber warten Sie bitte kurz draußen. Direktor Harker wird mich schon nicht angreifen.«

»Jawohl, Mr. President.«

Er schloss die Tür hinter sich.

Elizabeth hatte sich die Ergebnisse der Autopsie angesehen. Auf ihr Drängen hin hatte der Gerichtsmediziner die Leiche einer zweiten genaueren Untersuchung unterzogen. Dabei waren noch eine kleine Einstichstelle und Hinweise entdeckt worden, die darauf schließen ließen, dass der Mann auf eine weiche Unterlage gedrückt wurde. Hätten sie nicht explizit danach gesucht, wären sie niemandem aufgefallen. Irgendwer hatte ihm Luft injiziert, und als die Luftblase sein Herz erreicht hatte, hatte das wie eine Bombe gewirkt. Wilkinson war also tatsächlich ermordet worden.

Sie gab Rice nun eine nüchterne Zusammenfassung all dessen, was sie in Erfahrung gebracht hatte – das Video, Wilkinson, die Unterhaltung über Russland. Campbells Kommentare über das Pentagon, und ihre Überzeugung, dass die Tode der drei Wissenschaftler alle zusammenhingen.

»Sie halten das Video für authentisch?«

»Ja, Sir. Ich bin mir sicher, dass es das ist.«

»Direktor, Sie erzählen mir hier gerade, dass der amtierende Leiter der CIA ein Verräter ist, möglicherweise sogar ein Mörder.«

»Ja, Sir, so lautet meine Schlussfolgerung leider.«

»Sie können es aber nicht beweisen, oder?«

»Nein, Sir. Nicht, um einer Anklage vor Gericht standzuhalten.«

Rice erhob sich. Sie ebenfalls. Er lief zu den Fenstern hinüber, die einen Blick zu dem Rosengarten gewährten.

»Die Beziehungen zu Russland sind in diesen Tagen etwas heikel. Ich versuche gerade, die Gemüter zu beschwichtigen, was unsere Raketen in Osteuropa anbelangt. Die Opposition macht sich für die Nominierungen bereit und wartet nur auf das kleinste Anzeichen von Schwäche von mir. Wenn Lodge also hier in Wildwest-Manier losreitet …«

Er ließ den Satz unvollendet, drehte sich aber zu ihr um, um sie intensiv anzusehen.

»Wie lautet Ihr Ratschlag?«

»Sir, noch können wir nicht gegen ihn vorgehen. Ich habe mein Team in Alarmbereitschaft versetzt und suche momentan nach weiteren Informationen. Das ist alles, was ich im Augenblick tun kann, bis wir auf etwas Konkretes stoßen.«

»Ich kann ihn nicht einfach entlassen«, antwortete Rice. »Er weiß, in welchem Keller wir unsere Leichen verbuddelt haben. Dieser Mistkerl ist schlimmer, als Hoover es je gewesen ist, und wir haben Wahljahr. Er würde einen Weg finden, um Ärger zu machen. Glauben Sie, Sie können das für mich händeln?«

Elizabeths Ansicht nach ließ sich seine Bemerkung auf vielerlei Arten auslegen, doch sie behielt ihre Überlegung für sich.

»Ich werde mein Bestes tun, Sir. Dafür werde ich schließlich bezahlt.«

»Sehr gut.« Rice lief zu seinem Tisch hinüber und drückte auf einen Knopf. Die Tür öffnete sich und eine Sekretärin betrat das Büro.

»Direktor.«

»Sir?«

»Ich danke Ihnen.«

»Gern geschehen, Mr. President.«

Willkommen zu einer neuen Krise, dachte sie. Sie war wirklich froh darüber, nicht in diesem Büro sitzen zu müssen.

Kapitel 33

Elizabeth studierte die elegante Visitenkarte mit dem geprägten Logo der russischen Botschaft.

Dimitri Yakov
Stellvertretender Kulturattaché

Die Karte war heute Morgen eingetroffen. Auf der Rückseite war mit schwarzer Tinte eine Notiz vermerkt.

Washington Monument. Heute, 14:30 Uhr.

Yakov war der Leiter der Außenstelle der SVR in Washington. Er bat um ein Treffen. Es überraschte sie nicht, dass die SVR wusste, wer sie war. Was sie jedoch überraschte, war, dass sie mit ihr reden wollten. Eine Kommunikation zwischen den US-Geheimdiensten und der SVR war faktisch nicht existent. Daher wusste Yakov auch, dass sie seine Bitte nicht ausschlagen würde.

Yakov war von der Sektion S hierher versetzt worden. Doch er würde niemals ein Treffen ohne direkten Befehl seines Chefs arrangieren, General Vysotsky.

Der Nachmittag an diesem frühen Apriltag war sonnig und mit fünfzehn Grad schon recht warm. Elizabeth saß auf einer Bank am Fuße des Monuments. Sie trug einen verborgenen Empfänger. Lamont saß auf einer anderen Bank, nicht weit von ihr entfernt. Mit seinem gesunden Arm fütterte er die Vögel aus einer Papiertüte. Seine Glock .40 war in seiner Armschlinge versteckt. Sie lehnte sich zurück, schloss die Augen und ließ sich die Sonne ins Gesicht scheinen.

Als sie spürte, wie jemand neben ihr auf der Bank Platz nahm, schlug sie ihre Augen wieder auf. Dimitri Yakov war um die vierzig und von durchschnittlicher Größe. Sein Anzug war maßgeschneidert und in England gefertigt; ein grauer Nadelstreifenanzug aus feinster Wolle. Seine Augen waren blau, sein Haar von einem hellen Blond. Er trug keinen Hut und hatte so wie Elizabeth aufgrund des warmen Wetters seinen Mantel geöffnet.

»Ein wunderschöner Tag, Direktor. Es ist so ermüdend, wenn der Regen alles in Grau hüllt. Danke, dass Sie gekommen sind.« Er bot ihr seine Hand an.

»In Ihrer Nachricht stand nicht, weshalb Sie sich mit mir treffen wollen. Das ist ungewöhnlich, gelinde ausgedrückt.«

»Wir sind da auf eine Sache aufmerksam geworden. Meine Vorgesetzten hatten gehofft, dass Sie uns vielleicht Aufschluss darüber geben könnten.«

Er kam also offenbar direkt zum Punkt.

Yakov lächelte. »Wussten Sie, dass wir Ihre Methoden studieren, Direktor? Wir sind so etwas wie Ihre Bewunderer, könnte man sagen. Zu schade, dass Sie nicht für uns arbeiten.«

»Wir beobachten die Zaslon ebenfalls, Dimitri. Darf ich Sie Dimitri nennen? Sie haben mich doch sicher nicht hierher bestellt, damit wir Loblieder aufeinander singen, oder?«

»Ihre CIA führt etwas im Schilde, etwas, das sie besser nicht tun sollte.«

»Oh?«

»General Vysotsky wurde ein Video zugespielt. Es zeigt ein Treffen mit Ihrem Direktor. Sie sind nicht zufällig mit diesem Video vertraut?«

Yakovs Englisch klang ein wenig steif. Vielleicht versuchte er aber auch nur, höflich zu sein. Elizabeth war sich sicher, dass es an Yakov auch eine Seite gab, die alles andere als höflich war. Bei dem Video musste es sich um die gleiche Aufnahme handeln, die auch sie bekommen hatte. Das Video, in dem Lodge über Demeter und Russland sprach. *Sollte sie zugeben, dass sie es auch gesehen hatte?*

»War ein Mann namens Dansinger in dem Video zu sehen?«

»Ah, dann kennen Sie es also auch. Wir sind selbstverständlich daran interessiert, welchem Zweck es dient.«

Yakov griff in seine Jackentasche, nahm ein Stück Papier heraus und reichte es ihr.

»Das ist eine Kopie der Notiz, die dem Video beigefügt war.«

Ziehen Sie keine voreiligen Schlüsse. In dieser Sache ist PROJECT auf Ihrer Seite. Ein Freund.

»Darf ich ganz offen zu Ihnen sein, Direktor?«

»Ich bitte darum.«

»Dieses Demeter-Projekt ist eine Verschwörung der CIA gegen uns, und das werden wir nicht tolerieren. Wenn sich das bis in gewisse Kreise herumsprechen sollte, könnte das sehr unangenehme Folgen haben. Es gibt einige Personen, die Ihr Land uns gegenüber als … ähm … aggressiv eingestellt ansehen … unverhohlen feindselig, um genauer zu sein.«

»Reden Sie weiter.«

»Wer immer dieses Video geschickt hat, deutet an, dass Ihre Gruppe uns behilflich sein könnte. Wir würden das alles gern verstehen. General Vysotsky hat deshalb beschlossen, diese Sache vorerst zwischen unseren beiden Organisationen zu belassen. Er fragt sich allerdings, was unter der Bemerkung zu verstehen ist, dass Sie auf unserer Seite sind.«

Elizabeth war noch nie zuvor in einer solchen Situation gewesen. *Wie viel sollte sie ihm verraten? Was konnte sie ihm verraten?* Die SVR kannte das Video, in diesem Punkt gab es also keine Geheimnisse. Yakov hatte recht – wenn es erst mal in die höchsten Kreise des Kremls gelangte, würde das eine Menge Probleme verursachen.

Sie wusste instinktiv, was ihr Vater ihr raten würde.

Spiel mit den Karten, die du auf der Hand hast. Manchmal musst du bluffen, manchmal nicht. Gewinnen heißt, zu wissen, wann du das eine oder das andere tun musst.

Sie beschloss, nicht zu bluffen, aber sie wählte ihre Worte dennoch mit Bedacht. »Wir sind sehr besorgt, was Direktor Lodge anbelangt.«

»Und mit *wir* beziehen Sie sich auf Ihre Organisation?«

»Ja.«

»Von wem stammt das Video?«

»Das weiß ich nicht. Ich denke, es muss jemand aus unseren Geheimdienstkreisen sein.«

Yakov nickte. »Das ist auch unsere Schlussfolgerung. Sie sagten, Sie seien besorgt. Worin genau besteht Ihre Sorge?«

»Ich bin mir sicher, dass Lodge Wilkinson umgebracht hat.«

»Den Leiter der BRES, der ebenfalls in dem Video zu sehen war?«

»Ja. Ich denke, dass er getötet wurde, weil er sich davon distanziert hat, was immer Lodge und Dansinger da planen. Es beweist außerdem, dass Lodge außer Kontrolle geraten und bereit ist, alles zu tun, um nicht entlarvt zu werden. Er hat den Bogen deutlich überspannt. Für uns ist Lodge nun zu einem Feind geworden. Was immer er plant, wurde nie offiziell sanktioniert. Weder liegt es im amerikanischen Interesse, noch in Ihrem.«

Yakovs Gesicht blieb ausdruckslos. *Mit diesem Mann solltest du nie Poker spielen,* dachte sie. *Und doch tat sie gerade genau das.*

»Was ist Demeter?«

»Das wissen wir selbst noch nicht. Doch jetzt habe ich eine Frage an Sie: Haben Sie in Bulgarien interveniert?«

»Das ist korrekt. Das war einer unserer Agenten.«

»Wieso?«

»Um ehrlich zu sein, war das nicht unser ursprüngliches Ansinnen. Unser Agent ist Ihren Leuten gefolgt, weil er wusste, dass Gelashvili hinter ihnen her war. Wir wollten

Gelashvili … nun … ausschalten. Kollateralschäden wurden dabei als unwichtig erachtet. Aber nachdem wir das Video und die Nachricht erhalten haben, haben wir unserem Agenten den Befehl gegeben, dafür zu sorgen, dass Ihrem Team nichts geschieht.«

»Mein Team galt also als Kollateralschaden?« Sie spürte, wie sich Ärger in ihr zu regen begann.

Yakov hob entschuldigend die Schultern. »So läuft es doch in unserem Geschäft nun mal, oder nicht?«

Das tat es tatsächlich. Sie atmete tief durch.

»Dimitri.« Sie war jetzt kurz davor, eine Grenze zu überschreiten. »Lodge muss aufgehalten werden. Was immer er plant, ist schlecht für uns beide. Das darf nicht an die Öffentlichkeit gelangen. Ich habe den Präsidenten bereits informiert, aber noch haben wir keinerlei Beweise, und ohne diese kann er nicht handeln.«

»Aber Sie und ich wissen, dass Lodge … wie nannten Sie es noch? *Den Bogen überspannt hat.* Für so etwas gibt es doch auch naheliegendere Lösungen.«

»Das hier ist aber Amerika. Ich kann Lodge nicht einfach aus dem Weg räumen, so wie Sie es mit Gelashvili getan haben. Davon einmal abgesehen, sind da auch noch Dansinger und die anderen. Es handelt sich um eine Verschwörung, und diese muss unbedingt aufgedeckt werden.«

»Was schlagen Sie also vor?«

»Vielleicht können wir zusammenarbeiten.« Sie dachte kurz darüber nach, was sie als Nächstes sagen sollte.

»Dieser Mann ist der Leiter Ihrer CIA. Sie sagen gerade, dass Sie mit uns zusammenarbeiten würden, gegen ihn. Verzeihen Sie mir, aber das fällt mir schwer zu glauben.«

»Wer immer uns beiden das Video geschickt hat, glaubt offenbar daran.«

»Wie stellen Sie sich diese Zusammenarbeit denn vor?«

»Ich brauche eine sichere Leitung zu Vysotsky, und ich benötige Ihre Kooperation, falls meine Agenten russisches Territorium oder Ihren Einflussbereich betreten müssen. Außerdem eine Garantie, dass vorerst nichts gegen Lodge unternommen wird, und dass wir Zeit eingeräumt bekommen, diese Sache zu regeln.«

»Sie verlangen da aber recht viel, Direktor«

»Ich befinde mich in einer weitaus besseren Situation als Sie. Wenn Sie Ihre Praxis, Leute verschwinden zu lassen, auch bei Lodge anwenden, wird das die Dinge nur verkomplizieren. Lassen Sie ihn meine Sorge sein. Alles, was ich über Demeter in Erfahrung bringen kann, werde ich direkt an Sie weitergeben.«

»Ihr Pentagon ist aber möglicherweise ebenfalls involviert.«

»Das wird sich noch zeigen. Ich möchte hier aber eine Sache klarstellen: Ich werde nichts tun, was unsere Sicherheit gefährdet. Darauf können Sie sich verlassen.«

Lamont hatte nun aufgehört, die Vögel zu füttern. Jetzt schien er ein Nickerchen zu machen. Er hatte jedoch jedes Wort über seine Ohrhörer verfolgen können.

Yakov stand auf. »Ich werde Ihr Angebot an General Vysotsky weiterleiten, Direktor.«

Als ob er es nicht bereits kennen würde, dachte sie. *Yakov ist wahrscheinlich direkt mit Vysotskys Büro in Moskau verkabelt.*

Sie holte eine Visitenkarte aus ihrer Tasche und reichte sie ihm. »Diese Nummer ist gesichert. Dort können Sie mich zu jeder Zeit erreichen.«

»Sie hören von uns.« Yakov deutete eine leichte Verbeugung an und entfernte sich dann.

Lamont stand auf und kam zu ihr herüber.

»Glauben Sie, dass sie mit uns kooperieren werden?«

»Ich weiß es nicht. Aber es wäre in ihrem Interesse.«

»Ich hätte nie gedacht, einmal mit den Russen unter einer Decke zu stecken.«

»Das ist ein schlechter Vergleich, Lamont. Das hier ist ein Schachspiel, kein One-Night-Stand.«

»Was immer Sie sagen, Direktor. Solange wir nicht am Ende diejenigen sind, die gefickt werden.«

Kapitel 34

Ein silberblauer Learjet wendete am Ende von Dansingers privater Landebahn und rollte dann langsam auf eine Hangar-Halle zu, die in der Sonne lag. In der Nähe der Hangar-Tore wartete eine weiße Limousine. Direktor Lodge spähte aus dem Backbordfenster der Maschine. Jenseits der Landebahn flirrten in der Ferne undeutlich die nördlichen Ausläufer Texas.

Dansingers Forschungsgelände erstreckte sich über mehrere Quadratkilometer, umgeben von einem hohen, mit Stacheldraht versehenen Metallzaun. Warnschilder, die einen roten Blitz zeigten, waren in regelmäßigen Abständen an dem Zaun angebracht worden. Eine Seite des Geländes wurde von einer Reihe von großen, identischen einstöckigen Gebäuden gesäumt. Jedes davon war in einem Beige-Ton gestrichen worden und besaß ein abgerundetes grünes Metalldach. Ein perfektes Raster aus gepflasterten Straßen trennte die Gebäude voneinander. Zwischen ihnen patrouillierte ein schwarzes Sicherheitsfahrzeug auf und ab. Die Anlage erinnerte Lodge an ein Konzentrationslager, mit dem Unterschied, dass hier Pflanzen interniert wurden und keine Menschen.

Harold Dansinger wartete vor der Limousine, während Lodge aus dem Flugzeug stieg. Er sah sonnengebräunt und fit unter seinem weißen Stetson aus.

»Wendell, schön Sie zu sehen. Hatten Sie einen ruhigen Flug?«

»Sehr ruhig, Harold, danke. Ich freue mich schon auf unser Treffen.«

»Ich denke, Sie werden zufrieden sein.«

Ein Fahrer hielt ihnen die Türen auf. Die beiden stiegen in den hinteren Teil des Wagens. Dansinger drückte auf einen Knopf. Daraufhin fuhr eine blick- und schalldichte Trennwand zwischen ihnen und dem Fahrer nach oben.

»Jetzt können wir frei reden.«

»Demeter?«

»Wir warten nur noch auf die Frühlingspflanzen. In einer oder zwei Wochen sollten sie soweit sein. Wir überwachen das Gebiet täglich.«

Lodge nickte. »Sehr effizient. Das ist eines der Dinge, die ich an Ihnen schätze, Harold.«

Die Limousine fuhr jetzt auf eines der Gebäude zu. Jedes von ihnen besaß die Länge eines Fußballfeldes und war halb so breit. Der Wagen bog einmal nach rechts ab, dann nach links. Anschließend passierte er die Rückseite eines Gebäudes mit einer großen aufgemalten 1 an der Seite. Vor einer schlichten Tür hielt der Wagen schließlich an. Lodge und Dansinger stiegen aus. Dansinger zog eine Karte durch einen Leser und öffnete auf diese Weise die Tür. Sie betraten nun einen Raum, der sich nicht von anderen Vorstandsetagen unterschied, nur dass es hier keine Fenster gab. Ein langer polierter Holztisch, bequeme Ledersessel und ein Beamer, der an der Decke befestigt war. Eine Beleuchtung, die alles erhellte, ohne dabei aufdringlich zu wirken. Tapeten in beruhigenden Farbtönen. Ein dicker Teppich auf dem Boden. Auf dem Tisch lag eine Fernbedienung.

Dansinger lief zu einem langen Sideboard aus poliertem Eichenholz hinüber. Dekanter und Kristallgläser waren darauf angerichtet.

»Einen Drink?«

»Single Malt, falls Sie einen da haben. Nett haben Sie es hier.«

»Da schließe ich mich Ihnen an.« Dansinger goss zwei Drinks ein. Die beiden Männer setzten sich.

»Ich habe für Sie eine kleine Präsentation vorbereitet. Ich dachte, Sie würden Demeter gern mal in Aktion sehen wollen.«

Er nahm die Fernbedienung zur Hand und drückte auf einen Knopf. Eine Leinwand senkte sich daraufhin am anderen Ende des Raumes von der Decke herab. Das Licht wurde abgedunkelt. Dansinger drückte auf einen anderen Knopf. Ein Video erschien. Es zeigte das Innere eines der großen Gebäude und ein großes Feld voller üppig wachsender grüner Pflanzen. Darüber simulierte eine helle UV-Beleuchtung die Sonne.

»Das ist eine unserer Testeinrichtungen für Weizen. Wir haben noch andere für Gerste, Mais, Reis und Hirse. Außerdem für Blattgemüse und Gurken. Die Fläche, die Sie hier sehen können, beträgt etwa sechstausend Quadratmeter.«

»Ist das eine Ihrer genetisch veränderten Sorten?«

»Nein. Diese ist unbehandelt, unter Standardbedingungen gewachsen. So wie die Pflanzen in der Zielregion.«

Auf der Leinwand betrat nun ein Mann durch eine Luftschleuse die Halle. Er trug einen weißen Schutzanzug und hielt ein Gefäß mit einem roten Etikett in der Hand, wie man es auf dem Gewürzregal einer beliebigen Küche finden könnte. Er öffnete den Deckel und schüttete einen Teil des Inhalts über einen kleinen Bereich. Schwarze Flocken sanken daraufhin auf die jungen Pflanzen hinab. Anschließend schraubte er den Deckel wieder zu und verließ den Raum.

»Es ist durch die Luft übertragbar?«

»Ja. Wie Sie sehen konnten, hat er nur eine sehr geringe Menge des Materials verwendet. Das Video wird jetzt in den Zeitraffer-Modus wechseln. Etwa einen Tag pro Minute. Was Sie jetzt zu Gesicht bekommen werden, dauerte ungefähr zehn Tage.«

Die Bilder des Videos rasten flackernd durch den ersten Tag. Das Licht veränderte sich entsprechend dem Lauf der Sonne. Kaum etwas tat sich. Die Pflanzen blieben grün und so kräftig, dass Lodge beinahe die Lebensenergie spüren konnte, mit der sie aus der Erde drängten.

Der Morgen des nächsten Tages dämmerte. Die Pflanzen waren immer noch grün.

Doch am dritten Tag veränderte sich plötzlich etwas. Ein leichter Gelbton mischte sich unter das Grün, Pflanzen in allen Richtungen waren davon betroffen.

Am vierten Tag hatte sich bereits eine breite Schneise gelblicher Verfärbung in dem Feld gebildet. Auch in den hinteren Regionen zeigten sich gelbliche Abschnitte. Einige der Pflanzen wurden bereits braun.

Am fünften Tag hatten die Auswirkungen das Zentrum erreicht.

Am sechsten Tag war das gesamte Feld infiziert.

Am siebten Tag war das Feld tot.

Dansinger schaltete mithilfe der Fernbedienung den Projektor ab und stellte das Licht wieder heller. Die Leinwand zog sich in die Decke zurück.

»Ich arbeite seit zwei Jahren daran. Der genetische Code des Virus wurde modifiziert, um die Reproduktionsrate drastisch zu erhöhen. Das ursprüngliche Virus verwüstete das alte Mesopotamien. Dort gab es hauptsächlich Weizen. Wie ich bereits andeutete, greift Demeter aber auch andere Getreidesorten an. Das Wundervolle an diesem Virus ist, dass es nur eine begrenzte Lebensdauer besitzt. Ist der Schaden einmal angerichtet, stirbt es.«

»Also kein permanenter Schaden?«

»Nein. Das war eine der Anforderungen. Der Ausbruch wird in der Ukraine beginnen und sich über das Gebiet der ehemaligen Sowjetunion ausbreiten. Ich schätze mal, dass es zwei oder drei Monate dauern wird, bis es in der gesamten Region zu Ernteausfällen kommen wird. Dann wird es Hungersnöte geben. Das Volk wird rebellieren und Moskau wird nicht in der Lage sein, die Unruhen in den Griff zu bekommen. Danach werden die regionalen und nationalen Regierungen zusammenbrechen. Wenn alles vorbei ist, werden wir mit Nahrungsmitteln und Samen für neue Nutzpflanzen zur Stelle sein. Vielleicht auch mit ein wenig militärischer Unterstützung, falls notwendig. Russland wird am Ende sein.«

»Gibt es ein Gegenmittel?«

»Das gibt es. Derzeit wird es in unserer Einrichtung in Utah aufbewahrt. Das war eine weitere Anforderung. Niemand sonst wird in der Lage sein, schnell genug etwas zu entwickeln.«

Lodge nippte an seinem Drink. »Ein Jammer, diese Sache mit Wilkinson.«

»Ja, sehr bedauerlich. Keine leichte Entscheidung.«

Für ein paar Sekunden sannen die beiden Männer über ihr bedauernswertes Vorgehen nach.

»Rice wird alle Hände voll zu tun haben. Die Chancen stehen gut, unseren Mann ins Weiße Haus zu bekommen.«

»Sie sind ein Visionär, Harold. Sie sollten der nächste Präsident werden.«

Dansinger lachte. »Oh nein. Es ist viel besser, im Hintergrund zu agieren. So haben es Männer wie wir schon immer gehalten.«

Er leerte seinen Drink. »Sie haben gute Arbeit geleistet, was diese Wissenschaftler betrifft, Wendell. Campbell war der Sache gefährlich nahegekommen.«

»Harker und ihre Leute suchen noch immer nach der Urne.«

»Ah, die Urne. Sie befindet sich schon seit Ewigkeiten im Besitz meiner Familie. Sollen sie nur suchen. Sie werden niemals herausfinden, was mit ihr geschehen ist.«

»Wie ist sie überhaupt in die Hände Ihrer Familie gelangt?«

»Wussten Sie, dass meine Vorfahren aus Deutschland stammten? Damals lebten sie in Erfurt. Ein beeindruckender Ort, eine der großen mittelalterlichen Städte. Überzeugte Katholiken. Damals hießen wir Danzinger, mit einem Z. Wie auch immer, Mitte des elften Jahrhunderts gab es eine Auswanderungswelle nach Bulgarien. Hauptsächlich Griechen, die sich nach der Eroberung Thrakiens durch die Slawen in Thrakien unbeliebt gemacht hatten. Einige von ihnen waren Heiden. Wer klug genug war, konvertierte. Alle anderen wurden getötet oder verjagt.«

»Und die Urne?«

»Einer meiner Vorfahren saß im Stadtrat, er war ein einflussreicher Händler. Er bekam die Urne von einem weniger wohlhabenden Griechen, im Austausch für seine Konvertierung und sein Leben.«

»Wurde sie denn nie geöffnet?«

»Nein. Meine Familie ergötzte sich daran, sie versiegelt zu halten. Eine Art Familienlegende. Der Fluch einer Göttin und all das. Sie waren äußerst wohlhabend und deshalb nicht auf das Gold angewiesen, dass sie eingebracht hätte. Die Urne war ein mächtiges Symbol ihres Wohlstandes. Es klimperte nichts in ihr, so wie Münzen oder Juwelen, sonst hätte man sie bestimmt irgendwann geöffnet. Als sie später in die Staaten emigrierten, brachten sie die Urne mit.«

»Aber Sie waren neugierig.«

Dansinger nickte. »Ich kannte die Geschichte natürlich und dachte darüber nach. Ich beschloss, dass es an der Zeit war, sie zu öffnen und nachzusehen, was sich tatsächlich darin befand. Es waren Sporen, so wie Campbell es vermutet hatte, nachdem er die Tafeln entdeckt hatte. Eines führte zum anderen, und nun haben wir Demeter. Ich bin mir sicher, dass die Göttin stolz auf uns wäre.«

Lodge ließ den Whiskey in seinem Glas kreisen, dann trank er ihn aus. »Davon träume ich schon seit Jahren. Moskau, für immer erledigt. Das wird ein großer Tag werden.«

Dansinger griff nach der Flasche Single-Malt und goss ihnen nach. Dann hob er sein Glas.

»Auf unseren Traum.«

Kapitel 35

Billy Elroy arbeitete als Hausmeister für *Dansinger Enterprises*. Der Job war ziemlich gut. Er hatte eine Krankenversicherung, einen Rentensparplan, zwei Wochen Urlaub im Jahr, Krankentage, wenn er sie brauchte, und verdiente 13,50 Dollar in der Stunde, bei vierzig Stunden in der Woche – und das Anderthalbfache, wenn er Überstunden machte. Manche Leute waren der Ansicht, dass Billy nicht gerade die hellste Kerze auf der Torte war, aber er war immerhin klug genug, um eine gute Gelegenheit zu erkennen, wenn sie vor ihm lag. Hier zu arbeiten war eine gute Gelegenheit, und deshalb war er auch sehr vorsichtig, wenn er etwas mitgehen ließ.

Er stahl niemals etwas Wichtiges. Ein oder zwei Pakete Klopapier, Seife. Hin und wieder etwas von dem Essen aus einem der Kühlschränke im Labor. Billy aß gern einen guten Salat zu seinen gegrillten Rippchen, und nicht selten stand ihm eine breite Auswahl an Grünzeug zur Verfügung, aus dem er frei wählen konnte. Niemand vermisste schließlich eine Schüssel voll Salatblätter.

Meist übernahm Billy die Spätschicht, von nachmittags um vier Uhr bis Mitternacht. Er mochte die Stille an diesem riesigen Ort, wenn alle anderen nach Hause gegangen waren. Natürlich gab es noch weitere Hausmeister. Gegen zwanzig Uhr trafen sie sich für gewöhnlich zu ihrer Essenspause in der Cafeteria. Die Essensausgabe war nachts geschlossen, aber die Leute brachten sich ihr eigenes Essen mit. Ein paar Automaten versorgten einen außerdem mit heißem Kaffee, Snacks oder Limonaden, falls einem der Sinn danach stand.

Am Ende der Pause ging jeder wieder seines Weges. Von der Pause an bis zum Ende der Schicht arbeitete Billy allein. Sein Aufgabenbereich war Gebäude Vier, zusammen mit den Sitzungsräumen und dem Labor. Jedes der Gebäude verfügte über ein eigenes Labor, in denen Dansingers Pflanzengenies ihrer Arbeit nachgingen. Billy besaß eine Schlüsselkarte, die ihm Zutritt gewährte.

Billy hatte sich eine eigene Routine zurechtgelegt. Zuerst fing er mit den Sitzungsräumen an. Von dort aus arbeitete er sich zu den Toiletten, den Hallen und Büros vor, und zum Schluss nahm er sich das Labor vor. Im Labor befanden sich die Kühlschränke. Den größten Bereich des Gebäudes hatte er noch nie betreten müssen. Billy wusste nicht genau, was sie dort trieben, außer, dass sie dort mit Pflanzen herumexperimentierten. Es war ihm aber auch ziemlich egal. Er war lediglich dankbar dafür, dass er dort nicht sauber machen musste.

Zehn Minuten vor Ende seiner Schicht war er fertig, was ihm genug Zeit gab, nachzusehen, ob sich etwas Brauchbares im Kühlschrank befand. Fünf riesige solcher Kühlschränke reihten sich an einer der Wände des Labors nebeneinander. Die ersten vier ließ er links liegen. In diesen befanden sich nur Reagenzgläser, Phiolen, kleine runde Petrischalen und anderer seltsamer Kram. Nichts Essbares. Im fünften allerdings fanden sich gelegentlich ein paar leckere Sachen.

Dieses Mal enthielt der fünfte Kühlschrank aber kein Grünzeug. Er war angefüllt mit lauter Reihen von Pfefferstreuern, angefüllt mit schwarzen Körnchen. Jeder von ihnen besaß ein leeres rotes Etikett, das darauf wartete, mit dem genauen Inhalt beschriftet zu werden, wie Cayenne, Schwarzer Pfeffer oder Chili.

Zuhause war ihm der Pfeffer fast ausgegangen. Billy streute gern besonders viel Pfeffer auf sein Essen. Seine Wahl fiel auf eine Dose im hinteren Teil des unteren Faches. Er öffnete den Deckel und schüttete sich ein wenig davon auf die Hand, nur um sicherzugehen. Kleine schwarze Körnchen rieselten ihm auf die Hand. Er schnüffelte daran und nieste. Ziemlich fein gemahlen, aber zu gebrauchen. Niemand würde eine einzelne Dose vermissen. Er ließ sie in seiner Tasche verschwinden.

Zeit, nach Hause zu gehen. Es war Freitag. Vor ihm lagen zwei Wochen Urlaub. Morgen würde er nach Nebraska zu seinem Bruder fahren, um ihm auf den Feldern zu helfen.

Kapitel 36

Elizabeth hatte noch nichts von Yakov gehört. Das beunruhigte sie. *Was, wenn Vysotsky zu seinem Boss gegangen war?* Dann könnte alles Mögliche passieren.

Stephanie betrat ihr Büro.

»Das Pentagon … ich habe etwas gefunden.«

Sie setzte sich. »Sie hatten das wirklich gut vergraben. Das Sicherheitssystem gleicht einem von diesen chinesischen Trickkästchen. Ich musste mich durch vier eigenständige, sich ständig verändernde Firewalls arbeiten, eine schlimmer als die andere.«

Elizabeth wartete.

»Es gibt da ein Kriegs-Spiel-Szenario namens *Dunkle Ernte*.«

»Worum geht es dabei?«

»Um die Besetzung Russlands.«

»Sie machen Witze.«

»Nein. Aber natürlich ist das alles nur hypothetisch.«

»Natürlich. Bis jemand beschließt, es in die Tat umzusetzen.«

»Es handelt sich dabei um einen detaillierten Plan auf Basis eines Schlüsselelements. Einer katastrophalen Erntefäule, die das gesamte Land befällt. Man rechnet damit, dass es daraufhin zu Hungersnöten kommen wird, Chaos ausbricht und die Regierung zerfällt. Daraus ergibt sich dann die Möglichkeit, als edle Helfer in Russland eindringen zu können, um Nahrung zu bringen und Unterstützung zu leisten. Selbstverständlich setzen diese Lieferungen an Vorräten eine gewisse Logistik voraus und müssen von bewaffneten Truppen überwacht werden. Sie benutzen dafür die Bezeichnung *Humanitäre Berater.*«

»Die wissen, wie man sich ausdrückt, was? Wer könnte dagegen etwas sagen wollen?«

»Da ist noch mehr.«

»Ist es immer.«

»Dreimal dürfen Sie raten, wie sie beabsichtigen, die Nahrungsversorgung wiederherzustellen.«

Elizabeth griff nach ihrem Füller. »Saatgut.« Sie begann nervös auf die Schreibtischplatte zu tippen. »Dansinger.«

Steph nickte.

»Wird Demeter darin erwähnt?«

»Nein, aber die Verbindung scheint mir offensichtlich zu sein. Bei Demeter muss es sich um den Plan handeln, eine Erntefäule auszulösen. *Dunkle Ernte* ist die logische Weiterführung.«

»Lodge und Dansinger haben da etwas in der Hand, um sie auszulösen.«

»Der Fluch der Demeter. Etwas, das die Ernten vernichtet und Hungersnöte auslöst.«

Harker dachte darüber nach. »Campbell stößt auf einen Hinweis zu der Urne, er weiß nicht, ob jemand in ihrem Besitz ist, aber er will sie finden. Er will außerdem vermeiden, dass das Pentagon davon erfährt. Er weiht zwei Personen ein und jede von ihnen stirbt kurz darauf.«

Steph schnippte sich ein Staubkorn von der Schulter. »Dansinger und Lodge wollten vermeiden, dass *irgendwer* von ihr erfährt, auch wenn die Urne vor mehr als zweitausend Jahren verschwand.«

»Sie muss sich in Dansingers Besitz befinden. Wenn es jemanden gibt, der ein uraltes Virus in eine neue Gefahr verwandeln kann, dann er. Für ihn arbeiten immerhin einige der brillantesten Genetiker.«

»Lodge hingegen wäre in der Lage, diese Bomben zu legen. Aber wie hat er von Campbell erfahren?«

»Er muss jemanden bei der CDC kennen, Steph. Jemand, der mit Campbell zusammengearbeitet hat und der wusste, dass Weinstein und Campbell an einem Programm zur biologischen Kriegsführung arbeiteten. Oder vielleicht auch jemand im Pentagon.«

»Das erklärt aber immer noch nicht, wieso Gelashvili in Griechenland hinter Selena her war.«

»Ich schätze mal, dass Lodge ihn geschickt hat. Er hat ziemlich viel Staub aufgewirbelt, um alle von der Urne fernzuhalten. Das war ein Fehler.«

»Wieso?«

»Hätte er aufgehört, nachdem er Campbell und die anderen getötet hatte, hätte alles an diesem Punkt geendet. Wahrscheinlich hatte er das auch gedacht. Er konnte ja nicht wissen, dass McCullough Selena anrufen und ihr eine Kopie der Tafeln geben würde. Irgendwie muss er herausbekommen haben, dass sie mit McCullough gesprochen hatte, und wurde daraufhin unruhig. Indem er Gelashvili aktivierte und hinter uns herschickte, hat er den Einsatz wesentlich erhöht.«

»Aber woher sollte er das zwischen Selena und McCullough wissen?«

»Keine Ahnung.«

»Was tun wir jetzt, Direktor?«

»Wir warten, bis unser Team zurück ist, und wir etwas von Vysotsky hören.«

Kapitel 37

Bedisa Gelashvili lief in Zviads Studierzimmer auf und ab. Es war ein sonniger Tag. Sie konnte die Kinder im Gorky Park spielen sehen. Zum Teufel mit ihm. Zum Teufel mit ihnen allen. Zum Teufel mit Iosif, der sich hatte umbringen lassen. Ohne ihn konnte sie die Kontrolle über die Organisation nicht gewinnen. Die Aasgeier drehten bereits ihre Runden und sie war zu einem entbehrlichen Sicherheitsrisiko geworden. Sie wusste zu viel. Sie musste Moskau schnellstmöglich verlassen. Ihre Töchter waren noch jung, ihnen drohte keine Gefahr, ihr hingegen schon. Sie berührte ihren Bauch, in dem Iosifs Baby heranwuchs, und überlegte, was sie mitnehmen sollte.

Einer der Diener betrat den Raum. Er wirkte nervös.

»Was ist los?«

Bevor er ihr antworten konnte, stürmten drei Männer herein. Einer von ihnen hielt seinen Ausweis in die Höhe. Eine runde, goldene Dienstmarke. In dessen Mitte befand sich ein fünfzackiger Stern, der einen blauen Globus einrahmte. Dahinter war das Rot, Blau und Weiß der Nationalflagge zu sehen.

SVR. Nicht der FSB, sondern der Auslandsgeheimdienst. Bedisa zwang sich, ruhig zu bleiben.

»Bedisa Gelashvili?«

»Ja.«

»Sie müssen mit uns kommen.«

»Was …«

Einer der Männer ergriff ihren Arm. »Halten Sie den Mund. Sie kommen mit.«

Draußen wartete ein schwarzer Mercedes auf sie. Die Männer schoben sie auf den Rücksitz und nahmen links und rechts von ihr Platz. Niemand sprach, bis sie das Hauptquartier der SVR erreichten.

»Aussteigen.«

Die Männer führten sie in das Gebäude hinein, eine lange Treppe hinauf und dann in einen düsteren Flur. Besonders sanft gingen sie dabei nicht mit ihr um. Einer von ihnen öffnete eine Tür.

»Da rein.« Er schob sie in den Raum. Hinter ihr fiel die Tür ins Schloss.

Eine schmale metallene Pritsche ragte aus einer der Wände. Decken oder Laken gab es nicht. In einer Ecke befand sich eine Kloschüssel ohne Sitz. Sie stank nach Urin, Kot und Erbrochenem. Der Raum besaß keine Fenster. Die Wände waren aus Beton. Darüber hinaus war der Raum leer.

Zum ersten Mal, seit sie ein Kind war, spürte Bedisa wieder wirkliche Angst.

Kapitel 38

Das Team hatte sich in Elizabeths Büro versammelt. Harker berichtete ihnen von dem Pentagon-Szenario. Außerdem informierte sie alle über das Treffen mit Yakov. Von Vysotsky hatte sie immer noch nichts gehört.

»Damit seid ihr auf dem neuesten Stand. Irgendwelche Ideen?«

»Was ist mit dem Präsidenten?«, fragte Nick. »Hast du es ihm gesagt?«

»Ich habe nichts, was ich ihm geben könnte, keinerlei Beweis. Er wartet aber darauf, dass ich ihm etwas liefere.«

»Von der Kontaktaufnahme der Russen weiß er noch nichts?«

»Das braucht er auch nicht zu wissen.«

Lamont rieb seinen Arm. »Lodge war schon schlimm genug. Jetzt auch noch das gesamte Pentagon?«

»Das können wir nicht mit Sicherheit sagen, aber es ist wahrscheinlich. Vielleicht aber nicht offiziell.«

»Jemand stellt einfach nur eine praktische Theorie auf, die sich als nützlich erweisen könnte?«

»Genau das denke ich. Ein Kriegs-Spiel-Szenario ist eben genau das … ein Szenario, eine Möglichkeit. Die Joint Chiefs würden das niemals zulassen. Sie mögen auf Russland vielleicht nicht sonderlich gut zu sprechen sein, aber sie würden niemals Millionen von Menschen umbringen und unter dem Deckmantel einer humanitären Hilfsaktion dort einmarschieren.«

»Millionen?«, erkundigte sich Ronnie erschrocken.

»Wenn in Russland die Ernten ausbleiben, wird das Hungersnöte zur Folge haben.« Nick zupfte an seinem verletzten Ohr herum. »Sie sind nicht darauf vorbereitet, eine Situation wie diese zu händeln. Das wären wir genauso wenig. Die Föderation würde zerbrechen. Es würde Chaos ausbrechen. Bürgerkriege.«

»Zeit, ein paar Mutmaßungen anzustellen?« Selena sah sich um. »Das haben wir schon einmal getan und es hat ziemlich gut funktioniert.«

Es schien ihr offenbar besser zu gehen. Nick konzentrierte sich auf die vor ihnen liegende Aufgabe.

»Okay. Vermutung Nummer Eins ist, dass Lodge und Dansinger in Kürze einen tödlichen Pflanzenvirus gegen Russland einsetzen wollen, denn die Frühjahrsernte steht an.«

»Wie sollten sie das anstellen?«, fragte Lamont. »Wo fangen sie da an?«

»Wahrscheinlich wollen sie das Virus über die Luft freisetzen. Das ist der beste Weg. Alles andere würde zu lange dauern.«

Elizabeth notierte sich etwas … etwas, das sie Vysotsky geben würde. Falls dieser sich melden würde.

»Was ist Vermutung Nummer zwei?«

»Nummer zwei lautet, dass jemand aus dem Pentagon dahintersteckt«, sagte Nick. »Wir müssen unbedingt herausfinden, wer es ist.«

»Das wird nicht leicht werden. Ich hatte schon genug damit zu tun, mich in deren System zu hacken.«

»Wir könnten doch nach persönlichen Verbindungen suchen, Steph. Vielleicht ist Dansinger dick mit jemandem von dort befreundet. Lodge ist es mit Sicherheit.«

Elizabeth machte sich eine weitere Notiz. Diese war allerdings nicht für Vysotsky bestimmt. Sie trommelte mit ihrem Füller ein kurzes Solo auf dem Tisch. »Die große Frage ist, wie wir sie aufhalten können. Yakov sprach davon, Lodge aus der Gleichung zu nehmen. Damit meinte er, ihn umzubringen. Das können wir natürlich nicht tun, aber wir können es auch nicht die Russen tun lassen. Wenn sie allerdings besorgt genug sind, werden sie es garantiert versuchen.«

»Wie kommt es, dass wir jedes Mal in so einem Schlamassel stecken?«, fragte Lamont.

»Weil wir Superhelden sind, Shadow.« Nick lächelte.

»Ja wirklich? Wo ist dann mein Umhang und mein Schild?«

»Ist nicht mein Fehler, dass du sie nicht finden kannst. Wenn du sie in Khartoum getragen hättest, hätten sie dich vielleicht auch nicht beinahe erschossen.«

Elizabeth wedelte mit ihrem Füller in der Luft herum. »Kinder, kommen wir wieder zum Thema zurück, bitte.«

»Vielleicht können wir sie ja dazu bringen, einen Fehler zu machen«, überlegte Selena und strich sich eine imaginäre Falte auf ihrem Rock glatt.

»Sprechen Sie weiter.«

»Sie wissen noch nicht, dass wir dahintergekommen sind, und dass wir so viel wie sie selbst wissen.«

»Das können wir nicht genau sagen, aber wahrscheinlich haben Sie recht.«

»Wir könnten es ihnen doch mitteilen.«

»Damit sie uns ins Visier nehmen?«

»Ganz genau.«

»Das haben sie doch schon.«

»Das war, weil wir hinter der Urne her waren. Vielleicht sollten wir ganz offiziell weiter nach ihr suchen.«

»Vergessen Sie die Urne«, sagte Harker. »Die spielt keine Rolle mehr. Wir müssen davon ausgehen, dass Dansinger sie hat.«

»Lodge ist leider unantastbar, aber wir können uns an Dansingers Spuren heften und so seine Aufmerksamkeit erregen.«

»Ich höre …«

»Er unterhält Einrichtungen in Texas, oder?«

»Sehr viele sogar. Dort entwickelt er seine Produkte.«

»Wieso sehen wir nicht einfach mal nach, was er dort genau treibt?«

»Aufklärung«, murmelte Nick.

»Jap, und vielleicht ein bisschen Sabotage, wenn wir schon mal da sind.«

»Eine Spur zurücklassen.«

Ronnie nickte. »Irgendetwas Offensichtliches. Er soll wissen, dass wir es gewesen sind. Dann wird er nämlich reagieren müssen. Die Cops wird er deswegen bestimmt nicht einschalten.«

»Wahrscheinlich wird er Lodge anrufen.«

»Klingt doch gut.«

»Wenn wir das tun, stechen wir in ein Wespennest.« Harker lächelte. Sie sah wieder wie eine bösartige Elfe aus. »Das gefällt mir.«

Kapitel 39

Alexei Vysotsky wog seine Optionen ab. Das Resultat der Vernehmung von Bedisa Gelashvili lag auf seinem Schreibtisch. Sie konnte bestimmt dazu überredet werden, ihm genug Informationen zu geben, um Gelashvilis Organisation zu zerschlagen. Russland würde zu einem besseren Ort werden und er hätte seine Genugtuung erhalten. Nun war es Sache des FSB. Er hatte ihnen bereits alles übermittelt, was er sie wissen lassen wollte. Von jetzt an war das deren Problem.

Was sie allerdings nicht wissen sollten, war die Verbindung zu den Amerikanern. Bedisa hatte erzählt, dass es ein Amerikaner gewesen war, der Gelashvili hinter der Frau in Griechenland hergeschickt hatte. Vielleicht war es Lodge gewesen. Alexei wusste es nicht genau und Bedisa stand für weitere Vernehmungen leider nicht mehr zur Verfügung.

Er dachte kurz über Harker nach. *Konnte er darauf vertrauen, dass sie gegen Lodge ermittelte?* Es lag ja auch im Interesse ihres Landes, wie sie bereits vor Yakov dargelegt hatte. In Russland wäre eine solche Übereinkunft als Verrat angesehen worden, doch Alexei wusste, dass Harker keine Verräterin war. Er verehrte sie und das, was sie mit ihrer kleinen Organisation bereits alles erreicht hatte. Seine Akte über das PROJECT füllte mehrere Seiten.

Ihre Interessen überschnitten sich mit seinen. Die Ironie, dass zwei geheime und verfeindete Geheimdienstorganisationen in einer gemeinsamen Sache zusammenarbeiteten, war ihm dabei nicht entgangen. Sie waren zuvor Gegner gewesen und würden es wieder sein … aber was waren sie jetzt?

Er dachte über ihre Forderungen nach. Er würde sie erfüllen, fürs Erste zumindest. Mit einer Ergänzung allerdings. Er wollte Korov dabeihaben. Er wollte eine ungefilterte Informationsquelle. Wenn Harker zustimmte, konnten sie diesen Handel abschließen. Das würde die Ernsthaftigkeit auf ihrer Seite verdeutlichen. Sie würde es nicht mögen. Doch wenn sie nicht einwilligte, würde es andere Optionen geben.

Demeter musste aufgedeckt und aufgehalten werden. Darüber hinaus war Demeter aber auch eine einmalige Gelegenheit, Einblick in eine der wichtigsten amerikanischen Geheimdiensteinheiten zu bekommen … herauszufinden, wie sie dachten, ihre Ressourcen zu bemessen und nach Schwachstellen zu suchen. Wenn es so etwas wie einen Gott der Spionage gab, musste dieser gerade wohl auf ihn herablächeln. Wären die Positionen vertauscht und er in Harkers Situation, bliebe ihm kaum eine Wahl. Dem Kreml diese mögliche Verschwörung zu enthüllen, würde die Gefahr eines nuklearen Krieges allerdings drastisch erhöhen. Sie hätte zustimmen müssen.

Er kramte Harkers Nummer hervor, die man ihm hatte zukommen lassen, und griff nach seinem Telefon.

Kapitel 40

»Ein Russe?« Nick war außer sich. »Das kann nicht Ihr Ernst sein, Direktor.«

»Beruhigen Sie sich, Nick. Das ist nun mal Teil des Deals. So bekommen wir die Chance, etwas zu lernen. Dieser Mann ist schließlich nicht irgendein Russe.« Sie schob ihm Korovs Akte zu. »Er gehört zu Zaslon. So nah sind wir ihnen noch nie gekommen.«

Lamont und Ronnie studierten Korovs Foto.

»Der erinnert mich an meinen alten Ausbilder«, sagte Ronnie und reichte die Akte an Selena weiter.

»Er ist ein Profi. So wie der Rest von ihnen. Spezialeinheit, eine Menge Kampferfahrung. Er spricht Englisch und er wird das Team nicht aufhalten.«

»Er gehört aber nicht zum Team. Er ist ein Außenseiter. Selbst wenn er Superman persönlich wäre, interessiert mich das nicht. Das ist mein Team! Wir sind eine Familie. Dieser Kerl ist der Feind. Wir haben ja noch nicht mal eine richtige Mission.« Carter spürte, wie sein Blutdruck stieg. »Wieso müssen wir diesen Typen mitschleppen? Wir haben keine Zeit, ihn einzuarbeiten. Er weiß doch überhaupt nicht, wie wir die Dinge hier anpacken.«

Harker kniff die Augen zusammen. »Jetzt machen Sie mal halblang, Nick. Dieser Punkt steht nicht zur Debatte. Soweit wir wissen, ist Major Korov bestens ausgebildet.

Vielleicht können *Sie* ja noch das eine oder andere von *ihm* lernen …«

»Gottverdammt …«

»Das reicht, Nick.«

Kapitulierend warf er die Hände in die Luft. »Es gefällt mir einfach nicht.«

»Muss es auch nicht. Aber ich erwarte dennoch Ihre volle Kooperation.«

»Aber ich gebe die Befehle.«

»Das versteht sich von selbst. Falls es irgendetwas für Sie ändern sollte – Korov ist derjenige, der in Bulgarien in der Kirche aufgetaucht ist, um Ihnen zu helfen.«

»Mmm.«

»Nick, ich verstehe Sie ja. Einen Fall wie diesen hat es so noch nie gegeben. Es existiert auf beiden Seiten nicht viel gegenseitiges Vertrauen. Aber ich muss sicherstellen, dass Vysotsky mit diesem Video nicht in den Kreml wandert. Er hingegen muss sicherstellen, dass wir wirklich hinter Lodge her sind. Er lehnt sich hier ebenfalls ziemlich aus dem Fenster, genau wie ich. Korov besiegelt nun mal den Deal.«

»Weiß Rice darüber Bescheid?«

»Nein.«

»Wann wird Genosse Korov denn hier eintreffen?«

»Man nennt sie nicht mehr *Genossen*. Heute. Heute Abend. Ich habe ihm ein Zimmer im Marriott besorgt. Ich will, dass Sie und Ronnie sich mit ihm im Hotel treffen und ihn anschließend hierher bringen.«

»Sie haben ihn in ein Hotel gesteckt? Ich soll ihn hierher bringen? Herr im Himmel ...«

»Hören Sie mir mal genau zu.« Sie warf ihm einen strengen Blick zu. »Die wissen bereits, wo wir sind und wer wir sind. Er wird nichts zu sehen bekommen, was er nicht ohnehin schon weiß oder vermutet. Ich möchte aber ein Gefühl dafür bekommen, wer er ist. Freunden Sie sich also gefälligst mit ihm an.«

»Soll ich ihn vielleicht auch noch auf ein Bier einladen, wenn ich schon dabei bin?«

»Das ist eine gute Idee. Aber ich denke, er bevorzugt eher Wodka.«

Harker lächelte.

»Was ist denn daran so witzig?«

Alle lachten.

»Mit einem russischen Genossen einen auf Kumpel machen. Das werde ich sicher nicht so schnell vergessen.«

»Ganz sicher nicht.«

Kapitel 41

Selena öffnete die Tür ihres neuen Appartements. Die Wohnung wirkte leer, sauber und roch frisch renoviert. Sie liebte diesen Geruch. Bereit, mit Leben gefüllt zu werden und voller Potenzial … eine leere Leinwand für neue Möglichkeiten. Sonnenlicht fiel durch die Fenster herein. Es füllte die leeren Räume mit Wärme und tauchte den Hartholzfußboden in goldenes Licht.

Sie schloss die Tür hinter sich und stand dann für einen Moment nur da, um sich umzusehen. Über eine geschwungene Fläche aus poliertem Granit öffnete sich die Küche in den Wohnbereich. Das war eines der Dinge, die sie an dem Design der Wohnung so liebte. Sie durchquerte den Raum. Ihre Schritte durchbrachen die Stille. Die Wohnung befand sich ganz oben in dem Gebäude. Irgendwo weit unter ihr ertönte eine Sirene durch die Straßen und verhallte in der Ferne.

Ihre Habseligkeiten aus San Francisco würden in ein paar Tagen hier eintreffen. Sie hatte noch keine Gelegenheit gefunden, sich nach Möbeln umzusehen. Selena stellte sich vor, wie das Klee-Gemälde an der Wand im Wohnzimmer wirken würde. Oder vielleicht auch im Schlafzimmer. Außerdem hatte sie dafür gesorgt, dass man die Alarmanlage aufrüstete. Ein ehemaliger CIA-Agent und Freund ihres Onkels würde sich darum kümmern.

Sie spazierte jetzt durch ihr Schlafzimmer und die Bäder und kehrte schließlich in die Küche zurück. Dort lehnte sie sich gegen die Anrichte. *Wie würde es sein, hier zu leben? Zusammen mit Nick, falls das funktionieren sollte?* Sie war sehr lange allein gewesen. Sie mochte es, ihre Privatsphäre und Raum für sich zu haben. Sie mochte es, die Dinge auf ihre Art anzugehen, und richtete sich gern so ein, wie es ihr gefiel.

Nun kamen ihr plötzlich ernsthafte Zweifel. Nick hatte noch keinerlei Anstrengungen unternommen, sein Appartement unterzuvermieten. *Wieso versuchte sie, diese Sache mit Gewalt durchzudrücken?*

Sie öffnete den schimmernden Kühlschrank. Er war leer, mit Ausnahme eines Sechserpacks Mineralwasser. Sie nahm eine der Flaschen heraus und schloss die Tür wieder. Dann lief sie mit der Flasche zur Anrichte zurück.

Sie ließ diesen wundervollen Ort auf sich wirken und fühlte sich auf einmal niedergeschlagen. Das passierte ihr in letzter Zeit öfter. Ein Gefühl der Traurigkeit schwappte über sie hinweg, als würde sie alles Licht verlassen.

Seit der Ermordung ihres Onkels und dem Moment, an dem sie Nick kennengelernt hatte, hatte sich ihr Leben so sehr verändert, wie sie es sich in ihren wildesten Fantasien nicht hätte vorstellen können. Es schien so, als wäre sie durch eine unsichtbare Barriere geschritten und in einem verrückten Videospiel gelandet, in dem jedoch nichts von Bestand war und die Toten keine zweite Chance bekamen, sondern tot blieben.

Über ihre eigene Sicherheit machte sie sich nur wenig Sorgen. Das kam ihr seltsam vor, denn eigentlich hätte sie doch voller Angst sein müssen. Doch das war sie nicht. Wenn etwas Schlimmes passierte, wurde sie sofort eins mit dem Moment, und tat, was sie in dieser Situation tun musste. Das alles passierte jedoch unterbewusst. Erst später grübelte sie darüber nach, was es bedeutete und was sie getan hatte, und genau das, war Teil des Problems. Nick hatte ihr einmal geraten, nicht über Dinge nachzudenken, bevor sie passierten, und auch nicht mehr, nachdem sie passiert waren. Doch das war leichter gesagt als getan. Sie glaubte auch nicht, dass es für ihn wirklich so leicht war, wie er immer tat. Denn wieso hätte er sonst immer diese Albträume? Nun hatte sie ebenfalls welche.

Vielleicht war das alles ohne Bedeutung. Vielleicht würde das, was sie tat, nichts verändern. Aber auch wenn es bedeutungslos war, konnte sie die Tode, die sie verursacht hatte, nicht rechtfertigen. Und nicht nur das. Sie war gut darin, andere Menschen zu töten. Das bereitete ihr Sorgen. Ihr ganzes Leben lang hatte sie versucht, in allem die Beste zu sein. Nun galt das offenbar auch für das Töten.

Ganz zu Anfang, als sie das erste Mal jemanden getötet hatte, hatte sie sich schuldig gefühlt, weil sie sich nicht schuldig fühlte. Das war jetzt anders. Jetzt fühlte sich wirklich schuldig.

Liebte sie Nick tatsächlich? Vielleicht fühlte sie sich ja auch nur von seiner Alpha-Mann-Kompetenz angezogen.

Ganz zu schweigen von dem Sex. Er ließ sie im Bett Dinge erleben, die sie noch bei keinem anderen Mann zuvor gespürt hatte. Nicht, dass sie übermäßig viele Liebhaber gehabt hatte. Promiskuitiv war sie nie gewesen. *Wie würde sich ihr Leben wohl entwickeln, wenn er bei ihr eingezogen war? Wo würden sie in zehn Jahren stehen?*

Falls er dann überhaupt noch lebte, falls sie dann noch lebte. Was, wenn sie Kinder bekämen? Der Gedanke kam vollkommen unerwartet … und unerwünscht. Sie konnte sich hier oder irgendwo anders keine Kinder vorstellen. Ihr drehte sich schon allein bei dem Gedanken daran der Magen um. Wenn sie dieses Leben weiterhin lebte, würde es niemals Kinder darin geben. Jeder Weg, den sie zusammen mit Nick beschreiten würde, schloss Kinder aus. Sie wusste nicht, ob sie überhaupt Kinder haben wollte. In ihrem Kopf prallten nun die gegensätzlichsten Gedanken aufeinander.

»Verdammt«, rief sie in den leeren Raum hinein.

Dann verließ sie das Appartement. Sie würde jetzt irgendwo etwas trinken gehen. Vielleicht sollte sie sich mit Nick zum Abendessen treffen, und dann konnten sie so tun, als wären sie ein Paar wie jedes andere.

Normal.

Kapitel 42

Nick trat aus dem Eingang seines Wohnhauses. Er war auf dem Weg, sich mit Selena in einem Restaurant ganz in der Nähe des DuPont Circle zu treffen. Er dachte an das, was er zu ihr gesagt hatte. Darüber, zusammen mit ihr in dem Appartement zu leben.

Ein schwarz schimmernder Cadillac stand mit laufendem Motor am Straßenrand. Nick erkannte ihn als das Präsidentenmodell. Kein Anblick, den man jeden Tag zu Gesicht bekam. Ein 300.000-Dollar-Wagen. Zwölf Zentimeter dicke Panzerung. Notlaufreifen. 6.6 Liter Diesel-Turbomotor. Sicherheitsmaßnahmen, von denen sich die meisten Menschen kein Bild machen konnten.

Die Fenster waren abgedunkelt. Zur gleichen Zeit, als er die Limousine sah, bemerkte er die beiden Männer links und rechts von ihm. Seine Hand wanderte zu seiner Pistole.

»Bitte nicht, Direktor Carter. Sie sind nicht in Gefahr.« Der Mann zur Rechten besaß eine tiefe, beruhigende Stimme. »Jemand möchte sich nur mit Ihnen unterhalten.«

Beide Männer trugen dunkle Übermäntel, Sonnenbrillen und Ohrhörer. Möglicherweise gehörten sie dem Secret Service an, aber irgendetwas sagte ihm, dass sie zumindest nicht für das Finanzministerium arbeiteten. Sie blieben außer Reichweite und achteten darauf, keine plötzlichen Bewegungen zu machen. Ihre Hände befanden sich außerhalb ihrer Taschen und weit genug von ihren Körpern entfernt. Beide Männer trugen ihr Haar kurz geschoren, sie besaßen die gleichen strengen, erfahrenen Gesichter. Nick wog seine Chancen ab. Er schätzte sie auf etwa 50/50. Er würde seine Waffe nie schnell genug ziehen können.

Er blieb auf dem Gehsteig stehen. Ein Fahrer in einem dunklen Anzug stieg aus dem Wagen aus. Auch er trug eine Sonnenbrille und Ohrhörer. Er trat auf den Bordstein und öffnete die Hecktür, dann wartete er.

»Wenn jemand mit mir reden will, wieso ruft dieser Jemand dann nicht einfach an?« *Eine Hinhaltetaktik*. Er spürte, wie das Adrenalin seinen Körper durchflutete.

»Ich versichere Ihnen, dass Ihnen nichts geschehen wird.« Die Stimme des Mannes klang gebildet. »Wenn Sie jetzt bitte in den Wagen einsteigen würden?«

»Ich bin zum Essen verabredet.«

»Ms. Connor wurde bereits darüber informiert, dass Sie sich verspäten werden.«

»Und wenn ich es vorziehe, nicht einzusteigen?«

»Ganz, wie Sie wollen. Niemand wird Sie mit Gewalt dazu zwingen, aber es wäre ein Fehler.«

Die Autotür schien ihn anzulocken. Wenn sie über Selena Bescheid wussten, wenn sie wussten, wo sie sich gerade befand, dann waren sie äußerst effizient organisiert. Eine mögliche Bedrohung, vielleicht sogar für Selena. Nick wägte noch einmal seine Alternativen ab, dann zuckte er mit den Schultern und stieg auf die Rückbank des Cadillacs. Manchmal musste man einfach mitspielen. Die Tür schloss sich hinter ihm.

Die Fenster waren getönt, der Innenraum wurde von Halogenlampen über ihnen erhellt. Der hintere Teil der Limousine war lang, komfortabel und roch nach neuem Leder. Das Leder war schwarz, die Limousine verfügte über eine gläserne ebenfalls schwarze Trennwand aus Glas hinter dem Fahrer und Beifahrer. Eine weitere Trennwand aus dickem schwarzem Glas zog sich von vorn nach hinten durch den rückwärtigen Teil des Wagens. Nick hatte noch nie zuvor so etwas auf der Rückbank eines Cadillacs gesehen. Weder konnte er den Fahrer sehen noch die Person, die sich neben ihm auf der anderen Seite der Rückbank befand. In Kopfhöhe war ein Lautsprechergitter in das Glas eingelassen.

Der Wagen fuhr nun langsam und leise an. Nick konnte nicht sagen, ob die Männer ebenfalls wieder in den Wagen eingestiegen waren. Durch das schwarze Glas konnte er draußen nichts erkennen. Die Innenseite der Tür besaß außerdem keinen Türgriff. Er würde also offenbar so lange mitfahren müssen, bis jemand beschloss, ihn wieder hinauszulassen.

Es kam ihm so vor, als würde er in einem luxuriösen Wandschrank umherfahren … oder in einem Sarg.

Sie hatten ihm seine Waffe nicht abgenommen, aber das Glas war aller Wahrscheinlichkeit nach kugelsicher. Eher würde er sich mit einem Querschläger selbst erschießen.

Sie hatten ihn jedoch nicht bedroht. Das machte die ganze Sache zumindest interessant.

»Ich entschuldige mich für den Überfall.«

Die Stimme aus dem Lautsprecher schreckte ihn auf, denn sie war elektronisch verzerrt. Es konnte sich sowohl um die Stimme eines Mannes als auch einer Frau handeln. Verdammt, es könnte sogar die Stimme eines Kindes sein. Obwohl Nick nicht wirklich damit rechnete, dass ein Kind auf der anderen Seite des Glases saß.

Er wartete. Die Fragen, die ihm auf der Zunge brannten, würde man ihm ohnehin nicht beantworten.

Nick hörte die Person auf der anderen Seite nun leise glucksen. *Wahrscheinlich ein Mann*, dachte er.

»Gar nicht neugierig, wer ich bin?«

»Was würde es denn bringen, wenn ich Sie frage? Wieso dieses ganze Theater?«

»Es schien mir der beste Weg zu sein. Verabredungen und Telefonanrufe sind nicht sicher, dieses Fahrzeug hingegen schon. Darf ich Sie Nick nennen?«

»Sie können mich nennen, wie Sie wollen. Wer sind Sie?«

»Sie können mich Adam nennen.«

»Was wollen Sie?«

»Ich war es, der Ihnen das Video geschickt hat.«

Nick brauchte nicht zu fragen, welches Video er meinte.

»Wieso haben Sie es gerade uns geschickt?«

»Das sollte doch auf der Hand liegen. Wem hätte ich es sonst schicken können? Dem Pentagon? Dem FBI? Langley vielleicht?«

»Und was ist mit den Russen?«

»Vysotsky wird damit bestimmt nicht zu seinem Boss gehen. Erst dann, wenn ihm keine andere Wahl mehr bleibt. Diese Dinge können schnell außer Kontrolle geraten. Vysotsky ist ein Patriot. Er will keinen Krieg mit uns riskieren, den Russland nicht gewinnen kann. Es gibt Leute im Kreml, die dieses Konzept jedoch nicht verstehen. Er kann uns helfen, und er wird von unschätzbarem Wert sein, falls Sie einmal nach Russland müssen.«

»Uns wird bestimmt niemand nach Russland einladen.«

»Es sind schon seltsamere Dinge geschehen.«

»Was ist Demeter?«

»Ein Plan, alle Ernten Russlands mit einem schnell um sich greifenden Virus zu vernichten.«

»Das ist der Schluss, zu dem auch wir gelangt sind.«

»Dansinger ist ein Egomane und ein Fanatiker. Er will Russland in die Knie zwingen. Er glaubt, er kann diesen Virus kontrollieren, nachdem er ihn freigesetzt hat. Ich hingegen denke, dass er da vollkommen falsch liegt. Es ist sehr wahrscheinlich, dass sich der Virus bis nach Asien ausbreiten wird. Die Hälfte der Nahrungsversorgung der Welt wird in wenigen Monaten zerstört sein. Stellen Sie sich mal vor, was passieren wird, wenn er damit Erfolg hat.«

»Und wie passt Lodge ins Bild?«

»Er hasst Russland mindestens genauso sehr wie Dansinger. Neben anderen Dingen stellt er verdeckte Hilfe bereit und kümmert sich um die Drecksarbeit.«

»So wie Campbell und die anderen.«

»Ja. Er hat sie terminieren lassen. Er verfügt über seine eigene private Einheit abtrünniger Agenten, die absolut unabhängig operiert.«

Terminiert, dachte Nick. Das musste er sich merken.

»Dansinger ist Teil einer sehr mächtigen Organisation. Er hat Lodge das Weiße Haus versprochen, innerhalb von vier Jahren von heute an, und er ist tatsächlich in der Lage, dieses Versprechen auch einzulösen.«

Was Adam ihm da gerade erzählte, erklärte zumindest Lodges Motivation. Das Weiße Haus! Nick wollte nicht glauben, dass so etwas möglich war, aber irgendwie schien es ihm durchaus plausibel zu sein.

»Was für eine Organisation ist das?«

»Darüber sprechen wir ein anderes Mal.«

Der Wagen rollte weiterhin durch die Straßen. Nick hatte keine Ahnung, wohin sie fuhren. Manchmal hielten sie an, wahrscheinlich an Ampeln, oder wegen des dichten Verkehrs, manchmal bogen sie ab.

Die elektronische Stimme wirkte mehr und mehr verstörend. »Lodge lässt seit einer ganzen Weile jeden bei PROJECT überwachen. Wussten Sie, dass er jemanden zu Ihrer Hütte nach Kalifornien geschickt hat, als Sie zum letzten Mal dort waren?«

Dieser verdammte Mistkerl, dachte Nick. Doch er hielt den Mund.

»Er ließ Sie beschatten, als Sie und Doktor Connor sich mit McCullough getroffen haben, und ich nehme mal stark an, dass er auch diese georgischen Gangster nach Griechenland beordert hat.«

»Sie scheinen aber eine Menge über Lodge zu wissen. Wieso haben Sie ihn dann nicht selbst aufgehalten?«

»Wir tun, was wir können.«

Nick bemerkte den Plural sofort. *Wir.*

»Steckt das Pentagon in dieser Sache drin?«

»Wir glauben, dass es in der militärischen Führung einige subversive Elemente gibt. Dansinger ist an einem Programm des Pentagons zur biologischen Kriegsführung beteiligt. Dafür erhält er eine Menge Geld von ihnen. Seine Forschungseinrichtungen und Laboratorien sind allerdings unerreicht, mit Ausnahme der CDC vielleicht.«

Wieder *Wir.*

»Wieso erzählen Sie mir das alles?«

»Demeter steht kurz davor, umgesetzt zu werden, und das darf nicht geschehen. Das Virus lagert momentan in Halle Vier in Dansingers Forschungseinrichtung in Texas. Es muss unbedingt zerstört werden und Ihre Gruppe ist dazu in der Lage.«

»Sie wollen uns also für Ihre Zwecke benutzen. Wieso sollten wir mit Ihnen kooperieren?«

»Weil es im Interesse des ganzen Landes liegt, das zu tun.«

Nick schwieg.

»Eines sollten Sie noch wissen. Das Virus wird durch die Luft übertragen. Sie können es also nicht einfach in die Luft jagen. Benutzen Sie Thermit-Bomben. Extreme Hitze wird es vernichten.«

»Wie sieht dieses Virus denn überhaupt aus?«

»Demeter sieht exakt so aus wie gewöhnlicher Pfeffer. Die Proben werden in einem der Kühlschränke des Laboratoriums aufbewahrt. Die Hauptlieferung befindet sich in einer großen Kühltruhe, verpackt in versiegelten Kisten. Alles in Halle Vier.«

Der Wagen verlangsamte sein Tempo.

»Noch etwas«, krächzte die elektronisch verzerrte Stimme aus dem Lautsprecher. »Dansinger unterhält vor Ort sehr effektive Sicherheitsvorkehrungen. Seien Sie also vorsichtig.«

Der Wagen hielt an, die Türen öffneten sich. Sie befanden sich direkt vor dem Restaurant.

»Wie kann ich Sie kontaktieren?«

Darauf bekam er keine Antwort. Nick stieg aus. Der Fahrer schloss die Tür, lief wieder nach vorn und stieg ein. Die Limousine fuhr davon. Das Nummernschild war nicht zu erkennen.

Nick betrat das Restaurant, in dem Selena bereits auf ihn wartete.

Kapitel 43

April in Washington.

Der Tag war sonnig und warm, um die fünfzehn Grad herum. Ronnie hatte bereits in den Sommermodus geschaltet. Er trug ein leuchtend blaues Hawaiihemd mit lauter Surfbrettern darauf, grüne Dockers und ein beigefarbenes Leinenjackett, welches seine Glock verbarg. Dazu eine Oakley-Sonnenbrille und einen Hut, der auch Frank Sinatra gefallen hätte. Im Winter zog sich Ronnie eher langweilig an, die Sonne aber brachte eine ganz andere Seite von ihm ans Licht.

Ronnie und Nick warteten vor dem Marriott auf Korov. Dieser kam gerade aus dem Hoteleingang gelaufen und hielt direkt auf sie zu. Wenn sie nicht bereits gewusst hätten, womit Korov sein Geld verdiente, hätten sie es ohne Probleme erraten.

»Er ist bewaffnet«, sagte Ronnie leise und deutete unbemerkt auf ihn. »Hätte mich auch gewundert, wenn nicht. Ist wahrscheinlich als Diplomatengepäck durchgegangen.«

»So sieht er auch aus.«

»Ja, das tut er in der Tat.«

Korov blieb jetzt vor ihnen stehen. Er war etwa so groß wie Nick und wog ungefähr genauso viel wie er. In der Art, wie er sich bewegte, lag die gleiche Anspannung, und irgendetwas in seinen Augen verriet einem, dass diesem Mann so gut wie nichts entging.

»Sie müssen Carter und Pete sein.« Er gab ihnen nicht die Hand zur Begrüßung.

»Der Wagen steht hier drüben.« Sie begleiteten ihn zu Ronnies schwarzem Hummer und stiegen ein. Auf der Fahrt nach Virginia sprach keiner von ihnen ein Wort.

Auf dem Parkplatz angekommen, musterte Korov das unauffällige graue Bürogebäude, in dem PROJECT seinen Sitz hatte, und bemerkte dabei die Antennen, die sich dicht auf dem Dach drängten.

»Da sind noch ein paar dazu gekommen.« Nick und Ronnie sahen einander an. Das Spiel hatte also offenbar begonnen. Gemeinsam liefen sie zum Eingang.

»Sie müssen Ihre Waffe am Eingang abgeben. Sie werden Sie zurückbekommen, wenn Sie wieder gehen.«

»Und Sie?«

»Ich arbeite hier. Mich lassen sie so durch.«

Korov zuckte mit den Schultern. Er nahm die Drotik aus seinem Holster und händigte sie dem Mann vom Sicherheitsdienst aus.

»Ist das die Waffe, die in Bulgarien benutzt wurde?« Ronnie studierte die merkwürdige Pistole neugierig.

»Ja, das ist sie.«

»Vielleicht können Sie sie uns später mal vorführen.«

»Natürlich, jetzt, wo wir zusammenarbeiten.«

Sie betraten einen Fahrstuhl. Auf halbem Wege drückte Nick auf den Halteknopf.

»Bevor wir reingehen, würde ich gern noch etwas klarstellen. Keiner von uns ist froh darüber, wie die Dinge momentan stehen.« Korov nickte.

»Das ist *mein* Team. Also werden Sie *meine* Befehle befolgen. Ist das klar?«

»Natürlich. Wir sind doch beide Profis. Ich habe Ihre Akte gelesen, Carter. Wir haben viel gemeinsam.«

Nick war nicht überrascht, dass es in Moskau eine Akte über ihn gab.

»Die Sache muss funktionieren. Ich bin bereit, es zu versuchen. Wie steht's mit Ihnen?«

Zum ersten Mal lächelte Korov. »Ehrlichkeit ist gut. Ja, ich werde es ebenfalls versuchen.«

»In Ordnung.« Nick drückte wieder auf den Knopf, der Fahrstuhl fuhr weiter nach oben.

Selena, Stephanie und Lamont warteten bereits zusammen mit Elizabeth in deren Büro auf sie. Niemand stand auf, als Korov den Raum betrat.

»Major Korov. Ich bin Direktor Harker. Bitte, setzen Sie sich.« Sie deutete auf einen Sessel. Die anderen Anwesenden stellte sie nicht vor. Nick und Ronnie setzten sich auf die Couch.

»So langsam wird's voll hier«, murmelte Lamont. Harker warf ihm einen warnenden Blick zu.

»Wie lauten Ihre Befehle, Major? Wir würden sie gern hören.«

»Meine Befehle besagen, auf jede erdenkliche Art und Weise mit Ihnen zu kooperieren. Für die Dauer dieses

Auftrags stehe ich ganz unter Ihrem Kommando. General Vysostzky hat mir das Video Ihres CIA-Direktors gezeigt.«

»Dann verstehen Sie also unsere Bedenken?«

»Ja, das tue ich. Wir haben offenbar ein gemeinsames Ziel.«

»Wie fühlen Sie sich dabei, hier bei uns zu sein? Mit uns zusammenzuarbeiten?«

»Ich will ganz offen zu Ihnen sein – ich habe gemischte Gefühle.« Korovs Englisch war ausgezeichnet. »Ich habe nie damit gerechnet, einmal mit Amerikanern zusammenarbeiten zu müssen. Ich wurde dazu erzogen, Ihr Land als den Feind zu betrachten, so wie Sie es umgekehrt mit Russland tun.«

Sie öffnete eine Akte, die auf ihrem Schreibtisch lag, und drehte sie herum, sodass Korov sie sehen konnte. Sein Foto stach besonders auffällig hervor. Die Akte enthielt seine komplette Familiengeschichte. Verwandte, Ausbildung, Militärdienst. Das Datum, an dem er als Spetsnaz rekrutiert wurde. Seine Versetzung in den offiziell nicht existenten Zaslon. Auszeichnungen für besonderen Heldenmut im Kampf. Einschätzungen vorgesetzter Offiziere.

Falls Korov davon überrascht war, ließ er es sich nicht anmerken.

Harker schloss die Akte wieder. »Ihr Lebenslauf spricht für sich. Sie besitzen die nötigen Fähigkeiten. Meine Frage ist allerdings, ob Sie sich mit vollem Einsatz in unseren Dienst stellen werden.«

»Man hat mir befohlen, genau das zu tun.«

»Das war nicht meine Frage.«

»Ich werde mein Bestes geben.«

Harker wartete auf die Meinung der anderen.

»Wir haben im Fahrstuhl miteinander gesprochen«, erklärte Nick. »Ich bin bereit, ihn einzuweihen.«

»Dasselbe gilt für mich«, sagte Ronnie.

»Selena?«

»Ja.« Sie musterte Korov. Ein überraschtes Flackern huschte über sein Gesicht.

»Lamont?«

Er hob die Schultern. »Klar.«

Stephanie nickte.

»In Ordnung, dann hätten wir das ja geklärt.«

Korov wusste, was soeben passiert war, er hatte nur nicht damit gerechnet.

»Wenn einer von Ihnen sich dagegen ausgesprochen hätte, wäre ich bereits wieder auf dem Rückweg nach Moskau, oder?«

»Sie haben es erfasst.«

»Das wird interessant werden.«

Nick konnte nicht widerstehen. »Darauf können Sie wetten.«

Kapitel 44

»Erzählen Sie uns von Adam, Nick.«

»Wer ist Adam?«, fragte Lamont verwirrt.

Er gab ihnen einen kurzen Abriss, den Teil mit dem Pentagon ließ er dabei jedoch aus.

Es lag in Harkers Ermessensspielraum, ob sie Korov einweihen wollte oder nicht. Zuvor hatte Nick ihr die ganze Geschichte erzählt.

»Sie haben keine Idee, wer dieser Adam sein könnte?«, fragte Harker.

»Nein, aber auf jeden Fall hat er Macht, Geld und lässt sich nicht in die Karten sehen, wer immer er auch sein mag. Seine Stimme war verzerrt. Ich denke dennoch, Adam ist ein Mann, wegen der Art, wie er redete. Ich hätte mich auch weigern können, in den Wagen einzusteigen, und mir wäre nichts passiert.«

»Sie haben keinerlei Bedrohung gespürt?«

»Nein.«

»Glauben Sie, dass er Ihnen korrekte Informationen über Demeter gegeben hat?«

»Ja.«

»Ich werde das Vysotsky melden müssen«, warf Korov ein.

»Sie können ihn jetzt anrufen, wenn Sie wollen.«

»Hier? Sofort?«

»Ja. Ich habe Yakov versprochen, dass wir Vysotsky sofort informieren werden, wenn wir herausgefunden haben, was hinter Demeter steckt.«

Korov nickte. »Sie überraschen mich mehr und mehr. Haben Sie die Nummer?«

Sie nahm ihr Telefon zur Hand und wählte. Es dauerte eine Weile, bis das Signal bis ans andere Ende der Welt durchgestellt wurde. Dann nahm Vysotsky in Moskau ab.

»Da?«

»General, hier spricht Direktor Harker. Major Korov würde gern mit Ihnen sprechen.«

Elizabeth lächelte innerlich. Sie glaubte nicht, dass Vysotsky wirklich damit gerechnet hatte. Sie reichte das Telefon an Korov weiter.

»Ich werde mich aber auf Russisch unterhalten.«

»Selbstverständlich.«

Korov begann die Unterhaltung, und Selena hörte ihm aufmerksam zu, denn sie sprach zufälligerweise auch Russisch. Falls Korov darüber informiert war, schien es ihn nicht zu stören. Er machte eine kurze Pause und lauschte. Dann antwortete er mehrere Male mit *»Da.«* Selbst Nick wusste, dass das Ja bedeutete. Anschließend gab Korov das Telefon wieder an Harker zurück.

»Er möchte jetzt mit Ihnen sprechen.«

Harker legte das Gespräch auf die Lautsprecher. Sie war der Ansicht, dass absolute Transparenz dazu beitragen würde, Vertrauen aufzubauen. Sie wollte Korov demonstrieren, dass es ihr vollkommen ernst dabei war.

»Direktor Harker, schön, wieder von Ihnen zu hören. Was haben Sie nun vor?« Vysotskys Englisch war von einem leichten Akzent gefärbt, sonst aber ziemlich gut.

»Nun, da wir wissen, was Demeter ist und wo es sich befindet, werden wir es zerstören.«

»Die Zeit wird aber knapp.« Im Hintergrund ließ sich ein statisches Rauschen vernehmen. »Wann haben Sie vor, mit Ihrer Operation zu beginnen?«

»In der Nacht in zwei Tagen, von heute an. Ich muss nur erst für die nötige Logistik sorgen und unser Team vor Ort in Stellung bringen.«

»Was ist mit Lodge?«

»Unsere Hauptsorge gilt Demeter. Wenn wir uns darum gekümmert haben, ist Lodge an der Reihe.«

»Major Korov wird Teil des Einsatzteams sein?«

»Definitiv. Seine Erfahrung wird uns äußerst nützlich sein, denn es ist mit Widerstand zu rechnen.«

»Daran ist Arkady gewöhnt.« Eine Pause folgte. »Dann wünsche ich Ihnen eine gute Jagd.«

Elizabeth legte das Telefon beiseite.

»Lasst uns jetzt die Mission besprechen. Steph, zeig uns den Einsatzort.«

Steph tippte etwas auf ihrer Konsole herum, kurz darauf erschien ein Live-Satellitenbild auf dem großen Wandbildschirm.

Harker drehte sich zu dem Monitor um. »Das ist Dansingers Anwesen in Texas. In diesen großen Gebäuden züchtet er sein experimentelles Saatgut.«

Das Live-Satellitenbild war klar und detailliert. Im Norden verlief parallel zu dem Komplex eine Bundesstraße. Eine weitere gerade, asphaltierte Straße führte etwa eine Viertelmeile von dem Highway zum Haupttor des Anwesens. Das Gelände selbst war mehrere Quadratkilometer groß und rechteckig, wobei sich die langen Seiten im Osten und Westen befanden. Der Eingang am Tor war der einzige Weg hinein.

Das komplette Anwesen wurde von einem hohen Zaun eingerahmt. Ein paar niedrige Büsche und gestaltete Grünanlagen teilten die Anlage in der Mitte des Komplexes in einen westlichen und einen östlichen Teil. Sah man von dem Highway aus nach Süden, befanden sich im Westteil zehn große Gebäude, in zwei Reihen und gleichmäßigen Abständen entlang des Zauns.

Auf der östlichen Seite befand sich ein L-förmiges Gebäude mit einem Parkbereich davor. Südlich davon folgten in gerader Linie fünf zweistöckige Bauwerke. Sie erinnerten Nick an eine Militärbasis. Eine relativ große Landebahn verlief parallel der östlichen Grenze des Komplexes, zusammen mit zwei Rollfeldern, die einander in einem verschobenen X kreuzten. Auch diese waren von einem Zaun umgeben. Das Areal verfügte außerdem über einen Windsack, einen Hangar und eine Landeplattform für einen Hubschrauber. Die Plattform war zurzeit aber leer.

Eine gepflasterte zweispurige Zufahrtsstraße verband alles zu einem sauberen Gitter. Zwei weitere der großen Gebäude bildeten die östliche Grenze des Anwesens.

Dahinter, jenseits des Zauns, führte der wie ein Pfannengriff aussehende Teil von Texas nach Süden, in Richtung Zivilisation.

»Die äußere Begrenzung besteht aus einem Elektrozaun von dreieinhalb Metern Höhe.« Harker fuhr ihn mit ihrem Laserpointer ab. »Stacheldraht am oberen Ende. Mit der Dämmerung springen außerdem Flutscheinwerfer an.«

»Typisch«, sagte Lamont.

»Wie geht's Ihrem Arm?«

»Besser.« Er zog ihn aus der Schlinge und hob ihn demonstrativ nach oben. »Ich kann ihn wieder benutzen und damit arbeiten.«

»Sehr gut, denn Sie kommen mit.«

»In Ordnung.« Lamont grinste. »Also wieder zurück im Sattel.«

»Es gibt nur ein Zugangstor, mit einem Wachhaus davor. Dansinger gehört das Land bis hinauf zum Highway, insgesamt sind das zwanzig Quadratkilometer. Das Sicherheitspersonal hat alles im Blick. Es gibt Kameras entlang des Außenzauns und an den Ecken und Eingängen zu jedem Gebäude. In diesen großen Hallen züchtet er seine Pflanzen.«

»Was befindet sich in dem L-förmigen Gebäude?«, fragte Nick.

»Die Verwaltung und Büros. Die nächsten beiden Gebäude sind für Ausrüstung, Vorräte, zum Unterstellen von Fahrzeugen und solche Dinge da. Es gibt dort auch eine komplette Werkstatt und sogar eine Feuerwache mit zwei Löschfahrzeugen. Die Wagen der Sicherheit parken dort ebenfalls. Sie benutzen GMC Suburbans, wie die Feds.«

Nick deutete auf etwas. »Da, neben den Suburbans. Holen Sie das mal näher ran.«

Stephanie zoomte mit der Satellitenkamera an die gewünschte Stelle heran.

»Sieh mal einer an. Drei Humvees mit M-240s obendrauf. Ältere Modelle, so wie es aussieht. Ohne Schutzpanzerung für den Schützen. Wie zur Hölle ist Dansinger denn an die gekommen? Und wofür braucht er so was?«

»Vielleicht für die Kojoten«, witzelte Ronnie.

»Das Gebäude daneben könnte die Baracke sein. Adam erwähnte ein hohes Aufgebot an Sicherheitskräften.«

»Wie viele Männer, was schätzen Sie?«

Nick dachte darüber nach. »Schwer zu sagen. Drei Humvees, acht SUVs. Wahrscheinlich zwei Männer in dem Wachhaus, zwei in den Patrouillenfahrzeugen. Das Ganze in drei Schichten, nehme ich mal an. Also um die vierzig Männer würde ich mal schätzen. Ex-Militärs, die auf die dunkle Seite gewechselt sind, den Humvees und den Kanonen nach zu urteilen. Das ist eine Menge Feuerkraft, um ein paar Maisstauden zu bewachen. Der hat sich da wirklich eine nette kleine Privatarmee aufgebaut.«

»Söldner«, ließ sich Korovs Stimme voller Verachtung vernehmen.

»Ja, Söldner. Nur, dass wir sie jetzt nicht mehr so nennen. Das sind jetzt *private Auftragnehmer.*«

»Das Anwesen ist weitgehend autark, mit Ausnahme der Stromversorgung. Die kommt von der Straße.« Harker benutzte ihren Laserpointer, um auf ein Transformatorengebäude zu deuten, welches sich genau an dem Punkt befand, wo die Zufahrtsstraße in einem rechten Winkel von dem Highway abbog.

»Er muss dafür sorgen, dass die Gebäude kühl bleiben.« Nick studierte das Bild. Auf dem Foto waren Propangastanks und Zapfsäulen zu erkennen.

»Das da, hinter dem letzten Gebäude, bei den Propangastanks, sind die Notstrom-Generatoren. Riesenteile. Dürfte eine Weile dauern, die hochzufahren, falls der Strom ausfällt. Von der Rückseite aus sind sie also angreifbar.«

Zwei Männer kamen jetzt aus dem Gebäude neben den Humvees. Einer von ihnen trug ein Sturmgewehr bei sich. Sie klettern in eines der Sicherheitsfahrzeuge.

»Da gibt's aber nicht viel Deckung.« Ronnie rieb sich nachdenklich das Kinn. Das Land rund um das Anwesen herum war eine ebene, karge Wüste.

»Nichts außer Hasen, Unkraut und Kakteen«, sagte Harker. »Steph, zeig uns mal ganz Texas.«

Eine Karte von Texas erschien nun auf dem Wandbildschirm. Dansingers Anwesen lag im Nordwesten von Amarillo, abseits des Highway 87 und einer Bundesstraße, die zwei Kleinstädte miteinander verband.

»Ich kann Sie und Ihre Ausrüstung in Dyess in Abilene oder Sheppard in Wichita Falls absetzen lassen. Von dort aus müssen Sie dann fahren. Wir können hierbei keine Hubschrauber zum Einsatz bringen.«

»Sheppard und Dyess liegen etwa in der gleichen Entfernung.« Nick studierte die Karte. »Von Sheppard aus scheint die Straßenverbindung aber etwas besser zu sein. Die 287 bis nach Amarillo und dann auf der 87 nach Norden. Kinderspiel. Bringen Sie uns also nach Sheppard.«

Kapitel 45

Nick goss für Selena Wein und für sich selbst einen Whiskey ein. Sie saßen am Küchentresen in seinem Appartement. Er hatte eine schnelle Platte mit ein paar Snacks zubereitet. Kräcker, Sellerie und Frischkäse, dazu Oliven und Brie-Käse.

Zwischen ihnen herrschte ein angenehmes Schweigen.

»Ich habe nachgedacht.«

»Worüber?« Er schnitt sich etwas von dem Käse ab und schmierte ihn sich auf einen Kräcker.

»Über uns. Dich und mich.« Sie nippte an ihrem Glas. »Willst du jetzt bei mir einziehen oder nicht?«

Da war das Thema wieder.

»Eigentlich schon.«

»Eigentlich?«

»Es könnte eine schlechte Idee sein.«

»Wieso?«

»Ich habe Angst, dass ich es vermassele.«

»Ich auch.«

»Dass ich es vermassele?«

»Das wir beide es vermasseln. Vielleicht sollten wir deshalb noch etwas warten.«

»Willst du etwas Abstand haben?«

»Nein, das ist es nicht. Ich habe gerade nur ein paar Probleme … mit dem, was wir tun … mit dem, was ich tue.«

»Ich weiß.«

»Ich habe Albträume. Vielleicht sollte ich mich von jemandem behandeln lassen.«

»Von einem Seelenklempner?«

»Oder einem Therapeuten. Jemand, der mir dabei hilft, meine Gedanken zu ordnen. Ich habe diese Träume, dass mich jemand umbringen will, aber ich kann nicht sehen, wer es ist.«

»Überrascht mich nicht. Ich habe mich schon gewundert, dass es nicht früher anfing.«

»Was meinst du damit?«

»Jeder in unserem Metier kriegt irgendwann diese bösen Träume. Soldaten, Cops, einfach jeder. Ausgenommen die Psychos, denn die lieben das ja.«

»Das ist genau das, was mir Sorgen macht. Ein Teil von mir liebt diesen Job.« Sie nahm einen Kräcker und knabberte daran herum.

»Wegen des Rausches, dem Abenteuer und dem Risiko, nicht wahr?«

Sie nickte.

»Das ist aber nicht das Gleiche, wie es wirklich zu genießen, so wie es diese durchgeknallten Spinner tun.«

»Wieso habe ich dann diese Träume?«

»Als ich aus Afghanistan zurückkam …« Er sprach nicht weiter.

»Nach der Granate?«

»Ja. Sie überredeten mich, mit einem Seelenklempner darüber zu reden. Wir sprachen genau über dieses Thema.

Er nannte es kognitive Dissonanz. Der Verstand befindet sich in einem Konflikt zwischen Glaube und Realität.«

»Davon habe ich schon gehört.«

»Wir wurden mit der Überzeugung großgezogen, dass Töten etwas Schlechtes ist, und dann bringen wir plötzlich Leute um. Wir glauben, dass wir das eigentlich nicht tun sollten. Die Realität ist aber leider anders.« Er zuckte mit den Achseln. »Kognitive Dissonanz.«

»Deshalb bekommen wir Albträume.«

»Jap. PTBS ist eine nette Umschreibung für all die verschiedenen Arten, auf die es sich bemerkbar machen kann. Träume sind eine davon.«

»Doktor Nick. Ich denke trotzdem, dass ich mal zu einem Psychiater gehen sollte.«

»Vielleicht.« Er stellte sein Glas ab. »Ich habe eine Idee für eine Kurzzeit-Therapie.«

»Was ist mit dem Zusammenziehen?«

»Wieso reden wir nicht später darüber? Nach unserer Therapiesitzung?«

Er nahm ihre Hand und führte sie ins Schlafzimmer.

»Doktor Nick«, wiederholte sie lachend.

Kapitel 46

Am frühen Morgen des nächsten Tages versammelte sich das Team und Korov um einen flachen Tisch herum, der mit Satellitenfotos des Komplexes bedeckt war.

Nick begann. »Harker hat sich bereits um die Logistik gekümmert. Unsere Ausrüstung wird nach Sheppard transportiert. Dort warten auch Fahrzeuge auf uns. Das ist der leichte Teil. Steph hat in der Zwischenzeit Informationen über unsere Gegner ausgegraben. Normalerweise sind sie in extrem gefährlichen Gebieten wie im Irak und Afghanistan als Sicherheitskräfte im Einsatz. Mit dieser Gruppe ist es bereits zu einigen … Vorfällen gekommen.«

»Was für Vorfälle?«, fragte Selena alarmiert.

»Es sind Leute von jener Sorte, die erst schießen und dann fragen. Alles Kriegsveteranen, ehemalige Rangers, Marines, SOCOM. Wir müssen also davon ausgehen, dass sie wissen, was sie tun und zügig reagieren werden.«

»Sie müssen dort stationiert sein, um Demeter zu bewachen«, überlegte Ronnie.

»Einen anderen Grund kann ich mir nicht vorstellen.«

»Unsere Bewaffnung?«

»Die nehmen wir selbst mit, Korov. MP-5s, Zweitwaffen, Granaten, Munition. Nachtsichtgeräte. Sind Sie mit der MP-5 vertraut?«

Der Russe nickte. »Eine gute Wahl.«

»Wir werden außerdem Thermate-TH3-Sprengsätze für die benötigte enorme Hitzeentwicklung mitnehmen, und für alle Fälle auch noch C-4. Dazu noch unsere persönliche Kampfkleidung, kugelsichere Westen usw ... Lamont, kannst du mit deinem Arm ein Gewehr benutzen?«

»Sicher, mit einem Zweibein und einer Auflage. Aber ich werde wohl nicht herumrennen und wild um mich schießen können.«

»Dann werden wir eine Barrett .50 nehmen und dir noch eine M4 zur Sicherheit mitgeben. Du bleibst dann bei den Fahrzeugen, bringst dich in Position und gibst uns Feuerschutz, während wir hineingehen.«

»Das sollte funktionieren.«

Nick tippte mit dem Finger auf das Transformatorenhäuschen an der Kreuzung zwischen dem Highway und der Zufahrtsstraße.

»Ein netter kleiner Transformatorenbrand sollte eine gute Ablenkung ergeben. Wir schalten ihn über eine zeitverzögerte Sprengladung aus und werden bereits in Position sein, wenn die Lichter ausgehen. Ich wette, dass sie es zuerst für einen ganz normalen Stromausfall halten werden. Diese Typen sitzen schließlich schon seit Monaten im Nirgendwo auf ihren Ärschen, ohne dass jemand auf sie schießt. Sie werden schwerfällig geworden sein. Das dürfte sich allerdings schnell ändern, wenn sie erst einmal geschnallt haben, dass wir auf das Gelände eingedrungen sind.«

»Wie kommen wir denn über den Zaun?«, erkundigte sich Selena.

»Gar nicht. Wir schneiden uns mit einem Plasmaschneider durch. Das ist einfacher und schneller.« Er tippte auf das Foto. »Hier, auf der Rückseite, abseits des Wachhauses und der Baracken. Sobald wir drin sind, suchen wir zwischen den Gebäuden Deckung. Wir müssen nahe genug dran sein, wenn der Strom ausfällt.«

Korov nickte.

Nick fuhr fort. »Sie werden uns nicht sehen. Wir müssen kein Mondlicht befürchten, denn der Wetterbericht hat Wolken angekündigt, also gibt es auch keine Sterne. Da draußen wird es so finster sein wie im Herzen Hitlers. Wir nähern uns von der Rückseite, außerhalb der Scheinwerfer. Lamont sorgt mit seiner Barrett für zusätzliche Unterstützung. Wir schleichen uns nahe genug heran und durchbrechen den Zaun, wenn der Strom ausfällt.«

»Und wenn die Lampen wieder angehen, während wir noch dabei sind?«, fragte Selena.

Nick war nun komplett in den Anführer-Modus gewechselt. »Darum kümmern wir uns, wenn es eintreten sollte.«

»Welches der Gebäude bildet das Primärziel?« Korov studierte die Fotos.

»Halle 4. Dieses hier.«

Halle 4 war das zweite Gebäude in der letzten Reihe, am hinteren Ende des Komplexes. Das machte die Sache wesentlich einfacher.

»Korov, wie ist Ihre Erfahrung im Umgang mit Sprengstoffen?«

»Umfangreich. Ich bin mit Thermit und den meisten Ihrer Zünder und Sprengstoffe vertraut.«

»Dachte ich mir. Okay, Sie und ich werden in das Gebäude eindringen und die Sprengladungen anbringen. Ronnie, du bleibst mit Selena draußen und hältst uns zusammen mit Lamont den Rücken frei.«

»Wie sieht dieses Zeug eigentlich aus?«

»Wie Pfeffer, Ronnie. Genau wie Pfeffer.«

»Wie kommen wir wieder hinaus?«, fragte Korov. »Wenn der Strom wieder läuft, wird doch auch der Zaun unter Spannung stehen.«

»Lamont wird die Generatoren mit der .50 ausschalten, wenn wir bereit sind. Ab diesem Punkt brauchen wir uns schließlich nicht mehr still zu verhalten.«

»Wann gehen wir rein?«

»Um 0300. Der Erfolg unserer Operation hängt davon ab, dass wir ungesehen dort eindringen. Wenn man uns entdeckt, steht uns ein schweres Feuergefecht mit ein paar ziemlich angepissten Leuten bevor. Aber sie werden wenigstens etwas eingerostet sein. Wir nicht.«

»Vierzig etwa, sagtest du?«

»Jap.«

»Also etwa zehn zu eins.« Ronnie dachte nach. »Klingt nach einem fairen Kampf.«

Kapitel 47

»Ich hoffe, es gibt dieses Jahr eine gute Ernte. Zumindest eine Bessere als letztes Jahr«, meinte Bob.

Der Winterweizen zog sich wie ein frischer grüner Teppich über die Prärie von Nebraska. Billy Elroy und sein Bruder Bob standen am Rand des Feldes. Bob besaß acht Quadratkilometer Weizen und Mais, die seit fünf Generationen harter Arbeit weitervererbt worden waren. Billy hatte sich bereit erklärt, ihm beim Anbau der Frühjahrspflanzen zu helfen … Eggen, Düngen und die Maschinen einsatzbereit machen.

Billy war beeindruckt von Bobs Erfolg. Sein Bruder hatte ein Händchen dafür, Dinge wachsen zu lassen. Billy konnte noch nicht einmal Unkraut zum Gedeihen bringen. Alles, was er hinter seinem Haus angepflanzt hatte, war ihm eingegangen. Irgendwann hatte er es dann aufgegeben.

»Willst du Bioethanol daraus machen lassen?«

»Ach was. Viel zu viel Papierkram. Mein Korn ist für die Menschen da. Ich will keine Autos damit füttern.« Bob blinzelte in die Sonne. »Gleich ist es Zeit fürs Abendessen. Mae macht dir einen großen Salat. Sie weiß doch, wie sehr du auf dieses Hasenfutter stehst.«

Billy grinste. »Hey, wenn man noch genug Zeug dazu gibt, schmeckt das echt gut. Ich habe sogar Pfeffer mitgebracht.« Er zog ein Glas aus seiner Tasche. »Hätte ich beinahe vergessen. Hier, fang!« Er warf es seinem Bruder zu. Bob griff danach, bekam das Glas jedoch nicht zu fassen. Es zerschellte an einem Stein. Eine feine Wolke stieg in die Luft und trieb auf das Feld zu.

»Verdammt noch mal, Billy.« Bob bückte sich und klaubte die Scherben des Glasgefäßes auf. »Du hast Glück, dass ich noch genug davon habe. Komm schon, Mae wartet.«

Die beiden Brüder liefen zum Haus zurück.

Eine sanfte Brise blies den Inhalt des zerbrochenen Glases in jeden Winkel des Weizenfeldes.

Kapitel 48

Die texanische Nacht war schwärzer als das Innere der Titanic. Hinter ihnen verlor sich die flache Ebene aus Dreck und Geröll des texanischen *Pfannengriffs* in der Dunkelheit. Der Forschungskomplex mit all seinen Reflexionen und den im Licht der Scheinwerfer schimmernden geometrischen Stahlprofilen wirkte wie eine außerirdische Basis auf dem Mond.

Die Nacht war kühl. Trotzdem schwitzte Nick unter der schwarzen Montur, mit der jeder von ihnen bekleidet war. Neben ihren Waffen hatten Nick und Korov noch Rucksäcke, beladen mit Sprengstoff und Zündern. Dazu trug jeder aus dem Team noch eine spezielle rote Brille, um das grelle Licht zu dämpfen.

Ihre SUVs hatten sie unsichtbar jenseits der Barriere der Flutlichter abgestellt. Lamont hatte seine Barrett auf eine der Motorhauben abgestellt, daneben lag die M4A mit dem Zielfernrohr. Von hier aus konnte er das gesamte Gelände überblicken und hatte ein freies Schussfeld auf die Straße zwischen den Gebäuden. Falls erforderlich, konnte er auch nach rechts schwenken und die östliche Hälfte des Komplexes abdecken. Für die Barrett Kaliber .50 mit Zielfernrohr war diese Entfernung kein Problem und er hatte mehr als genug Munition dabei. Er würde gut klarkommen, solange er nicht das dreizehn Kilo schwere

Maschinengewehr in die Hand nehmen und damit rennen musste. Nick aber wusste, dass Lamont es trotzdem tun würde, egal ob sein Arm nun verletzt war oder nicht.

Sie warteten darauf, dass das Trafohäuschen explodierte. Nick schielte zu Korov hinüber, der neben ihm lag. Er schien vollkommen ruhig zu sein. So viel musste Nick ihm lassen – der Kerl war ein echter Profi. Er wusste genau, was er tat, das war offensichtlich. Die beiden Männer waren zu einer Art beklommenen gegenseitigen Akzeptanz übergegangen, kaschiert mit gelegentlichen humoristischen Sticheleien. Widerwillig fing Nick an, diesen Kerl tatsächlich zu mögen. Dumm nur, dass er ein Russe war.

»Eine Minute noch«, sprach er ruhig in sein Headset. Sie warteten.

Hinter dem Komplex erscholl nun ein dumpfes Donnern. Die Flutlichter erstarben, das Team nahm die roten Brillen ab.

»Los.«

Sie sprangen auf und rannten auf den Zaun zu. Ronnie holte den Plasmaschneider hervor. Er war etwa so groß wie eine Handbohrmaschine und ein Meisterwerk der Militärtechnik. Er verfügte über eine eigene Energiezufuhr, die acht Minuten lang anhielt. Ronnie zog sich eine Schweißerbrille über die Augen und zündete den Brenner an.

Plasmaschneider wie dieser erzeugten mithilfe von Starkstrom eine stabile Plasmagasblase. Der Lichtbogen entzündete sich, als er mit dem Metall in Kontakt gebracht wurde. Der Plasmaschneider brannte mit einer Hitze von knapp dreißigtausend Grad Celsius. Das Licht, das er dabei abgab, war grell – ein Risiko, das sie leider eingehen mussten. Jemand könnte das Licht bemerken, aber Nick rechnete damit, dass alle viel zu sehr damit beschäftigt sein würden, das Feuerwerk draußen am Rand des Highways zu bestaunen.

In weniger als zwei Minuten hatte Ronnie eine Öffnung in der Größe einer Tür in den Draht geschnitten. Er ließ den Plasmaschneider und seine Schweißerbrille auf den Boden fallen, dann betraten sie das Gelände und eilten auf Halle 4 zu. Sie erreichten den Eingang, einen eingerückten Zugang in der Mitte der langen Seite. Über der Tür hing eine Kamera. Ronnie sprühte schwarze Farbe auf die Kameralinsen.

Jede sich nähernde Patrouille würde entweder von Norden oder von Süden die Straße entlangkommen.

»Selena, du übernimmst die Nordseite, Ronnie, du den Süden.« Sie rannte zum nächsten Gebäude, duckte sich in den Eingang, streckte ihren Arm aus und besprühte auch diese Kamera.

Korov platzierte eine der Sprengladungen am Türschloss von Halle 4. Mit einem dumpfen Knall ging diese hoch. Sie stießen die Tür auf, traten hindurch und schlossen sie wieder hinter sich. Danach schalteten sie die Lampen an der Seite ihrer Helme an.

Sie befanden sich in einem langen Korridor, mit einer Tür am hinteren Ende. Die Tür führte in eine Luftschleuse. Von draußen war das Rattern eines Dieselgenerators zu hören, der gerade angeworfen wurde. Eine Reihe von Lampen ging in dem Korridor an.

Korov und Carter rannten zum Ende des Ganges und öffneten die Tür. Von dort betraten sie ein hochmodernes Labor. Tische, Mikroskope, Zentrifugen. Andere Gegenstände, die Nick nicht identifizieren konnte. Eine Reihe von Kühlschränken an einer der Wände. Korov öffnete sie. Der letzte enthielt Glasgefäße, die mit dem Virus gefüllt waren. Korov begann, die Sprengladungen sorgfältig zu platzieren. Nick begab sich zur hinteren Wand und versuchte, die Gefrierkühltruhe zu öffnen.

Verschlossen.

Er knetete etwas von seinem Sprengstoff um das Schloss und die Angeln, platzierte den Zünder und zog sich zurück.

Korov sah nicht einmal auf, als die Sprengladung detonierte. Der Deckel fiel auf den Boden, kalte Luft strömte in den Raum. Versiegelte Kisten füllten die Gefriertruhe, jede etwa einen halben Meter lang und dreißig Zentimeter hoch. Nick nahm seinen Rucksack ab und begann mit seiner Arbeit.

Die Hitze der Thermit-Ladungen würde sowohl die Stahlwände der Gefriertruhe als auch deren Inhalt und die Dachträger zum Schmelzen bringen. Möglicherweise explodierte das Thermit auch, wenn es sich mit den Schwaden aus der Kühltruhe verband. Adam hatte ihn vor außerplanmäßigen Explosionen gewarnt, aber es gab nichts, was Nick dagegen hätte tun können. Wenn die Ladungen explodieren sollten, würde sich die extreme Hitze schon um den Virus kümmern. Zumindest hoffte er das.

»Fertig.« Korov kam zu ihm und half Nick, die letzte Reihe der Sprengladungen anzubringen.

Nick aktivierte nun die Zeitzünder. »Zehn Minuten. Zeit, die Düse zu machen.«

»Die Düse?«

»Verschwinden wir von hier.«

»Nick.« Selenas Stimme drang durch sein Headset. »Patrouille von Norden.«

»Nicht angreifen, es sei denn, sie sehen dich.«

»Verstanden.«

»Ich denke, ab jetzt könnte es interessant werden«, sagte Korov.

Kapitel 49

Selena beobachtete den schwarzen Suburban, der zwischen den Gebäuden entlangfuhr und ein helles Scheinwerferlicht in die Dunkelheit warf. Das Licht bewegte sich über die Straße hin und her. Sie hob ihre MP-5, riskierte einen schnellen Blick durch das Nachtsicht-Zielfernrohr und legte dann auf die Windschutzscheibe des Fahrers an. Er trug ein Mikrofon vor seinem Mund. Ihr Herz begann zu pochen.

Beruhige deine Atmung. Entspanne dich. Verlangsame deinen Puls, mach dich locker. Nimm dir Zeit. Nicht schießen, bevor du nicht wirklich musst.

Das war leicht, wenn man sich auf dem Schießstand befand, aber nicht mehr so leicht, wenn das Adrenalin zu pumpen begann. Sie zog sich in den Halleneingang zurück. Gegenüber lauerte Ronnie. Hinter ihm tauchten jetzt Nick und Korov auf. Der Scheinwerfer erfasste sie. Sie beugte sich aus dem Eingang und feuerte acht Schüsse in die Windschutzscheibe des SUVs. Das stotternde Rattern der Schüsse zerriss die Stille.

Das Licht ging aus, die Windschutzscheibe zersplitterte. Der Suburban zog nach links und rammte die Seite eines Gebäudes. Die Beifahrertür öffnete sich und ein Mann rollte sich auf die Straße. Er trug eine M-16 bei sich, riss sie nach oben und schoss. Die Kugeln schlugen in die

Wand über ihrem Kopf ein. Selena spürte den Rückstoß der MP-5 an ihrer Schulter und erschoss ihn. Drei Kugeln, genau in die Körpermitte.

Ein laut kreischender Alarm heulte plötzlich auf. Der Lärm schien von allen Seiten zu kommen, hallte zwischen den Hallen und den Wänden wider und gellte durch die Nacht.

Nick sprach in sein Mikrofon: »Wir sind aufgeflogen. Zurück zu den Wagen.«

»Nick«, ertönte Lamonts Stimme in seinem Headset. »Sie verlassen jetzt fluchtartig die Baracken. Ein Humvee ist schon unterwegs zu euch, ein Mann an der Kanone. Es wimmelt überall vor Männern. Schafft eure Hintern da raus.«

»Schalte die Generatoren und die Propangastanks aus.«

»Verstanden.«

Die Generatoren waren riesig, aber im Prinzip Dieselmotoren. Ein paar Kugeln in den Kühler würden sie außer Gefecht setzen. Der unverkennbare Knall der .50 dröhnte durch die texanische Nacht. Sie rannten auf den Zaun zu. Die Lichter flackerten. Die Barrett verfügte über ein Magazin mit zehn Patronen. Nick hörte zwei weitere schnelle Schüsse. Die Hälfte der Lichter erstarben.

Sie erreichten nun die letzte Gebäudereihe vor dem Zaun. Ein Humvee preschte um die Kurve am anderen Ende herum und bog auf die Straße zwischen den Gebäuden ab. Der Schütze oben auf dem Humvee ließ das Maschinengewehr losrattern. Die M240 spie 7,62mm-Geschosse aus, und zwar eine Menge davon. Selena und

Ronnie hasteten nach rechts, Nick und Korov nach links, hinter die Gebäude, die zu beiden Seiten der Straße standen. Sie hörten das Heulen der Differenziale, mit dem das Fahrzeug sich ihnen näherte. Wenn es erst zwischen den Gebäuden auftauchen und um die Kurve biegen würde, würde jemand von ihnen sterben.

»Geben Sie mir Deckung«, rief Korov.

Nick widersprach nicht. Er lehnte sich um die Ecke und begann, auf den Schützen zu feuern. »Selena, Ronnie, Feuerschutz«, schrie er.

Die MP-5s gaben einiges an Feuerkraft ab. Kugeln prallten von dem gepanzerten Fahrzeug ab und erzeugten dabei sternförmige Risse in der Windschutzscheibe. Der Schütze duckte sich und feuerte nun blind auf sie. Korov sprintete am Rande des Gebäudes entlang. Der Humvee fuhr an ihm vorüber. Als er etwa auf gleicher Höhe war, sprang Korov auf die Seite des Wagens und erschoss den Mann in dem Geschützturm, dann ließ er eine Granate durch die geöffnete Luke fallen und sprang hastig herunter. Die Explosion sprengte die Türen auf. Der Wagen wurde langsamer und blieb schließlich ganz stehen. Flammen stiegen aus dem Wrack auf.

Die Barrett donnerte weiter durch die Nacht. In dem Komplex wurde es dunkel. Wieder ertönte ein Knall. Einer der Propangastanks explodierte und tauchte alles in ein grelloranges Licht. Sie eilten auf das Ende des Gebäudes zu. Bis zum Zaun waren es noch knapp fünfzig Meter, über offenes Gelände hinweg.

Scheinwerfer hielten jetzt flackernd auf sie zu.

»Lamont, was siehst du?«

»Sieht aus wie sieben, nein, acht Trucks. Die Trucks teilen sich auf. Sie werden euch flankieren. Ein Humvee kommt jetzt direkt auf euch zu. Mit dem anderen scheinen sie irgendwie Probleme bekommen zu haben. Noch dreihundert Meter.«

»Schnapp' dir das RPG und schalte den Bastard aus.«

»Verstanden.«

»Den Trucks können wir nicht entkommen«, sagte Ronnie und sah zu, wie die Scheinwerfer näherkamen.

»Wir haben hier Deckung«, erwiderte Korov. »Mehr oder weniger zumindest.«

»Richtig. Korov, Sie und Selena übernehmen diese Seite. Selena, du tust, was Korov dir sagt. Ronnie und ich bleiben hier. Lamont soll sich um die Humvees kümmern. Wir konzentrieren uns auf die Trucks. Wenn wir sie aufhalten können, müssen sie anschließend zu Fuß hinter uns her. Los.«

Korov und Selena rannten ans andere Ende des Gebäudes.

»Bleiben Sie am Boden. Ich bin über Ihnen.«

Tu, was er dir sagt.

Sie kauerte sich auf den Boden und spähte um die Ecke. Über ihr ging Korov in Schussposition. Drei Trucks rasten genau auf sie zu. Sie verließen die Straße und schwärmten über das flache staubige Gelände aus.

»Jetzt.«

Sie begannen zu feuern.

Selena nahm den Truck auf der rechten Seite ins Visier. Unablässig spie ihre Waffe leere Patronenhülsen aus. Sie sah, wie die Scheinwerfer zersplitterten. Die Vorderreifen platzten. Der Truck scherte aus und blieb stehen. Sie konnten jetzt das Öffnen von Türen und das Fluchen der Männer hören. Sie lenkte ihre Aufmerksamkeit auf den zweiten Truck. Korov hatte währenddessen den dritten unter Beschuss genommen. Aus den Augenwinkeln sah sie, wie Flammen daraus emporschossen.

Unterbewusst registrierte sie die Schüsse von Nick und Ronnie auf der anderen Seite des Gebäudes. Sie warf ihr leeres Magazin aus, rammte ein neues hinein, lud ihre Waffe durch und feuerte weiter. Die MP5 fühlte sich wie ein Teil von ihr an, wie ein lebendiges Wesen in ihren Händen. Über ihr ließ auch Korov einen unablässigen Kugelhagel auf die Gegner einprasseln. Die Luft roch nach Schießpulver und heißen Patronenhülsen.

Kurze Zeit später gingen auch die Lichter des verbliebenen Trucks aus. Er hielt an.

Die Sprengladungen in Halle 4 explodierten nun in einem grellweißen Blitz aus Hitze und Licht. Es schien so, als hätte jemand plötzlich alle Geräusche geschluckt und dann ein Streichholz in eine riesige Pfütze aus Benzin geworfen. Sie vernahm ein lautes *Wumpf*, welches den Boden erzittern ließ, und spürte eine Welle heißer Luft über sich hinwegrauschen. Ein riesiger rot-oranger Feuerball stieg in die Nacht auf, wurde immer größer und ließ den Komplex in einem blendenden höllischen Licht erstrahlen. In der plötzlichen Helligkeit sah sie einige Männer auf sie zu rennen. Die MP-5 in ihrer Hand fühlte sich bereits heiß an. Sie schob ein weiteres Magazin ein. Vor ihr ließen einige Männer ihr Leben.

Dann sah sie den zweiten Humvee kommen. Kugeln schlugen wie Hammerschläge über ihren Kopf hinweg in die Seite des Gebäudes ein.

Korov berührte sie an der Schulter. »Wir lassen uns zurückfallen, zu den anderen.«

Sie stürmten auf sie zu. Der Humvee bog um die Kurve. Selena sah, wie das Maschinengewehr auf dem Geschützturm auf sie ausgerichtet wurde und grelles Mündungsfeuer aufblitzte ... jeder Blitz ein Gesandter des Todes. Etwas Dunkles schoss durch die Luft und das Fahrzeug explodierte. Lamont hatte das RPG also anlegen können. Ein Mann, eingehüllt von Flammen, taumelte aus dem Wrack und fiel schreiend auf die Straße. Korov erschoss ihn.

»Da kommen noch mehr Männer.« Korov deutete über seine Schulter hinweg. Die lodernden Flammen des in Brand stehenden Gebäudes tauchten alles in ein hellrotes flackerndes Licht. Ronnie feuerte auf die Umrisse in der Dunkelheit. Mündungsfeuer antwortete ihnen und zwinkerte ihnen aus der Nacht entgegen. Sie hörten Lamonts M4 in gleichmäßigen Dreiersalven.

Nicks Stimme ließ sich nun in allen Headsets vernehmen. »Wenn sie es zwischen uns und den Zaun schaffen, sind wir am Arsch. Wir sollten deshalb die Beine in die Hand nehmen. Lamont, wir kommen zurück.«

»Verstanden.«

»Los!«

Sie sprinteten auf die Öffnung in dem Zaun zu. Hinter ihnen schnatterten M-16-Gewehre. Dreck stob um ihre Füße herum auf.

Zehn Meter vor dem Zaun ging Ronnie plötzlich zu Boden. Er schrie auf, ein einziges Mal.

Niemand sagte etwas. Korov und Nick packten ihn unter den Armen und zerrten ihn auf die Beine, dann rannten sie weiter auf den Zaun zu. Etwas traf Nick auf einmal wie ein Hammer am Rücken. Er fiel und riss Korov und Ronnie mit sich zu Boden. Ronnie schrie erneut auf. Nick rappelte sich hastig auf. Gemeinsam schoben sie Ronnie durch den Zaun. Hinter ihnen rannte Selena rückwärts und feuerte auf ihre Verfolger. Lamont gab ihnen vom Truck aus weiter Feuerschutz. Der Boden um ihn herum war bereits mit leeren Patronenhülsen übersät.

Sie hievten Ronnie auf den Rücksitz des Trucks, Korov kletterte neben ihn in den Wagen. Für einen großen Mann war er erstaunlich schnell. Lamont feuerte eine letzte Salve ab und stieg dann auf der anderen Seite ein.

Nick sprang hinter das Steuer und startete den Motor, Selena kletterte auf den Beifahrersitz. Ein Fenster zersplitterte. Weitere Schüsse bohrten sich mit harten, metallischen Schlägen in den Truck hinein. Nick trat das Gaspedal durch, ließ den Forschungskomplex hinter sich und hoffte, dass keiner der Schüsse den Benzintank getroffen hatte. Der Rückspiegel füllte sich mit grellen Scheinwerfern, die in der Nacht wie tödliche Glühwürmchen wirkten. Hinter ihnen loderten wilde Flammen aus Halle 4. Kleinere Feuer kennzeichneten die Fahrzeuge, die sie zerstört hatten.

Nick fuhr in die Nacht hinaus und betete, dass er nicht in eine Senke oder eine Gruppe Kakteen raste. Nachdem er der Meinung war, sich weit genug von dem Komplex entfernt zu haben, schaltete er die Scheinwerfer ein. Er rief sich die Karte von Texas in Erinnerung und schoss über die Ebene auf die nächstgelegene Straße zu. Den zweiten Wagen, die Barrett und den Raketenwerfer ließen sie zwangsläufig zurück. Lodge und Dansinger würden früher oder später also dahintergekommen.

Sein Rücken war taub und seine Arme fühlten sich schwerer an, als ihm lieb war. Vom Rücksitz aus hörte er Korov sagen: »Sie sind angeschossen worden.«

»Das wird schon wieder. Die Weste hat die Kugel abgefangen. Dreißig Lagen Kevlar, die halten auch eine .308 auf. Zumindest für gewöhnlich. Aber es fühlt sich trotzdem so an, als hätte mich Barry Bonds mit einem Baseballschläger verdroschen. Lamont, wie geht's Ronnie?«

»Ich habe die Blutung stoppen können. Er hat einen Schuss ins rechte Bein abbekommen. Die Kugel ist bis zum Knochen durchgegangen.«

»Ist er noch bei Bewusstsein?«

Ein heiseres Krächzen war nun vom Rücksitz zu hören. »Ja, ich bin bei Bewusstsein. Zwickt ein bisschen.«

»Dann solltest du das nächste Mal wohl schneller rennen.«

»Halt bloß die Klappe, Kemosabe.« Ronnie drehte sich zu Korov um. »Danke, dass Sie mich dort rausgezerrt haben.«

Korov hob die Schultern. »Sie hätten das Gleiche für mich getan, *njet?* Das ist eben, was wir tun.«

Ronnie nickte. »Ja, das ist, was wir tun.«

Vor ihnen erstreckte sich die texanische Nacht. Ein Hase huschte vor den Scheinwerfern davon.

Kapitel 50

Wendell Lodge war außer sich vor Wut und vollkommen entsetzt. Dass ein ganzer Lagerbestand des Virus zerstört worden war, war äußerst bedauernswert, aber nur ein kleiner Rückschlag. Eine ärgerliche Unannehmlichkeit. Sie konnten noch mehr produzieren und es würde immer wieder neue Ernten geben.

Sein Entsetzen rührte vielmehr von dem Umstand her, dass man Demeter aufgedeckt hatte, und der Rest ließ ihn aus der Haut fahren. Er hatte die Wagen bis zum Militärflugplatz in Sheppard zurückverfolgen können. Dort mündete die Spur in eine Sackgasse. Der Raketenwerfer war Standard-Militärausrüstung. Der Plasmaschneider, den man in der Nähe des Zauns fand, war jedoch das genaue Gegenteil. Nur wenige Personen bekamen so etwas in die Hände. Das schwere Barrett-Gewehr war ein weiterer Hinweis, es mit Profis zu tun zu gehabt zu haben. *Wer besaß das nötige Potenzial und die Eier, so etwas durchzuziehen? Einen Generalangriff auf amerikanischem Boden?*

Lodge kannte die Antwort. Er spürte, wie sein Zorn weiter wuchs. Die Lieblings-Spezialeinheit des Präsidenten, Harker und ihr PROJECT. Das war genau ihre Art von Einsätzen. Niemand sonst würde so etwas wagen. Harker musste immer und überall dazwischenfunken. Aber dieses Mal hatte sie sich mit den falschen Leuten angelegt.

Er würde ihren Einmischungen ein für alle Mal ein Ende setzen. Sie kämpfte mit harten Bandagen ... das konnte er genauso. Aber er musste vorsichtig sein.

Lodge wirbelte in seinem Lieblingschefsessel aus rotem Leder herum und starrte aus den Balkontüren seines Arbeitszimmers. Es war ein angenehmer Morgen und er hatte einen schönen Ausblick auf die grüne Frühlingslandschaft von Virginia. Büsche blühten auf dem gepflegten hügeligen Rasen hinter seiner Kolonialvilla. Fein säuberlich angelegte Blumenbeete schrien vor lauter Farbenpracht. Normalerweise konnte er sich an diesem Anblick erfreuen, aber nicht heute.

In der geheimniskrämerischen Welt der CIA stieg niemand aus reinem Zufall bis zu seiner Position auf. Lodge war immer noch ein Spion und dachte deshalb auch wie ein Spion. Er verstand das Spiel und wusste, wie man es spielte. Er verfügte über Ressourcen, von denen Harker noch nicht einmal etwas ahnte.

Jemand musste ihr einen Tipp gegeben haben. Viele Personen kamen dafür nicht infrage. Lodge war sich sicher, dass sie auf anderem Wege nie etwas von Demeter hätte erfahren können. Die Tode von Campbell und den anderen und die Geschehnisse in Griechenland hatten sie auf die Spur der Urne gebracht, aber ohne fremde Hilfe hätte sie weder Demeter noch Dansingers Mithilfe aufdecken können.

Er würde herausfinden, woher sie es wusste, und das Leck ausmerzen. Dann würde er sie und ihr Team von

Unruhestiftern aus dem Spiel entfernen. Ein Plan begann sich in seinem Kopf zu formen. Die enge Verbindung der Mitglieder aus Harkers Team war ein Schwachpunkt; eine verwundbare Stelle, und genau diese Schwachstelle konnte er dafür nutzen, sie zu Fall zu bringen. Dafür würde er einfach mit dem schwächsten Glied in der Kette beginnen.

Auf diesen Moment hatte Lodge schon eine Ewigkeit gewartet.

Kapitel 51

Bob Elroy war krank vor Sorge. Mit dem Weizen stimmte irgendetwas nicht. Er und Billy hatten den ganzen Morgen über an den Maschinen in der Scheune gearbeitet. Nun standen sie an dem Zaun und blickten auf das Feld hinaus. Vor vier Tagen hatte der Weizen noch grün und gesund ausgesehen, doch die Dinge hatten sich geändert. Große kränklich gelbe und braune Flecken hatten sich über das Feld ausgebreitet. Was immer es war – es wuchs weiter. Er hatte bereits im örtlichen Büro der USDA angerufen. Jemand würde im Laufe des Tages zu ihnen herausgefahren kommen.

»Scheiße, Bob. Das sieht nicht gut aus.«

»Ich verstehe das einfach nicht. Daran ist kein Ungeziefer schuld, eher so etwas wie eine Art Fäule. Aber so etwas wie das da hat es hier in der Gegend noch nie zuvor gegeben.«

»Der Typ von der USDA wird bestimmt wissen, womit wir es zu tun haben.«

»Ja, wahrscheinlich. Aber selbst, wenn sie ein Mittel dagegen haben, sieht es ganz danach aus, als würde ich die Hälfte meiner Ernte verlieren.«

»Du bist doch versichert, oder?«

»Ja, aber das reicht nicht, falls ich alles verlieren sollte, und die Bank wird mir dann auch im Nacken sitzen.«

»Ja, ganz sicher.«

So wie jeder andere, den Billy kannte, bewegte auch Bob sich auf einem schmalen Grat zwischen Gewinn und Verlust, Überleben und Bankrott. Die Bank bestimmte über sein Leben, und je weniger man darüber nachdachte, umso besser war es. Früher war alles leichter gewesen, als die Dinge noch regional geregelt worden waren, von Leuten, die etwas von Landschaft verstanden. Doch dann ging die Wirtschaft den Bach runter und die kleine Bank in seiner Gemeinde wurde von einem der großen Konzerne geschluckt. Nun trafen irgendwelche Leute Tausende Meilen entfernt, Entscheidungen über sein Leben, deren einzige Berührungspunkte mit der Landwirtschaft in einem Supermarkt stattfanden. Als Landwirt hatte man es schon schwer genug, bei dem ganzen Wetter, den Schädlingen und den Kosten für Diesel, Dünger und Insektenbekämpfung. Und jetzt auch noch das.

Bob wollte es sich nicht eingestehen, aber die seltsame Leere in seinem Bauch fühlte sich nach blanker Angst an … Angst um sein Auskommen … Angst um Mae und die Kinder … Angst, alles zu verlieren.

Der Tag war sonnig und klar. Eine frische, starke Brise wehte über die Ebenen Nebraskas heran. Bobs Land lag inmitten der amerikanischen Kornkammer. Über Hunderte von Meilen hinweg erstreckten sich Weizen- und Maisfelder. Die Winterpflanzen wuchsen heran. Ein uralter Kreislauf, etwas, das er verstand.

Bob liebte sein Leben und er liebte das Landleben. Für ihn gab es nur wenige Dinge, die schöner waren als der

Schnee, der im Winter herabfiel und die Felder bedeckte, zuzusehen, wie sich in der Sommerhitze am Horizont dunkle Gewitterwolken auftürmten, oder dem Rascheln der Ähren im Wind zuzuhören. Für Bob waren die *amber waves of grain,* die bernsteinfarbenen wogenden Ähren, mehr als nur eine Zeile aus einem Lied. Sie waren der wahr gewordene amerikanische Traum.

Die dunklen Flecken aber, die sich nun auf seinen Feldern ausbreiteten, waren eine andere Art von Traum. Ein amerikanischer Albtraum.

Kapitel 52

AEON bedeutete Ewigkeit.

Vor über vierhundert Jahren war AEON während der politischen Unruhen des achtzehnten Jahrhunderts in Europa geboren worden.

AEON war es immer nur um die Anhäufung von Reichtümern gegangen. Denn Reichtum bedeutete Macht. Macht bedeutete Kontrolle, und mit der Kontrolle kam noch mehr Macht, noch mehr Reichtum und die Fähigkeit, das Schicksal ganzer Nationen zu lenken. Mit der Fähigkeit, die Geschicke von Nationen bestimmen zu können, wurde schließlich der Plan geboren.

Die Ideologie, welcher AEON bedingungslos folgte, war die der Macht. Demokratie oder Faschismus, rechte oder linke Überzeugungen – all das spielte für sie keine Rolle. Über die Jahrhunderte hinweg hatte AEON gelernt, alle Lager zu manipulieren. Politische Systeme waren nur ein Mittel, ihr Vermögen zu mehren und eine möglichst starre wirtschaftliche Spaltung zwischen Arbeitern und Herrschern zu schaffen.

Das große Ziel war nun in Sichtweite gelangt. Die Infrastruktur, um Dissidenten aufspüren und in Schach zu halten, die Korruption staatlicher Stellen auf der ganzen Welt und die Kontrolle über die Weltfinanzen waren in Stellung gebracht worden. Demeter und die Dunkle Ernte waren der Eröffnungsschachzug, um den Plan in die Tat umzusetzen.

Der Rat bestand aus neun Mitgliedern, die einer strengen Rechenschaftspflicht unterworfen waren. Ihm gehörten zwei Amerikaner, ein Vertreter Großbritanniens sowie jeweils ein Repräsentant aus Frankreich, China, Deutschland, Russland, Brasilien und Japan an. Die Treffen wurden mittels Telefonkonferenzen unter Zuhilfenahme der allerneuesten Verschlüsselungstechniken abgehalten. Der strenge Maßstab unbedingten Erfolgs galt für jedes der Mitglieder. Fehler wurden nicht entschuldigt und führten unverzüglich zum Ausschluss aus dem Rat … mit unangenehmen Begleiterscheinungen.

Harold Dansinger war das neueste Mitglied des innersten Kreises. Derzeit war sein Status nur auf Probe, was bedeutete, dass er zwar seine Ansichten kundtun, aber nicht abstimmen durfte, wenn Entscheidungen getroffen wurden.

Der Überfall in Texas war für ihn ein persönliches Desaster. Dansinger musste den anderen versichern, dass sich die Dinge wieder unter Kontrolle bringen ließen und eine Freisetzung des Virus nicht einmal ansatzweise befürchtet werden musste. Er musste sie unbedingt davon überzeugen, dass er kein Sicherheitsrisiko darstellte.

Malcolm Foxworth war das Ratsmitglied aus England. Foxworth gehörte ein weltumspannendes Medienimperium. Er war außerdem der amtierende Führer AEONs, auch wenn er selbst den Titel eines Vorsitzenden bevorzugte. Das hörte sich nämlich sehr viel demokratischer an.

Foxworth begann nun. »Harold, helfen Sie uns doch bitte, die gegenwärtige Situation besser verstehen zu können.« Die Mitglieder des Rates wurden stets mit dem Vornamen angesprochen. Das sollte die Illusion von Gleichberechtigung erschaffen.

»Wie Sie wissen, Malcolm, wurde der Lagerbestand des Demeter-Virus zerstört. Der Überfall wurde von einer verdeckt operierenden Spezialeinheit namens PROJECT durchgeführt. Sie untersteht einzig und allein dem Präsidenten.«

Foxworths Gesicht verfinsterte sich daraufhin. »Wir kennen PROJECT bereits. Erst kürzlich haben sie uns vor ein unerfreuliches Problem gestellt.«

Dansinger versuchte, die Gedanken der Ratsmitglieder von seiner eigenen Person abzulenken. »Die Handlungen von CIA-Direktor Lodge brachten sie überhaupt erst auf unsere Spur und zwangen sie zum Eingreifen.«

Foxworths Gesicht zeigte keinerlei Regung. Dansinger fuhr fort.

»Ich habe die Produktion von Demeter in unserer Einrichtung in Utah wieder aufnehmen lassen. Der Lagerbestand wird innerhalb von zwei Monaten komplett erneuert sein.«

Er nippte an seinem Wasser. Die anderen sahen ihn von den Bildschirmen aus an.

»Was ist mit dem Ausbruch in Nebraska?«

Die Frage kam von dem anderen amerikanischen Ratsmitglied. »Wie konnte das passieren? Das war nicht Teil des Plans. Was wollen Sie diesbezüglich unternehmen?«

»Ich habe noch nicht herausfinden können, wie Demeter dort freigesetzt werden konnte, aber ich denke, dass sich dieser Ausbruch zu unserem Vorteil entwickeln könnte. Wir ändern einfach die Reihenfolge unseres Plans. Das gibt uns auch die Möglichkeit, ihn zu verbessern. Wir lassen zu, dass das Virus sich ausbreitet, dann wird ein Gegenmittel entdeckt, angeboten und zum Einsatz gebracht. Das Virus wird daraufhin gestoppt. Unglücklicherweise hilft dieses Gegenmittel allerdings nicht in anderen Regionen der Welt, wo wir für eine Infektion sorgen werden.«

»Fahren Sie fort«, sagte Foxworth.

»Bevor der Virus eingedämmt werden kann, wird sich die US-Regierung dazu genötigt sehen, Teile des Landes unter Quarantäne zu stellen. Man wird den Ausnahmezustand erklären. Die Haftanstalten stehen leer und warten nur darauf. Es ist Wahljahr. Rice wird unfassbar blamiert werden. Das könnte *die* Gelegenheit sein, ihn loszuwerden, auf die eine oder andere Weise.«

Reihum nickten einige Köpfe. Bislang waren sie also auf seiner Seite.

»Wie hoch ist das Risiko, dass man Ihr Mitwirken daran aufdecken wird?«

»Minimal. Denn es gibt keinerlei konkrete Beweise. Ich weiß nicht, wie PROJECT überhaupt etwas über Demeter herausfinden konnte, aber Lodge arbeitet bereits in diesen Minuten daran. Der Präsident kann nicht offen handeln, ohne handfeste Beweise zu haben. Alle Hinweise auf Demeter wurden während des Angriffs auf meine Einrichtung vernichtet. Sie können also nicht beweisen, dass ich irgendetwas damit zu tun hatte, und wenn ich erst das Gegenmittel präsentiere, wird es niemand mehr wagen, mich zur Rede zu stellen.«

Foxworth sann über Dansingers Worte nach. »In Ordnung. Wir werden die Sache zu einem späteren Zeitpunkt weiter erörtern. Halten Sie uns bis dahin über Ihre Fortschritte auf dem Laufenden, Harold.«

Die unterschwellige Warnung in diesen Worten entging Dansinger nicht.

Dann wurde sein Bildschirm schwarz.

Kapitel 53

Alexei Vysotsky lauschte Korovs Bericht.

»Sind Sie sicher, dass das Virus vernichtet wurde?«

»Ja. Für den Moment konnte Demeter aufgehalten werden.«

»Für den Moment?«

»Das Laboratorium und die Lagervorräte sind zerstört, aber es muss noch weitere Labors geben. Ich denke, wir haben uns etwas Zeit erkauft, aber die Gefahr ist noch nicht vorüber.«

»Was werden die Amerikaner jetzt tun?«

»Wir treffen uns heute, um die nächsten Schritte zu besprechen. Ich denke, sie meinen es ernst damit, diesen Coup zu zerschlagen.«

»Und Lodge?«

»Er wird eines der Gesprächsthemen unseres Meetings sein.«

»Wurden Sie von ihnen akzeptiert?«

»Das wurde ich. Sie sind furchtlos, eine sehr fähige Organisation. Ich wünschte, ich hätte sie in Tschetschenien dabei gehabt.«

»Ein großes Lob aus Ihrem Mund, Arkady.«

»Sie haben es sich verdient.«

»Trotzdem sind sie Amerikaner. Vergessen Sie das nicht. Unser Vertrauen kennt Grenzen.«

»Natürlich, Sir.«

»Beobachten Sie weiter und berichten Sie mir.«

Korov legte sein Telefon beiseite. Vysotskys Kommentar ärgerte ihn. Schließlich war er nicht in dem Komplex dabei gewesen. Carter und die anderen hatten sich seinen Respekt ehrlich verdient. Mehr noch, sie hatten sich damit ein hohes Maß an Vertrauen verdient. Jemand wie Vysotsky würde so etwas nie verstehen.

Seine Gefühle verwirrten ihn. Er goss sich eine Tasse Kaffee ein und lief ans Fenster. Er hatte Amerika immer als Feind angesehen. Daran hatte sich auch nichts geändert. Was ihn aber verwirrte, war die Akzeptanz, die er in dieser Gruppe erfuhr, egal wie vorübergehend und zweckdienlich sie auch sein mochte. Korov wusste, dass es umgekehrt ganz bestimmt nicht so abgelaufen wäre. Tatsächlich wäre das Ganze undenkbar gewesen. Es war einfach bizarr. Noch bizarrer war es allerdings, dass es sich bei PROJECT nicht um eine klassische Militäreinheit wie Zaslon handelte. Es war ein Geheimdienst. Vielleicht keine Spione im traditionellen Sinne, sondern eher wie die besonders scharfe Spitze eines Degens, der geschmiedet worden war, um Bedrohungen aufzuhalten, bevor sie erst richtig begannen.

Er verstand Harkers Entscheidungen nicht. Das war nicht die Art, wie die Dinge normalerweise in der Welt abliefen. Er übernachtete in einem Hotel, das er betreten und verlassen konnte wie es ihm beliebte, anstatt sich in einer Militärbaracke unter strenger Bewachung zu befinden. Niemand stellte infrage, dass er eine Waffe trug. Er gehörte einer der geheimsten und effektivsten russischen Spezialeinheiten an, und doch gewährte man ihm im Herzen von Amerika absolute Freiheit. Das ergab einfach keinen Sinn.

Die Luft vor dem Hotelfenster war vom Smog der Stadt grau und dunstig, der Himmel wolkenverhangen.

Carter war in Korovs Augen der beste Anführer einer kleinen Kampfeinheit, den er je gesehen hatte. Er hatte die Mission mit kalter Effizienz erfüllt, trotz ungünstigster Umstände.

Im Gegenteil zu Vysotsky musste Korov feststellen, dass er die Amerikaner zu mögen begann. Sie hatten ihn zu einem Teil ihres Teams gemacht. Der wirkliche Test aber würde dann beginnen, wenn er herausfand, was sie in Bezug auf den Direktor der CIA planten. In Russland würde ein derart mächtiger Mann ganz besonderen Schutz genießen. Er wäre unantastbar.

Arkady starrte aus dem Fenster auf den Strom von Autos, die über den Highway in der Ferne dahinkrochen. Er machte sich keinerlei Illusionen, was die politischen Irrwege innerhalb des Kremls anbetraf. In Russland wäre es schwierig, die Führung des Landes davon zu überzeugen, jemanden wie Lodge verschwinden zu lassen. Sehr viel wahrscheinlicher wäre es, dass der Ankläger spurlos verschwand. *Was würde Harker tun?*

Das war eine weitere Sache, die ihn verwirrte. Eine Black-Ops-Geheimdienst-Einheit, die von einer Frau geleitet wurde. Zumindest fackelte sie nicht lange und packte die Dinge an, das musste man ihr lassen. Sie schien nicht sonderlich besorgt über mögliche Konsequenzen ihrer Attacke zu sein.

Alles in allem hatte sich dieser Einsatz zum bislang interessantesten Auftrag seiner bisherigen Karriere gemausert.

Kapitel 54

Stephanie war spät dran. Sie trat aus dem Fahrstuhl, der in die Tiefgarage führte, und lief zu ihrem Wagen. Ihre Schuhe hallten laut durch das Parkhaus. Wenn der Verkehr auf dem Autobahnring nicht allzu schlimm war, könnte sie es vielleicht noch rechtzeitig schaffen. *Ja, sicher,* dachte sie. *Das war in etwa so wahrscheinlich, wie, dass Ostern und Weihnachten auf einen Tag fielen.*

Sie erreichte ihr Auto, ein zweckmäßiger Toyota Avalon. Genug Luxus und Pferdestärken, ohne dabei sündhaft teuer zu sein. Er war in einem hübschen Blauton gehalten. Sie mochte ihr Auto. Sie drückte auf ihre Fernbedienung und hörte das leise Piepen, mit dem sich die Türen entriegelten. Sie öffnete die Fahrertür. Dann hörte sie plötzlich ein Geräusch, wie von einer zischenden Schlange, spürte einen stechenden Schmerz und sah einen Pfeil, der in ihrem Bein steckte. Plötzlich fühlte sie sich benommen. Ihre Schlüssel fielen ihr aus der Hand.

Auf einer Pritsche liegend, wachte sie Stunden später wieder auf. Ein kleines Fenster weit oben in einer Wand ließ gerade genug Licht hereinfallen, dass sie sehen konnte, dass sie sich in einem quadratischen Raum aus Rohbeton befand. Eine Kamera blickte von der Decke auf sie herab. Die Tür bestand aus grauem Stahl. In der Ecke ragte eine metallene Toilette ohne Deckel aus der Wand. Die restliche

Ausstattung des Raumes bestand aus einem Waschbecken an der Wand und einem Abfluss in der Mitte des Bodens.

Ein Anflug von Angst vertrieb den Nebel aus ihrem Kopf. Unbeholfen setzte sie sich auf. Etwas hielt ihren rechten Arm zurück. Es waren Handschellen, mit denen sie an ihre Pritsche gefesselt war. Die Pritsche selbst war mit dem Boden verschraubt worden.

Zuletzt … hatte sie die Wagentür geöffnet … dann hatte sie etwas am Bein getroffen … ein Betäubungspfeil.

Sie befand sich in einer Zelle. Ohne nachzudenken, tastete sie nach ihrer Waffe. Das leere Holster schien sich förmlich über sie lustig zu machen. Ihre Handschellen klapperten leise.

Außer Kopfschmerzen und einem flauen Gefühl im Magen war sie unverletzt. Ihr Rock war mit irgendetwas beschmiert, vielleicht vom Boden der Tiefgarage. An ihrem Bein befand sich ein Kratzer.

Sie hatten ihr die Uhr abgenommen. Stephanie hatte deshalb keine Ahnung, wie lange sie bewusstlos gewesen war. Sie schätzte aber, dass es mindestens ein paar Stunden gewesen sein mussten. Sie holte tief Luft und versuchte, sich zu beruhigen. Plötzlich stieg Wut in ihr auf. Sie riss ihren freien Arm nach oben und reckte ihren Mittelfinger in die Kamera. Vielleicht würde sie damit ja auf sich aufmerksam machen können.

Kapitel 55

Harker seufzte. Ronnie war stolzer Besitzer zweier neuer, glänzender Krücken und eines Gipsverbands an seinem rechten Bein. Lamonts Arm hing wieder in einer Schlinge, und Nick kam hereingelaufen, als hätte er ein Brett im Kreuz.

»Vielleicht sollten wir in der Eingangshalle eine Notaufnahme einrichten. Hat jemand Stephanie gesehen?«

Kopfschütteln. »Nein.«

»Dann fangen wir schon mal ohne sie an. Gute Arbeit in Texas. Fürs Erste konnten wir sie aufhalten.« Sie warf einen Blick auf das Foto der Twin Towers auf ihrem Schreibtisch, dann griff sie nach ihrem silbernen Füller. »Was machen wir mit Lodge?«

»Vielleicht kann Rice sich ja darum kümmern.« Nicks Rücken tat höllisch weh. Er war schwarz, blau und rot angelaufen, wie ein schlecht gefilmter Sonnenuntergang in einem B-Film.

»An seiner Meinung hat sich nichts geändert. Wir können Lodge nichts nachweisen.«

»Wir könnten Druck auf Dansinger ausüben«, schlug Lamont vor. »Wenn er Lodge ans Messer liefert, kriegt er einen Deal von Rice.«

»Dafür, dass er kurz davor war, Millionen von Menschen umzubringen? Das denke ich eher nicht.«

»Dansinger weiß das vielleicht gar nicht.«

»Wir könnten versuchen, ihn zu … wie nennen Sie das noch mal? … schnappen. Dansinger, nicht Lodge. Oder vielleicht sogar Lodge höchstpersönlich?« Korov musterte Harker.

»Lodge ist zu riskant. Später vielleicht, aber nicht jetzt. Rice kann uns nur bis zu einem gewissen Punkt schützen.«

»Wir könnten ihn verwanzen«, schlug Ronnie vor.

»Selbst, wenn wir eine Wanze an ihm platziert bekämen, würde sie nicht lange unentdeckt bleiben. Jeder Raum, den er betritt, wird drei- oder viermal am Tag abgesucht.«

»Steph könnte vielleicht helfen«, meinte Nick. »Sie hängt doch mit Lucas ab, und Lucas arbeitet für Hood. Vielleicht kann der ja etwas herausfinden.«

»Aber was, wenn Hood ebenfalls in der Sache mit drinsteckt?«, fragte Harker.

»Er wirkt auf mich nicht wie jemand, der mit Lodge gemeinsame Sache macht. Er kann Lodge nicht leiden und ist ambitioniert und scharf auf Lodges Job. Das könnte uns tatsächlich helfen.«

»Doch wenn Sie damit falsch liegen, haben wir uns in die Karten schauen lassen.«

»Welche Karten denn? Wenn ich Lodge wäre, hätte ich längst herausgefunden, wer hinter der Sache in Texas gesteckt hat. Ich verwette ein Jahresgehalt, dass er längst weiß, dass wir es waren.«

Jeder von ihnen dachte kurz darüber nach. Nicks Ohr begann wieder zu jucken und er zog daran.

Selena strich ihre Haare zurück. »Lodge wird den Überfall nicht tatenlos hinnehmen. Er wird gegen uns vorgehen … irgendetwas planen.«

»Ich wüsste, was ich tun würde.« Alle Köpfe wandten sich nun Korov zu. »Ich würde nach Informationen suchen, und ich würde nicht höflich darum bitten.«

»Wie würden Sie sich diese denn beschaffen?«, erkundigte sich Harker.

»Über einen von uns.«

Kapitel 56

Grelles Licht flackerte auf. Zwei Männer brachten einen Stuhl in die Zelle. Stephanie beobachtete sie dabei. Der Stuhl war aus schwerem Holz gefertigt. In der Mitte der Sitzfläche befand sich ein Loch, wie bei einem dieser Töpfchen-Trainingsstühle für Kinder. Dieser Stuhl hier aber war für Erwachsene, mit Lederriemen an den Armlehnen und den Stuhlbeinen. Stephanie versuchte, ihre Angst zu unterdrücken. Ein dritter Mann kam nun herein, in seinen Händen hielt er einen Aluminiumkoffer. Er erinnerte sie an einen Bankangestellten aus einem Schwarz-Weiß-Film über die Zeit der Depression. Er war klein, mit schütter werdendem Haar, und wirkte mit seinem fein säuberlich getrimmten braunen Schnurrbart und dem fliehenden Kinn irgendwie überkorrekt. Er trug eine Weste und eine runde Nickelbrille. Seine Lippen waren zusammengepresst. Er warf ihr einen teilnahmslosen Blick zu, der sie unwillkürlich frösteln ließ.

»Zieht sie aus und setzt sie auf den Stuhl.«

Die Männer kamen zu ihr. Einer von ihnen wickelte seine riesigen Arme um sie, während der andere ihre Handschellen löste. Sie wehrte sich und versuchte, ihn zu beißen, doch er schlug ihr in den Bauch. Sie krümmte sich zusammen. Dann rissen sie ihre Kleidungsstücke herunter und warfen sie achtlos beiseite. Während sie versuchte, sich aus der Umklammerung zu lösen, trugen sie die beiden zu dem Stuhl hinüber. Der schüchtern wirkende Mann sah zu und rauchte dabei eine Zigarette. Sie setzten sie auf den Stuhl, fesselten sie mit den Lederriemen und verließen dann den Raum. Eine Minute später kamen sie mit einem Tisch und einer Kiste zurück. Den Tisch stellten sie direkt neben den Stuhl und die Kiste platzierten sie darauf.

»Das wäre alles. Schließen Sie die Tür hinter sich.«

»Ja, Sir.« Die Männer verließen den Raum. Die Tür fiel mit einem Knall zu. Nun war sie mit dem seltsamen Mann allein.

Er lächelte sie an. Ein widerliches Grinsen. »In diesem Raum werden wir beide uns nun etwas besser kennenlernen.«

»Leck mich doch!«

»Nein, nicht so. Auf eine sehr viel … intimere Art und Weise.«

Er summte etwas vor sich hin, stellte seinen Aluminiumkoffer auf den Tisch und öffnete ihn. Der Deckel enthielt eine Reihe von Reagenzgläsern mit Gummistöpseln, drei Spritzen, Wattebäusche, Alkohol und etwas in einem Schlauch.

Aus dem Boden des Koffers entnahm er ein weißes Stoffbündel. Er entrollte es und legte es ebenfalls auf den Tisch. Darin befand sich ein poliertes Skalpell, eine schmale Pinzette aus chirurgischem Stahl, ein Set aus drei unterschiedlich großen Zangen und eine Ansammlung seltsam geformter, spitzer Sonden.

Nun öffnete er die Kiste. In ihr verbarg sich eine große Autobatterie, Drähte und ein kleineres Kästchen mit einer Skala.

Stephs Atem wurde augenblicklich schneller. *Es war doch nur eine Batterie. Welche Schmerzen konnte er ihr schon mit einer Batterie zufügen? Sie würde es verkraften.* Zumindest redete sie sich ein, dass sie es verkraften würde. *Was wollte er von ihr? Wer war er überhaupt?*

»Lassen Sie mich Ihnen kurz erklären, weshalb Sie hier sind. Ich rate Ihnen dringend, mir gegenüber stets höflich zu sein. Haben Sie verstanden?«, fragte er mit leiser Stimme.

Ihre Lippen fühlten sich auf einmal sehr trocken an. »Ja.«

»Sie werden mir jetzt von Demeter berichten. Wie haben Sie davon erfahren?«

»Ich weiß nicht, wovon Sie reden.«

»Ja, das sagen sie zuerst alle. Aber natürlich wissen Sie genau, wovon ich rede. Bitte vergeuden Sie unsere Zeit nicht unnötig. Sie sind Stephanie Willits. Sie arbeiten für eine Geheimdienst-Organisation namens PROJECT. Sie sind Demeter auf die Spur gekommen, und ich will wissen, wie.«

Steph schwieg.

»Hat es Ihnen die Sprache verschlagen? Kein Problem.«

Bei diesen Worten schien der Mann plötzlich lebendig zu werden. Ein dünner Schweißfilm bedeckte seine Stirn. Seine Augen huschten über ihren nackten Körper. Er nahm eine Spritze aus dem Koffer, wählte ein Reagenzglas mit einer klaren Flüssigkeit aus, zog die Spritze damit auf und spritzte dann etwas davon in die Luft. Ihre Ober- und Unterarme waren fest mit dem Stuhl verbunden. Er suchte nach einer Vene, betupfte den Punkt mit Alkohol und injizierte ihr die Flüssigkeit. Binnen weniger Sekunden spürte sie, wie eine Hitzewelle durch ihren Körper fuhr. Ihre Pupillen weiteten sich. Der Raum schien auf einmal viel zu hell zu sein. Und sie spürte noch etwas.

Sexuelle Erregung.

»Interessant, nicht wahr?«, sagte er. »Der Effekt hält etwa eine Stunde lang an. Unsere chinesischen Freunde haben es ursprünglich als Aphrodisiakum entwickelt. Natürlich verwendeten sie dafür geringere Dosen. In der Menge, wie ich es Ihnen verabreichte habe, hat es aber andere Vorzüge. Ich werde es Ihnen zeigen.«

Er beugte sich so nah an sie heran, dass sie seinen fauligen Atem riechen konnte. Er streckte seinen Zeigefinger aus und strich mit einem vergilbten Fingernagel sanft über ihre Brust. Der Sinneseindruck war stärker als alles, was sie bisher empfunden hatte. Jedes ihrer Nervenenden schien in höchstem Maße empfindsam zu sein. Das Gefühl des Fingernagels auf ihrer Haut war beinahe unerträglich intensiv … an der Grenze zwischen Schmerz und Ekstase. Sie stöhnte auf, sie konnte nichts dagegen tun. Sie zerrte an ihren Fesseln, die sie gefangen hielten und sich nun wie Stacheldraht anfühlten.

»Und das war nur mein Finger.« Er nahm das Skalpell zur Hand. Die Klinge schimmerte. Er hielt es vor ihre

Augen und bewegte es langsam hin und her. Ihre Augen folgten dem glänzenden Instrument. Er lächelte.

»Erzählen Sie mir, wie Sie von Demeter erfahren haben.«

Steph versuchte, ihre Angst unter Kontrolle zu bringen. »Ich weiß nichts über irgendeine Demeter. Ich weiß nicht, wovon Sie sprechen. Ich bin doch nur eine einfache Sekretärin.«

»Oh, sehr gut. Das wird unterhaltsam werden.«

Er bohrte das stumpfe Griffende des Skalpells nun in ihren Arm. Der Schmerz war so intensiv, als wäre sie von einem Messer durchbohrt worden. Sie schrie auf und versuchte, vor ihm zurückzuweichen. Die Riemen um ihre Arme und Beine brannten wie Feuer.

Er legte das Skalpell ab, griff in die Kiste und nahm zwei Drähte mit großen Krokodilklemmen an deren Ende heraus, dann drehte er an dem Einstellrad.

»Passen Sie auf.«

Er führte die Klemmen zusammen. Ein blau-weißer elektrischer Lichtbogen blitzte zwischen ihnen auf. Dann berührte er für einen kurzen Moment mit den Klemmen ihre Beine.

Der Schmerz war allumfassend und überwältigend. Ihre Blase versagte. Als sie ihre Augen wieder öffnete, sah er sie ruhig an und zündete sich eine weitere Zigarette an.

»Das war die niedrigste Stufe. Die Batterie liefert leider nur zwölf Volt. Nichts, was Sie umbringen wird. Wenn ich sie das nächste Mal benutze, werde ich eine der Klammern an Ihrem Nippel befestigen. Dreimal dürfen Sie raten, wo die andere hinkommen wird.« Er gluckste leise. »Können Sie sich vorstellen, wie sich *das* anfühlen wird?«

Er nahm einen tiefen Zug aus seiner Zigarette und blies den Rauch an die Decke.

»Es gibt noch einen interessanten Effekt, von dem ich Ihnen noch gar nichts erzählt habe. Weil Ihr Körper so mit Sinneseindrücken überladen ist, wird er damit beginnen, die Reaktionen herunterzufahren. Das ist der Punkt, an dem ich dann die Voltzahl erhöhen werde.«

»Fick dich, du mieses Arschloch.«

»Werden Sie mir verraten, was ich wissen will?«

Sie schüttelte den Kopf. Er seufzte, ein Geräusch, das der Reaktion eines enttäuschten Vaters ähnelte.

»Wieso denken Sie nicht einfach kurz darüber nach?« Er sah auf seine Uhr. »Ich werde in exakt zwei Stunden wieder zurück sein und Ihnen eine weitere Dosis injizieren. Danach werden Sie mir garantiert alles erzählen.«

Er drückte seine Zigarette auf ihrem nackten Oberschenkel aus. Als sie endlich aufhörte zu schreien, hatte er den Raum längst verlassen.

Kapitel 57

Sie waren noch keinen Schritt weitergekommen. Harker fragte sich gerade laut, wo Stephanie wohl stecken könnte, als ihr Telefon klingelte. Einen Moment lang hörte sie zu, dann verkrampfte sich ihre Haltung. Sie legte das Telefon zurück.

»Steph wurde entführt. Man fand ihre Schlüssel und ihre Handtasche neben ihrem Wagen, in der Tiefgarage ihres Wohnhauses.«

»Lodge!« Nicks Ohr juckte wieder. »Es muss Lodge gewesen sein.«

Sie nickte. »Wenn Lodge sie entführt hat, befindet sie sich gerade in einem seiner Safe-Houses. Wir müssen sie finden.«

»Wie denn?«

Elizabeth verschränkte die Finger ineinander. »Hood müsste sie alle kennen.«

»Aber wird er sie uns auch verraten?«

»Sie kennen ihn. Fragen Sie ihn. Rufen Sie ihn an, und zwar jetzt sofort. Lodge wird nämlich alles tun, um herauszufinden, was Steph weiß. Muss ich Ihnen vielleicht erst noch ein Bild malen?«

»Vergessen Sie Hood«, sagte Selena. »Ruf Lucas an. Steph hat mir erzählt, dass er in sie verliebt ist.«

Harker hob die Augenbrauen.

»Lucas ist persönlich involviert«, erklärte Selena, »Hood nicht. Weder kennt er Stephanie, noch hat er irgendeinen Grund, sich um sie zu sorgen. Lucas könnte ebenfalls wissen, wo sich das Safe-House befindet, oder er könnte Hood wenigstens dazu überreden, mit uns zu kooperieren.«

Nick tippte Lucas Nummer in sein Telefon. Monroe nahm nach dem zweiten Klingeln ab.

»Monroe.«

»Lucas, Nick Carter hier.«

»Hey Nick, was verschafft mir die Ehre?«

»Sind wir auf einer sicheren Leitung?«

»Ich ruf dich zurück.« Er legte auf.

Nick wartete. Kurz darauf klingelte sein Telefon.

»Was ist los?«

»Lucas, Steph steckt in Schwierigkeiten. Sie wurde entführt.«

Nick hörte, wie Monroe den Atem anhielt. »Was meinst du damit … sie wurde entführt?«

»In ihrer Tiefgarage. Ihre Schlüssel und ihre Handtasche fand man neben ihrem Wagen. Wir glauben, dass Lodge dahintersteckt.«

»Lodge? Wieso das?«

»Das ist äußerst kompliziert. Du musst mir vertrauen, denn ich brauche deine Hilfe.«

»Was kann ich tun?«

»Wir glauben, dass Lodge sie irgendwohin hingebracht hat, um sie zu verhören. Er wird grob werden müssen, um irgendetwas aus ihr herauszubekommen. Wir brauchen deshalb die Lage aller Safe-Houses in der unmittelbaren Umgebung.«

»Willst du mir damit sagen, dass sie gerade gefoltert wird? Und dass Lodge hinter allem steckt?«

»Genau das glauben wir.«

»Verdammt, Nick.«

»Ja.«

»Die Adressen sind streng geheim.«

»Ich weiß, deshalb rufe ich dich ja an.«

»Ohne ausreichende Identifizierung kommt ihr da sowieso nicht rein.«

»Du könntest ja mit uns kommen.«

»Herrgott, Nick, lass mich für eine Minute nachdenken.«

Carter wartete.

»Es gibt drei mögliche Orte. Zwei befinden sich in D.C., ein Appartement und ein Reihenhaus. Aber dort gibt es Nachbarn. Der dritte Ort ist ein Haus mit Grundstück in der Nähe von Alexandria. Wenn ich jemanden verhören wollte, würde ich mich dafür entscheiden. Wir haben es in der Vergangenheit öfter benutzt.«

»Wo befindet es sich?«

»Gib mir fünfzehn Minuten. Wir treffen uns auf eurem Parkplatz. Ich hole dich ab.« Lucas legte auf.

»Er ist unterwegs.« Nick wiederholte, was Lucas ihm erzählt hatte.

Harker griff nach ihrem Füller. »Nick, Sie, Korov und Selena.« Sie machte eine kurze Pause. »Das könnte schlimm ausgehen. Versuchen Sie, niemanden umzubringen. Ich glaube nicht, dass Lodge persönlich dort sein wird, aber falls doch, dann erschießen Sie ihn bloß nicht.«

»Falls er Steph irgendetwas getan hat, sollten Sie das besser Lucas auftragen«, sagte Nick.

Kapitel 58

Auf der Fahrt erklärte Nick Lucas alles. Als er ihm von Korov berichtete, warf Lucas ihm durch den Rückspiegel einen finsteren Blick zu, und als er über Lodge sprach, verhärtete sich seine Miene noch mehr.

Lucas Monroe hatte es von den rauen Straßen Washingtons bis in die sechste Etage in Langley geschafft. Er war einer der erfolgreichsten Agenten in der Geschichte der CIA. In einer Branche, deren Wurzeln noch sehr stark auf die protestantische weiße Oberschicht zurückgingen, war das eine ungeheure Leistung. Er hatte sich diesen Posten verdient, mit jedem einzelnen beschwerlichen Schritt.

»Dieser Bastard. Ihr hättet uns schon eher informieren sollen. Hood hätte etwas tun können«, sagte er vorwurfsvoll.

»Das konnte ich nicht, Lucas. Wir wussten doch nicht, ob Hood in der Sache mit drinsteckte. Wir mussten erst auf Nummer sicher gehen. Stephanie durfte dir nichts darüber sagen. Du weißt doch, wie das ist.«

»Ja natürlich. Immer nur so viel Informationen, wie absolut nötig sind.« Er starrte auf die Straße. »Wenn Lodge ihr etwas angetan hat …« Er brachte den Satz nicht zu Ende.

Das Safe-House war ein zweistöckiges Kolonialhaus hinter einer hohen Ziegelmauer. Ein schweres Stahltor versperrte die Zufahrt zu einer asphaltierten Straße. Ein kleines Wachhäuschen stand vor dem Tor. Ein Mann in einer Sportjacke und mit Sonnenbrille kam aus der Hütte, als sie vorfuhren. Er trug keine Krawatte und sein Hemd war am Kragen geöffnet. Unter seiner Jacke sah man deutlich eine Wölbung.

»Kann ich Ihnen helfen?«, erkundigte er sich.

Lucas zeigte ihm seinen Ausweis. Mit seiner Alpha-Freigabe hatte er Zutritt zu allen Einrichtungen der CIA überall auf der Welt.

»Sir, ich habe Sie nicht auf meiner Liste stehen. Da müsste ich erst Rücksprache halten.«

»Sagt Ihnen meine Sicherheitsfreigabe etwas?«

»Ja natürlich, Sir.«

»Dann sollten Sie wissen, dass ich nicht auf Ihrer Liste stehen muss. Öffnen Sie das Tor.«

»Sir, Direktor Lodge …«

»Mögen Sie Ihren Wachdienst hier?«

»Ist ganz in Ordnung, Sir.«

»Dann öffnen Sie jetzt das verdammte Tor oder Sie schieben ab sofort wieder Wache in Afghanistan.«

»Es tut mir leid, Sir. Meine Befehle stammen vom DCI persönlich. Ich brauche dafür sein Okay.«

Korovs Bewegungen wirkten beiläufig. Er öffnete die hintere Tür, stieg aus dem Wagen aus und streckte sich.

»Ein wunderschöner Tag«, sagte er.

Er bewegte sich so schnell, dass Nick kaum sah, wie es passierte. Korov trieb dem Mann seine durchgestreckten

Finger in die Magengrube und rammte ihm dann den Ellenbogen gegen die Schläfe. Der Wachmann brach zusammen, Korov zog ihn in die Hütte und drückte auf einen Knopf. Das Tor glitt auf und Korov riss ein paar Drähte aus der Wand. Kurz darauf kam er wieder aus der Hütte und stieg ins Auto.

»Was war das denn eben?«

»Überwachungstechnik.« Korov nickte zu der Kamera am Tor. »Vielleicht wissen sie schon, dass wir kommen, vielleicht aber auch nicht.«

»Haben Sie ihn getötet?«

»Nein.«

Lucas schüttelte den Kopf. »Das hoffe ich.«

Sie fuhren die Auffahrt hinauf und stiegen aus dem Wagen.

Lucas zog seine Pistole. »Ich kenne das Haus. Es gibt ein Foyer und dahinter einen langen Korridor, der mitten hindurchführt. Von vorn nach hinten kommt man auf diese Weise auf der rechten an einem Wohnzimmer, einem Esszimmer und einer Küche vorbei. Das Musikzimmer, die Bibliothek und das Lesezimmer sind linker Hand. Die Türen gehen alle zum Flur hin auf. Oben befinden sich vier Schlafzimmer. Die Vernehmungszimmer sind alle im Keller untergebracht. Wenn sie Steph hier wirklich festhalten sollten, werden wir sie dort finden. Der Zutritt ist hinter der Küche, eine Treppe auf der rechten Seite.«

Sie zogen ihre Waffen. Lucas eilte voraus. Carter, Selena und Korov gingen neben der Tür in Position. Lucas zog die Eingangstür auf und benutzte sie teilweise als Schild. Doch nichts geschah. Sie betraten das Haus und verteilten sich im Foyer. Korov ließ die Tür hinter ihnen offenstehen.

Nick gab den anderen Handzeichen. Korov und Selena nach links, Lucas und er selbst nach rechts.

Selena wollte gerade das Musizierzimmer betreten, als ein Mann heraustrat.

»Was …«

Selena bewegte sich schneller, als das Auge es erfassen konnte, drei Schläge, der letzte auf den Schädelbasisknochen. Der Mann fiel bewusstlos auf den Boden. Korov folgte ihr hinein. Sie sicherten das Musikzimmer und betraten die Bibliothek. Der Raum wirkte wie ein Fenster in frühere Zeiten, mit Regalen, die vom Boden bis zur Decke reichten, angefüllt mit Hunderten von Büchern. Ein riesiger Globus ruhte in einem Gestell auf einem polierten Mahagoni-Tisch. Drucke englischer Landschaftsszenen säumten die Wände. Eine Schiebeleiter führte an den Regalen entlang. Sonnenlicht strömte durch eine Balkontür hinein, die auf eine Veranda und den Garten dahinter hinausführte. Ein orientalischer Teppich bedeckte den Boden. Ein Raum wie dieser hätte Benjamin Franklin oder Thomas Jefferson sicher gefallen.

Ein Mann kam plötzlich aus dem Lesezimmer. Er sah die beiden, zog eine Pistole und feuerte auf Selena. Korov erschoss ihn augenblicklich, ein Geräusch, das sich in diesem eleganten Zimmer unerwartet vulgär anhörte. Über ihnen polterten sofort Schritte.

Ein zweiter Mann stürmte schießend aus dem Lesezimmer. Irgendetwas zerrte an ihrem Ärmel. Sie tauchte zur Seite ab. Korov warf sich in die entgegengesetzte Richtung. Sie rollte sich wieder auf die Füße, brachte ihre Glock auf Höhe der Brust des Mannes und drückte dreimal schnell hintereinander ab. Die Schüsse trieben den Mann gegen den Tisch mit dem Globus, der daraufhin über den Teppich rollte. Sie stand hastig auf und rannte in das Lesezimmer. Es war leer. Sie kehrte wieder in die Bibliothek zurück.

Korov lief zur Tür und wich hastig zurück, als Kugeln den lackierten Türrahmen über ihm zersplittern ließen. Selena hörte Nicks schwere .45er bellen. Von oben ertönten Schüsse, zwei, vielleicht drei Schützen.

Sie stellte sich den Grundriss des Hauses, die Treppen und den Korridor vor. Sie befand sich direkt gegenüber der geöffneten Tür zum Esszimmer. Sie ließ sich in die Hocke sinken, atmete tief durch, sprang mit einer Hechtrolle in den Gang hinaus und feuerte auf einen Umriss auf der Treppe. Ein Körper stürzte daraufhin die Stufen hinunter. Sie rollte sich in das Esszimmer und landete genau vor Nicks Füßen.

»Nette Aktion. Wo hast du die denn gelernt?«

»Aikido.« Sie hielt ihre Waffe um die Ecke der Tür und feuerte blindlings die Treppe hinauf. »Wie viele?«

»Drei. Einen hast du aber erwischt, denke ich.«

Ein ohrenbetäubender Knall zerriss die Stille, gefolgt von einem Schrei und dem lauten Rumpeln eines weiteren Körpers, der die Treppe hinunterrollte.

»Was war das?«, fragte Lucas.

»Unser russischer Freund. Er hat ein ganz nettes Spielzeug.«

Sie hörten das Geräusch noch einmal, dann herrschte Stille. Der beißende Geruch der abgefeuerten Waffen hing schwer in der Luft.

Korov kam in das Esszimmer gelaufen. »Sicher, denke ich.«

»Bleibt immer noch der Keller.«

Sie traten in den Korridor hinaus. Das Blut der beiden Leichen, die ausgestreckt auf der Treppe lagen, rann als dünner roter Wasserfall die Stufen hinab. Ein dritter Leichnam hing über dem Geländer im zweiten Stock. Die obere Hälfte seines Kopfes fehlte. Blut tropfte in einem steten Strom aus der Wunde und klatschte auf den Parkettboden darunter.

»Die wirkten ziemlich entschlossen«, meinte Lucas. »Irgendetwas stimmt da nicht.« Er betrachtete eine der Leichen. »Ich kenne diesen Typen. Der hier wurde vor zwei Jahren aus der Agency geworfen.«

»Sie gingen sofort schießend auf uns los«, erklärte Selena. »Wir hatten gar keine andere Wahl.«

»Mach' dir deswegen keine Sorgen.« Nick trat zu der Tür, die in den Keller führte. Er legte seine Hand auf den Türknauf.

»Bereit?«

Kapitel 59

Bob Elroy stand auf der Ladefläche eines roten Ford Pickups und starrte auf seine verwüsteten Felder. Zwei andere Männer standen neben ihm. Jack Wemberly war der örtliche Vertreter der *American Farm Bureau Federation* und Ansprechpartner des Landwirtschaftsministeriums vor Ort. Er und Bob kannten sich schon lange. Wemberly trug Levis-Jeans und ein hellgelbes, kariertes, am Kragen offenes Hemd. Sein sandfarbenes Haar war mit einem abgetragenen Bailey-Filzhut bedeckt, die Krempe wie bei einem Stetson gebogen.

Der zweite Mann hingegen war hier so fehl am Platz wie ein Elefant im Porzellanladen, erzählte Bob Mae später beim Abendessen. Dieser hatte sich ihnen als Agent Brown vorgestellt. Von welcher Agency er stammte, sagte er nicht, und Bob fragte auch nicht weiter nach. Welchen Unterschied hätte es auch gemacht? Brown trug einen schwarzen Anzug, ein weißes Hemd und eine dunkle Krawatte. Die Gläser seiner Sonnenbrille waren rauchig, beinahe schwarz. Seine Schuhe glänzten ebenfalls schwarz, zumindest so lange, bis er mit Elroy und Wemberly durch die Felder trottete. Jetzt waren sie mit Erde und welkem Laub bedeckt. Dieses stammte von den toten, schwarzen Pflanzen, die sich, soweit das Auge reichte, in der Ferne erstreckten.

Personen in weißen Schutzanzügen liefen durch das Feld und nahmen Proben. Das waren Regierungsexperten. Als ob Schutzanzüge einen verdammten Unterschied gemacht hätten.

»Das ist furchtbar.« Wemberly schüttelte den Kopf.

»Jap.« Bob konnte seinen Blick nicht von dem Anblick abwenden. »Es hat sich weit über mein Land hinaus ausgebreitet. Man findet die Auswirkungen noch meilenweit von hier. Überall, wo der Wind hinweht, scheint es mir.«

»Und alles ist tot?«

»Zumindest alles, was wächst. Tiere scheinen nicht davon betroffen zu sein. Es greift auch nicht das Korn an, das wir eingelagert haben, oder unser Heu. Nur die lebenden Pflanzen.« Seine Stimme klang verbittert. »Ich bin vollkommen ruiniert. Jeder von uns hier.«

»Das sind Experten, Bob. Sie werden schon dahintergekommen.«

»Werden Sie das? Wird das denn Essen auf unseren Tisch zaubern, Jack? Oder meine Schulden bezahlen?«

»Ich rede mit der Bank. Die Regierung wird Ihnen helfen.«

Bob schnaubte. »Na sicher. Wieso führst du nicht mal ein nettes Gespräch mit Agent Brown hier? Der ist doch von der Regierung. Ich gehe in der Zwischenzeit die Schweine füttern.«

Er sprang von dem Laster und stiefelte zu der Scheune hinüber. Brown sah ihm hinterher.

»Wie steht er denn so politisch?«, murmelte Brown fragend.

Wemberly starrte ihn fassungslos an. »Ist das Ihr Ernst? Was zur Hölle hat denn seine politische Einstellung mit irgendwas von dem hier zu tun? Bob ist ein Farmer, um Gottes willen. Seine Stimme gilt stets in erster Linie seinem Grund und Boden.«

»Das Ganze begann aber auf seinem Land.«

»Glauben Sie etwa, er hat das absichtlich getan? Sein eigenes Land vergiftet?«

»Vielleicht nicht, aber irgendjemand muss es vergiftet haben. Sein Land und weitere 526 Quadratkilometer.«

»*Was?*« Jack versuchte, die Fassung zu bewahren. Er konnte nicht fassen, was er da gerade hörte.

»526 Quadratkilometer, und es werden stündlich mehr. Morgen weiß es auch die Öffentlichkeit. Es gibt also keinen Grund, es Ihnen nicht jetzt schon zu verraten.«

»Glauben Sie, dass das so eine Art Terror-Ding ist? Für wen arbeiten Sie gleich noch mal?«

»Das sagte ich Ihnen nicht. Und ja, es könnte sich durchaus um einen terroristischen Anschlag halten. Um biologische Kriegsführung. Vielleicht ist es der Anfang von etwas noch Größerem.«

»Agent Brown«, sagte Jack nun, »sofern das überhaupt Ihr richtiger Name ist. Sehen Sie sich mal um.« Er ließ seinen Arm über die schwarz gewordenen Felder kreisen. »Viel größer als das, kann es kaum noch werden.«

Kapitel 60

Die Stufen, die in den Keller hinabführten, waren noch Teil des alten Hauses. Am Fuße der Treppe aber verwandelte sich alles in neu angelegte Betonmauern. Ein drei Meter hoher und drei Meter breiter beleuchteter Korridor in der Länge des Hauses lag jetzt vor ihnen. Auf dieser Seite des Korridors befand sich ein Heizungsraum. Am anderen Ende des Ganges waren zwei Metalltüren mit Sichtklappen zu sehen. Die Türen waren geschlossen, die Sichtklappen ebenfalls. Hier unten in dem Kellerraum war die Luft kühl.

Lautlos wie Katzen schlichen sie den Korridor entlang und blieben dann stehen. Nick lauschte aufmerksam, doch er hörte nichts. Er gab den anderen ein Zeichen. Die rechte Tür zuerst. Sie öffnete sich in einen leeren Raum. Nick warf einen Blick auf die Pritsche, auf das Klo und die Kamera an der Decke.

Er schüttelte für die anderen sichtbar den Kopf. Damit blieb nur noch ein Raum übrig. *Was, wenn sie nicht darin war?*

Er gab den anderen zu verstehen, sich zurückzuziehen, und öffnete dann die Tür, die Pistole bereit. Sekunden später sah er Stephanie.

Sie saß nackt und angeschnallt auf einem Stuhl. Ihre Augen waren weit aufgerissen. Hinter ihr stand ein seltsam aussehender kleiner Mann, der ihr mit der einen Hand eine Spritze mit einer dunklen Flüssigkeit an die Kehle presste. Die Spitze der Nadel berührte ihre Hauptschlagader. Nick konnte sehen, wie sie pulsierte, und er konnte Stephanies Angst riechen. Unter ihrem Stuhl hatte sich bereits eine Pfütze gebildet. In der anderen Hand hielt der Mann eine 9mm-Pistole, mit der er genau auf Nicks Brust zielte.

»Stopp.«

Nick blieb wie angewurzelt stehen.

»Legen Sie Ihre Waffe weg.«

»Noch nicht. Wer sind Sie?«

»Diese Spritze hier ist mit einem ganz besonders hässlichen Gift gefüllt. Es gibt kein Gegenmittel dafür. Sie wird unter furchtbaren Schmerzen sterben, was einige Minuten dauern wird. Legen Sie Ihre Waffe also sofort nieder. Ich werde Sie nicht noch einmal darum bitten.«

Er beugte sich zu Stephanie. »Sagen Sie ihm, dass ich es ernst meine.«

»Er meint es ernst, Nick. Das tut er wirklich.«

»Okay. Ich lege sie weg.« Nick beugte sich nach vorn und legte seine .45er auf den Boden, dann richtete er sich wieder auf.

»Treten Sie sie zu mir hinüber. Aber schön vorsichtig.«

Die Pistole rutschte scheppernd über den Boden, bis kurz vor den Stuhl.

»Was wollen Sie?«

»Wir führen hier keine Diskussionen. Nehmen Sie die Hände hoch und treten Sie beiseite.« Mit einem seitlichen

Kopfnicken unterstrich der kleine Mann seine Forderung. Seine Pistole zielte weiterhin auf Nicks Brust. »Da lang.«

Nick hob die Hände und trat einen Schritt zur Seite.

»Jetzt sagen Sie den anderen, dass sie hereinkommen und ihre Waffen ebenfalls auf dem Boden ablegen sollen.«

»Welche anderen?«

»Spielen Sie keine Spielchen mit mir. Ich habe nichts zu verlieren, Ihre Freundin hingegen schon, und Sie ebenfalls. Sagen Sie ihnen, dass sie hereinkommen sollen, einer nach dem anderen. Sie sollen ihre Waffen auf den Boden legen und sie zu mir hinüberschieben, oder sie stirbt.«

»Korov«, rief Nick. »Er hat sie an einen Stuhl gefesselt und hält ihr eine Spritze an den Hals. Er wird sie umbringen. Kommen Sie herein und tun Sie, was er verlangt.«

Der Mann seufzte. »Die Frau ebenfalls. Ich weiß, dass sie hier ist, Carter. Machen Sie schon.«

Er kennt meinen Namen.

Korov kam nun herein, und nach ihm auch Selena. Sie legten ihre Pistolen auf den Boden ab, schoben sie auf den Stuhl zu und stellten sich dann neben Nick. Lucas wartete unbemerkt im Gang. Er dachte an Stephanie und spürte, wie sich eine kalte Wut auf ihn herabsenkte wie ein Todesengel.

»Jetzt legen Sie sich auf den Boden, mit Ausnahme der Frau.«

Sie legten sich hin. Selena blieb mit erhobenen Händen stehen.

»Sie da. Runter auf Hände und Knie, und dann kriechen Sie vor den Stuhl.«

Selena ließ sich auf den Boden sinken. Die Oberfläche fühlte sich rau auf ihrer Haut an. Sie heftete ihren Blick an Stephanies Augen, während sie auf den Stuhl zukroch, und versuchte dabei, ihr eine Botschaft zu übermitteln. Eine leichte Veränderung huschte über Stephs Gesicht.

Selena erreichte nun den Stuhl.

»Lösen Sie die Riemen an den Stuhlbeinen. Wenn Sie etwas anderes versuchen oder sich der Stuhl auch nur bewegt, stirbt sie.«

Steph saß starr auf ihrem Stuhl. Selena öffnete nacheinander die Lederriemen. »Jetzt die Arme. Den rechten zuerst. Seien Sie sehr vorsichtig.«

Selena öffnete alle Riemen. Stephanie rührte sich nicht.

»Sehr gut. Jetzt legen Sie sich zusammen mit den anderen auf den Boden.«

»Sie können unmöglich jeden von uns umbringen.«

Er lachte. »Aber ich kann ganz sicher Ihre Freundin hier töten, und Sie ebenfalls. Also zurück mit Ihnen, legen Sie sich hin.«

Selena kroch rückwärts über den Boden und legte sich flach auf den Boden.

»Stehen Sie auf«, befahl er Stephanie. »Aber seien Sie vorsichtig, sonst könnte mir die Nadel ausrutschen.«

Er stellte sich hinter sie, als sie sich aufrichtete, zielte dabei aber mit seiner Pistole weiterhin auf die anderen. Sie beobachteten ihn vom Boden aus. Sein linker Arm drückte sie gegen ihn und hielt sie fest. Durch seine Hose hindurch konnte sie seine Erektion an ihren nackten Pobacken spüren.

Sein Atem brannte heiß in ihrem Ohr. »Wir werden jetzt rückwärts durch diese Tür hinausgehen und Ihre Freunde in dem Raum einschließen. Seien Sie vorsichtig. Wir werden unsere Sitzung einfach woanders weiterführen. Hier wird es langsam etwas zu voll, finden Sie nicht?«

Im Gang wartete immer noch Lucas. Er würde nur eine Chance haben.

Als sie sich rückwärts in den Korridor hinausbewegten, zog Lucas blitzschnell die Hand mit der Nadel von Stephanies Hals weg und wand die Pistole aus der Umklammerung des Mannes. Stephanie riss sich von ihm los. Lucas bekam seine Hand zu fassen, drückte sie herunter und trieb die Nadel auf diese Weise tief in das Bein des Geiselnehmers. Er spürte, wie die Nadel an einem Knochen schabte. Bis zum Anschlag drückte er den Kolben der Spritze durch.

Der Mann schrie auf und fiel zu Boden. Die anderen kamen daraufhin aus der Zelle gestürmt. Selena kümmerte sich sofort um Stephanie. Nick reichte ihr seine Jacke. Sie wickelte sie um Stephanies Körper und legte ihre Arme um sie.

»Ist okay, Steph. Du bist jetzt in Sicherheit.«

An Selenas Schulter begann Steph zu schluchzen.

Der Mann auf dem Boden krümmte sich und kreischte. Speichel und Schaum quollen ihm aus dem Mund. Seine

Augen waren schreckensgeweitet. Sein Körper wurde zuerst von fürchterlichen Krämpfen geschüttelt, dann erstarrte er, den Rücken in einer beinahe unmöglichen Verkrampfung durchgebogen. Nick hörte Knochen brechen. Der Mann stieß einen letzten Schrei unerträglicher Todesqualen aus und starb dann.

Lucas sah auf den Leichnam hinunter.

»Arschloch!«, sagte er.

Danach lief er zu Stephanie und drückte sie fest an sich.

Kapitel 61

Lucas und Stephanie lagen zusammen eng umschlungen in ihrem Bett und sahen einander an. Er spürte ihren warmen Atem an seiner Schulter und ihren Puls gegen seinen Körper schlagen. Lucas strich sanft über ihr Haar. Es war noch feucht von der langen Dusche, die sie genommen hatte, nachdem sie in ihrem Appartement angekommen waren. Seit sie das Safe-House verlassen hatten, hatte sie noch kein Wort gesprochen. Er fing langsam an, sich Sorgen zu machen. Doch er hielt sie fest und versuchte, Ruhe und Sicherheit auszustrahlen.

Lucas wusste leider nur zu gut, wie es sich anfühlte, gefoltert zu werden. Noch immer kündeten einige Narben an seinem Körper von diesen Erlebnissen. Die Erwartung der Qualen war beinahe genauso schlimm wie die eigentliche Folter. Zu wissen, dass man hilflos war … zu wissen, dass man der Gnade eines Psychopathen ausgeliefert war.

Lucas war nie ein Chorknabe gewesen. Er war im Getto aufgewachsen und arbeitete schon lange Zeit als Agent. Er hatte genug Dinge getan und gesehen, die niemand im Namen der Pflichterfüllung, der Zweckdienlichkeit oder um des reinen Überlebens willen erleben sollte. Er musste an Wendell Lodge denken und an das, was Stephanie widerfahren war, und zum ersten Mal spürte er eine Form von Abscheu, die ihren eigenen Schmerz gebar. Er stellte sich vor, wie Lodge hilflos vor ihm saß. Vielleicht ebenfalls nackt und gefesselt auf einem harten Stuhl, in einem kalten Raum, in dem die Messer im grellen Licht funkelten.

Neben ihm rührte sich Steph nun ein wenig.

»Ich habe ihm nichts gesagt, aber das hätte ich irgendwann. Was immer er hätte wissen wollen.«

»Sch-Sch. Ich weiß. Du warst unglaublich tapfer. Jetzt ist alles wieder in Ordnung.«

»Seine Augen. Er hatte fürchterliche Augen. Er mochte, was er da tat.«

»Das tun sie immer. Aber er wird dir und niemandem sonst mehr etwas zuleide tun können.«

»Wie hast du mich gefunden?«

»Nick hat mich angerufen. Sie fanden deine Handtasche in der Garage und wussten sofort, dass man dich entführt hatte. Lodge würde dahinterstecken, sagten sie. Das Safe-House war mein Tipp.«

»Was, wenn du dich geirrt hättest?«

»Das habe ich aber nicht, und nur das zählt.«

»Diese Droge, die er mir da verabreicht hat … sie war so grässlich. Er sagte mir, dass sie ihre Wirkung verlieren würde und ich darüber nachdenken soll. Er sagte, dass er zurückkommen würde.«

»Ja, Leute wie er tun das gern.«

»Er wollte gerade von Neuem beginnen, als oben die ersten Schüsse ertönten. Da zog er das Gift in der Spritze auf. Er beschrieb mir ganz genau, was es mit mir anstellen würde … bis ins kleinste Detail.«

Sie zitterte. »Dann wartete er einfach darauf, dass ihr uns finden würdet.«

Lucas strich über ihre Haare.

»Ich liebe dich.«

»Ich liebe dich auch, Steph.«

»Was wirst du nun gegen Lodge unternehmen?«

»Ich weiß es noch nicht.«

Kapitel 62

Für James Rice gab es Zeiten, in denen ihm das Amt des Präsidenten als der schlimmste Job erschien, den man sich nur vorstellen konnte. So wie jetzt. Er saß gerade allein im Oval Office, dem Machtzentrum der Welt. Draußen, vor dem Weißen Haus, bereitete sich die Stadt auf einen weiteren Abend vor. Die Akten auf seinem Tisch enthielten die Berichte aus Nebraska. Die Analysen waren finster. Der angerichtete Schaden breitete sich mit alarmierender Geschwindigkeit weiter aus, eine unüberschaubar große Wunde, die nun im Herzen Amerikas klaffte.

Zwei Stunden zuvor hatte er ein Treffen mit den Experten, den Joint Chiefs und dem Minister für Landwirtschaft abgehalten. Das Pentagon schloss nicht aus, dass es sich hierbei um einen Terroranschlag handelte. Die Generäle stritten darüber, was zu tun sei und wie man auf diesen Umstand reagieren solle. Das Stresslevel innerhalb seiner Regierung und im Pentagon begann zu steigen. Rice ließ die Alarmstufe auf DEFCON 3 anheben. Lodges mögliche Verstrickungen in die ganze Angelegenheit hatte er vorerst noch für sich behalten. Das Ganze war eine einzige Katastrophe.

Harker hatte ihn über den Einsatz in Texas informiert. Sie würde sich um Dansinger kümmern, Rice hingegen musste sich um das gesamte Land kümmern. Die

Experten waren sich einig, dass nur eine einzige Lösung infrage kam.

Feuer!

Die Erntefäule wurde durch die Luft übertragen und ließ sich bis zum jetzigen Zeitpunkt nicht eindämmen. Er musste also etwas unternehmen, und zwar schnell. Rice atmete lange und geräuschvoll aus. Seine Handlungen würden ihn die Wiederwahl kosten, das wusste er. Aber das hier ging weit über politisches Kalkül hinaus. Das war auch der Grund, weshalb Truman dieses berühmte Schild auf seinem Schreibtisch stehen gehabt hatte, welches besagte, dass man an einen Punkt gelangen konnte, an dem man die Verantwortung nicht mehr an jemand anderen weitergeben durfte. Jetzt musste gehandelt werden.

Er dachte kurz daran, den Präsidenten des Unterhauses und den Mehrheitsführer des Senats anzurufen, entschied sich dann jedoch dagegen. Sie würden sich garantiert gegen eine Entscheidung sperren. Wenn er den Kongress miteinbezog und zuließ, dass politische Winkelzüge ihre Handlungen diktierten, würde die Verzögerung am Ende Amerikas Landwirtschaft verdammen. Das durfte nicht geschehen. Es war sein Job, dafür zu sorgen, dass genau das nicht eintrat, ungeachtet der möglichen persönlichen Folgen.

Rice griff zum Telefon.

»Geben Sie mir die Gouverneurin von Nebraska.«

»Jawohl, Mr. President.«

Während er wartete, dachte Rice an seine Zeit in Vietnam. Das waren schlimme Erinnerungen und mit ihnen kam das furchtbare Echo dieses grauenhaften Krieges zurück. Zumindest ging es dieses Mal nicht um Zerstörung, sondern darum, Leben zu retten. Jetzt war Gouverneurin Rowena Wheeling in der Leitung.

»Mr. President.«

»Gouverneurin, danke, dass Sie meinen Anruf entgegennehmen. Ich rufe wegen der Erntefäule an.«

Rice wusste, was er zu tun hatte, und er wusste genauso gut, dass der Gouverneurin sein Vorschlag nicht gefallen würde. Der Umstand, dass sie dem gegnerischen politischen Lager angehörte, machte die Sache auch nicht unbedingt einfacher. Probleme auf allen Ebenen warteten nun auf ihn.

»Mr. President.« Ihre Stimme klang unparteiisch. »Mein Berater sagte mir, dass sich diese Seuche nicht aufhalten lässt. Ich hoffe, Sie haben besser Nachrichten für mich.«

»Um ehrlich zu sein, Gouverneurin, gibt es einen Weg, aber er wird zu ernsthaften Verwerfungen in ihrem Bundesstaat führen. Ich werde daher Ihre Unterstützung brauchen. Ich hoffe, Sie sind gewillt, mir diese zu geben.«

»Natürlich werde ich alles in meiner Macht Stehende tun, Sir«. Sie klang misstrauisch. *Was hatte er vor?*

»Es gibt keinen Grund, die Lage zu beschönigen, Rowena.« Rice hoffte, dass die Verwendung ihres Vornamens dem Gespräch eine persönliche Note verleihen würde. Das war seine Art. »Ich werde in Nebraska den Notstand ausrufen lassen. Ich möchte, dass Sie alle nötigen Vorbereitungen für die Evakuierung des gesamten betroffenen Gebietes und eines zusätzlichen Zwanzig-Meilen-Radius treffen, und zwar mit sofortiger Wirkung. Ziehen Sie die Nationalgarde hinzu, um dafür zu sorgen, dass alles reibungslos abläuft. Ich werde Ihnen zusätzliche militärische Einheiten schicken, um sie zu unterstützen.«

Fassungsloses Schweigen am anderen Ende.

»Sir, wir sprechen hier von Tausenden von Menschen.«

»Das ist mir durchaus bewusst, Gouverneurin. Die FEMA-Notfallzentren sollen sich der Leute annehmen, die nirgendwo anders Unterschlupf finden können. Wir stellen den nötigen Transport über den Schienenweg oder mit Lastern sicher. Ich hoffe, dass es nicht nötig sein wird, aber falls doch, werde ich auch den Ausnahmezustand ausrufen lassen. Es muss jetzt sofort etwas geschehen.«

»Wie lauten Ihre weiteren Pläne, Sir? Wir werden Probleme bekommen.«

Rice schwieg einen Moment. Er wusste, dass Wheeling eine Ausnahmeerscheinung unter den Gouverneuren darstellte. Sie war eine Politikerin der Mitte. Ja, sie gehörte der gegnerischen Partei an, aber sie war auch eine Frau, die hin und wieder seine Agenda unterstützte, was ihr nicht selten starken Gegenwind aus den eigenen Reihen bescherte. Wenn sie kämpfte, dann immer fair. Er entschied sich deshalb, sie einzuweihen.

»Rowena, ich werde Ihnen jetzt etwas erzählen. Es ist äußerst wichtig, dass Sie diese Informationen für sich behalten. Es handelt sich dabei um eine Frage der nationalen Sicherheit.« Die magischen Worte. »Kann ich Ihnen vertrauen?«

»Um die nationale Sicherheit? Aber natürlich, Sir.«

»Das muss unter uns bleiben! Wir haben eine nationale Verschwörung aufdecken können, die darauf abgezielt hat, unsere gesamten Ernten zu sabotieren.«

Er hörte sie aufkeuchen.

»Dieser Virus ist menschengemacht? Ein Terroranschlag?«

»Ja.« Rice hielt es für unerheblich, sie wissen zu lassen, dass Russland das eigentliche Ziel gewesen war.

»Wir arbeiten momentan fieberhaft daran, ein Gegenmittel zu entwickeln, aber es ist ungewiss, ob dieses rechtzeitig fertiggestellt wird, um weitere Felder vor der Kontamination zu bewahren. Falls uns dies nicht gelingen sollte, werde ich das gesamte Areal einäschern lassen.«

»Mr. President? Verstehe ich Sie richtig, dass Sie meinen Bundesstaat niederbrennen wollen?«

»Nur die infizierten Gebiete. Feuer ist derzeit das einzige uns zur Verfügung stehende Mittel, um die Seuche aufzuhalten. Für die nächsten zwei Tage ist ruhiges Wetter angekündigt. Danach sollen starke Winde folgen. Wenn diese Seuche erst einmal über die Grenzen Ihres Bundesstaates hinausgetragen wird, werden wir Zehntausende von Quadratkilometern an Farmland und Nutzpflanzen verlieren. Das kann ich nicht zulassen. Alle Betroffenen, die ihr Zuhause verlieren werden, können auf Unterstützung der Regierung bauen.«

»So wie nach Katrina?« Sie klang wütend. »Wir wissen ja, wie gut das geklappt hat.«

»Seither haben wir eine Menge dazu gelernt.« Rice gestattete sich einen etwas bestimmteren Unterton in seiner Stimme. »Gouverneurin, uns bleibt keine andere Wahl. Ich verlasse mich auf Ihre Unterstützung.«

»Sir, zwei Tage werden nicht genügen.«

»Sie müssen genügen, Gouverneurin.«

»Mr. President, Sie lassen mir keine andere Wahl. Ich werde tun, was Sie verlangen. Aber wenn Sie diesen Flächenbrand wirklich in Kraft treten lassen sollten, wird das Ihre Niederlage in der kommenden Wahl besiegeln.«

»Dieses Risiko werde ich eingehen müssen.«

»Ich verstehe, Sir. Möge Gott mit Ihnen sein.«

»Möge Gott uns allen helfen, Gouverneurin.«

Sie legte auf.

Kapitel 63

Die Stimmung in Harkers Büro war bedrückend. Niemand lächelte. Stephanie war noch zu Hause geblieben, alle anderen aber waren anwesend, auch Lucas.

»Die Dinge laufen langsam aus dem Ruder«, berichtete Elizabeth. »Rice hat den Notstand ausrufen lassen und lässt in Nebraska Tausende Menschen evakuieren. Er musste sogar den Ausnahmezustand erklären. In den evakuierten Gebieten kommt es zu Plünderungen. Die FEMA-Zentren platzen aus allen Nähten.«

»Was hat er vor?«

Nick zupfte an seinem Ohr.

»Er plant, alle betroffenen Gebiete niederzubrennen.«

»Verbrennen? Mitsamt der Farmen und allem anderen?«

»Alles! Das wird ihn die Wiederwahl kosten.«

»Wie will er das denn anstellen?«, erkundigte sich Lamont.

»Mit Napalm.«

»Ich dachte, das hätte man nach dem Krieg vernichtet.«

»Nicht alles. Offenbar hat man sich eine kleine Reserve zurückbehalten, für alle Fälle.«

»Herrgott, die lernen es wohl nie.« Nick schüttelte entsetzt den Kopf.

»Der Einsatz wird *Operation Cleaner* heißen. Die Air Force beginnt morgen mit den Flächenbombardements.

Sie koordinieren den Einsatz mit den verschiedenen Brandbekämpfungszentren. Rice beabsichtigt, über die betroffenen Gebiete hinauszugehen, um zu verhindern, dass sich die Seuche weiter ausbreiten kann. Die Opposition und die Medien werden in die Hände klatschen.«

»Was, wenn es nicht funktioniert?«

»Dann ist das Land in großen Schwierigkeiten. Aber vielleicht gibt es ja einen Ausweg. Dansinger wird vorgesorgt und etwas entwickelt haben, das die Seuche aufhält, wenn er erst einmal bekommen hat, was er will. Ich habe mit Rice gesprochen. In diesen Minuten sollten Spezialeinheiten Dansingers Forschungseinrichtung in Utah stürmen. Wenn es ein Gegenmittel gibt, dann ist es mit einiger Sicherheit dort zu finden.«

»Also könnte noch genug Zeit bleiben, die Seuche aufzuhalten, ohne dafür alles verbrennen zu müssen?«

»Sofern ein Gegenmittel existiert und es sich tatsächlich dort befindet … und es eingesetzt werden kann, bevor die Bomber abheben.«

»Wo steckt Dansinger jetzt?«

»Hier in Washington, um von ihm genetisch veränderte Pflanzen auf einer Konferenz der USDA vorzustellen. Er kam gerade aus Utah zurück. Was ihn angeht, gibt Rice uns freie Hand.«

Sie dachte kurz nach.

»Lucas, gibt es eine Möglichkeit, wie Langley uns in dieser Angelegenheit helfen könnte?«, meldete sich Korov zu Wort.

»Ich bin mir nicht sicher, was ich dazu sagen kann. Nichts für ungut, Korov. Ich weiß wirklich zu schätzen, was sie in dem Safe-House für uns getan haben.«

»Keine Ursache.«

Harker nahm den Füller zur Hand. »Major Korov hat ein persönliches Interesse daran, dass wir erfolgreich sind, auch für das Wohl seiner Nation. Deshalb ist er hier. Niemand verlangt von Ihnen, dass Sie geheime Informationen preisgeben. Wenn Sie aber etwas wissen, wäre jetzt der richtige Zeitpunkt dafür uns zu informieren.«

Nick sah, dass Lucas mit sich rang. »Ich kann Ihnen nur so viel sagen: Hood macht sich Sorgen. Hier geht etwas weitaus Größeres vor sich, größer als Lodge oder Dansinger. Wir sind nicht sicher, was dahintersteckt. Wir glauben aber, dass Demeter nur ein Teil davon ist. Hood vermutet, dass es sich um eine Verschwörung handelt, die weit über unsere Grenzen hinaus reicht.«

»Eine weltumspannende Verschwörung? Um was zu erreichen?«

»Das wissen wir eben nicht. Geld, Macht, Vorherrschaft, oder alles zusammen. Das würde zu dem Wunsch passen, Russland anzugreifen. Jede Organisation, die plant, eine Waffe wie Demeter zum Einsatz zu bringen, muss aufgedeckt und aufgehalten werden, aber wir haben leider keinerlei Spuren.«

»Ich habe da eine Idee«, warf Nick ein. »Wieso fragen wir nicht einfach Dansinger?«

»Ihn entführen?«, fragte Selena.

»Wir drehen den Spieß einfach um.«

Korov schien verwirrt. »Den Spieß umdrehen? Ich nehme mal an, das ist eine Redensart?«

»Sie haben Steph entführt. Wir revanchieren uns einfach dafür.«

Kapitel 64

Harold Dansinger betrachtete die Titelblätter der Zeitungen, die in der Hotellobby auslagen und lächelte. Jede Zeitung berichtete mit leichten Abweichungen über die gleiche Geschichte.

Nebraska in Flammen – Tausende evakuiert

Flugzeuge der Air Force haben heute damit begonnen, das Ackerland von Nebraska flächendeckend mit Napalm zu bombardieren, in der Hoffnung, damit ein zerstörerisches Virus aufhalten zu können, welches die Kornfelder Amerikas bedroht. In einer außerordentlichen Pressekonferenz an diesem Morgen erklärte Regierungssprecher Ryan Atkinson, dass Präsident Rice den entsprechenden Befehl zur Brandrodung der betroffenen Gebiete gegeben hat.

»Ich kann es einfach nicht glauben«, sagte Mary-Anne Carson, deren Familie seit vier Generationen die Kornkammer Amerikas bewirtschaftete. »Sie werden alles niederbrennen. Unsere Häuser, unsere Scheunen, die Pflanzen, alles. Wieso tut der Präsident uns so etwas an? Es muss doch einen besseren Weg geben.«

Kritiker halten Rices Entschluss für einen eklatanten Missbrauch präsidialer Macht, der in seiner politischen Tragweite in der Geschichte bisher einzigartig ist …

Eine beliebte Tageszeitung wartete sogar mit farbigen Luftaufnahmen von brennenden Häusern und Kornfeldern auf. Dazu Bilder von verwirrten und wütenden Menschen, die in FEMA-Unterkünften zusammengepfercht worden waren. Bewaffnete Soldaten warfen ein wachsames Auge auf die Menschenmenge. Im gesamten Bundesstaat galt jetzt das Kriegsrecht.

Rice ist erledigt, dachte Dansinger grinsend.

Er trat aus seinem Hotel und rückte seinen berühmten Stetson zurecht. Es war Abend in Washington, aber immer noch hell. Er war ein wenig verstimmt. Sein Wagen war noch nicht vorgefahren, und aus irgendeinem Grund war es ihm nicht möglich gewesen, sein Labor in Utah zu erreichen.

Während er wartete, dachte er über Nebraska nach. Sein Plan sah vor, dem Virus noch ein paar Tage Zeit zu geben, um sich auszubreiten, dann würde er die Entdeckung eines über die Luft einsetzbaren Gegenmittels verkünden. Er hatte noch immer keine Ahnung, wie der Virus freigesetzt werden konnte, aber das spielte keine Rolle. Man würde ihn als den Retter des amerikanischen Volkes ansehen.

Zu diesem Zeitpunkt hätten sich aber bereits über viertausend Quadratkilometer bestes amerikanisches Farmland in eine schwarze Wüstenei verwandelt. Die Möglichkeit, die Verbreitung seines Virus in dieser Größenordnung studieren zu können, würde ihm helfen, den Angriff auf Russland noch zu verfeinern. Das war ein schöner Bonus.

Außerdem würden sich Profite aus der Bereitstellung seiner genetisch veränderten Pflanzen hier im Land ergeben. Genau genommen waren die Ereignisse der vergangenen Tage also alles andere als schlecht.

Die Vorderseite des Hotels wurde von einem hohen, weitläufigen Säulenvorbau überragt. Sein Wagen würde jeden Moment vorgefahren werden. Der Nachmittag war angenehm. Dansinger schlenderte auf den Bordstein zu und hielt nach seinem Fahrer Ausschau. Nun sah er zwei Männer in seine Richtung kommen. Beide besaßen ein militärisches Aussehen. Sie waren etwa gleich groß. Einer von ihnen war blond, der andere dunkelhaarig. Beide trugen Anzüge und waren bewaffnet, wie er an den Ausbeulungen unter ihren Jacketts erkennen konnte. Der blonde Mann wirkte ausländisch.

»Harold Dansinger, bleiben Sie stehen.« Einer der beiden Männer hob einen Ausweis und eine goldene Plakette in die Höhe.

Wo blieb denn nur sein Wagen? Er drehte sich um, um nach ihm zu sehen. Ein entferntes Geräusch erklang, das sich wie ein gedämpftes Ploppen anhörte, und dann traf ihn die Kugel. Sein weißer Stetson färbte sich rot. Sein Kopf explodierte wie eine Melone. Der Schuss riss ihn nach hinten und auf den Gehsteig. Passanten begannen zu schreien.

»Ein Scharfschütze«, rief Nick Korov zu. Sie suchten hinter einer der dicken, runden Säulen der Vorhalle Deckung. Vor dem Eingang des Hotels brach Chaos aus.

Beide hatten nun ihre Waffen gezogen. Korov riskierte einen Blick aus der Deckung, doch niemand schoss auf ihn. Sie warteten. Keine weiteren Schüsse.

Nick holsterte seine Pistole. »Er ist weg. Der war nicht hinter uns her.«

Dansinger lag auf dem Rücken, in einer Pfütze aus Blut, die sich immer weiter ausbreitete. Sein Kopf klebte auf seltsame Art flach auf dem Gehsteig.

Nick betrachtete den blutverschmierten weißen Stetson. »Falsche Farbe. Hätte sich besser einen Schwarzen aussuchen sollen.«

»*Was?*«

»Nicht so wichtig. Ich schätze mal, da wollte jemand verhindern, dass Dansinger uns irgendwelche Antworten geben kann.«

»Mit so etwas hätte ich eher in Tschetschenien gerechnet. Ich dachte, in Washington wäre es anders.«

»Offenbar nicht.«

Kapitel 65

Dansingers Ermordung schaffte es nur auf Seite zwei der Zeitungen. Die Titelseiten waren weiterhin dem Desaster in Nebraska vorbehalten. Achthundert Quadratkilometer bestes Farmland und Hunderte von Gebäuden waren mittlerweile in Flammen aufgegangen, bevor das Gegenmittel gefunden und angewendet werden konnte. Es schien so, als wäre der Virus jetzt eingedämmt worden.

Rice wurde von allen Seiten attackiert. Im Kongress herrschte einhellige Empörung darüber, von Rice nicht in die Entscheidung miteinbezogen worden zu sein. Erste Rufe, ihn seines Amtes zu entheben, wurden laut. Die Linke ereiferte sich wegen des Napalms. Die Rechte klagte über die Kosten für die Steuerzahler. Experten und Meinungsmacher stellten verlogen tiefsinnige Fragen nach der Moral, Ethik und der Einhaltung der Verfassung, während Naturschützer erste besorgniserregende Prognosen über das Ausmaß der Zerstörung anstellten. Klagen gegen die Regierung schossen wie Pilze nach einem satten Regen aus dem Boden. Den Medien kam es fürs Erste äußerst gelegen, die Wahrheit zu ignorieren – dass die Seuche aufgehalten werden konnte, bevor sie sich weiter ausgebreitet hätte. Am Ende würde die Vernunft siegen, aber Nick wusste, dass das noch einige Zeit dauern könnte. Rice standen einige harte Wochen bevor.

Steph war wieder zurück. Sie blieb allerdings die meiste Zeit über still, was jedoch niemanden überraschte.

Harker tippte mal wieder mit ihrem Füller auf ihre Schreibtischunterlage. »Rice gibt Gouverneurin Wheeling Rückendeckung und hat Regierungsgelder zur Unterstützung der betroffenen Farmer freigegeben. Der Kongress wagt es nicht, das zu verhindern. Es würde sie ihre Sitze kosten, wenn sie das versuchen würden. Aber was die Wahl angeht, wird er den Kampf seines Lebens ausfechten müssen.«

»Politik stinkt echt zum Himmel.« Nick kratzte sich am Ohr. »Jetzt, wo Dansinger tot ist, bleibt uns nur noch Lodge.«

Endlich kommen wir zum Thema, dachte Korov.

»Der Präsident ist zufälligerweise der gleichen Ansicht wie Sie.«

»Wer hat Dansinger ermordet?«

»Das ist die große Frage, nicht wahr? Rice möchte, dass wir Lodge persönlich damit konfrontieren. Er besteht ausdrücklich darauf, dass Sie und ich uns der Sache annehmen. Vielleicht weiß Lodge ja, wer den selbst ernannten Freund der Landwirte erschossen hat. Ich dachte, wir nehmen Major Korov im Sinne der internationalen Zusammenarbeit mit an Bord. Dann kann er seinem Boss Bericht erstatten.«

»Rice weiß also noch nichts von Arkady?« Nick und Korov waren dazu übergegangen, sich mit Vornamen anzureden.

»Nein, und das braucht er auch nicht.«

»Was schwebt Ihnen denn vor?«

»Ich habe mit Hood gesprochen. Ich glaube nicht, dass er mit der Sache zu tun hat. Er hat ein Treffen mit Lodge für uns arrangiert.«

»Wo?«

»In der Höhle des Löwen. Auf seinem Anwesen in Virginia. Das Treffen ist für heute Abend anberaumt.«

Korov wirkte irgendwie verloren.

Harker fuhr fort. »Selena und Lamont bleiben draußen, als Kavallerie. Ronnie und Steph halten hier die Stellung. Hood wird ja ebenfalls dort sein.«

Korov, der ohnehin schon vollkommen verloren wirkte, war nun gänzlich verwirrt.

»Diese Redewendungen …«

Nick lachte. »Mach dir keine Gedanken, Genosse. Wir bringen es zu Ende, heute Nacht.«

Kapitel 66

Selena und Lamont warteten im Wagen. Sie beobachteten, wie Clarence Hood Nick, Harker und Korov an der Tür zu Lodges Villa empfing. Alle vier gingen kurz darauf hinein.

Lamont sah, wie sich die Tür hinter ihnen schloss. »Mir gefällt das überhaupt nicht.«

»Mir auch nicht.«

»Lass uns mal das Gebiet auskundschaften.«

Sie stiegen aus dem Auto. Ein paar Abendvögel trällerten in der Dämmerung ein Ständchen. Der Rasen rund um das Haus herum war unlängst frisch gemäht worden. Der Geruch von frischem Heu lag in der Luft. Es war noch immer recht warm. Sie umrundeten die Blumenbeete am Rande des Hauses und blieben dann an der Ecke des Gebäudes stehen. Auf einer großen Veranda führten hohe Balkontüren in ein hell erleuchtetes Arbeitszimmer. Von hier aus hatten sie eine gute Sicht. Lodge saß in einem roten Ledersessel hinter einem Schreibtisch. Hood und die anderen betraten jetzt ebenfalls den Raum. Hood schloss die Tür des Arbeitszimmers hinter sich und nahm links von Lodge Platz, den anderen zugewandt.

Selena und Lamont trugen Ohrhörer, über die sie alles mithören konnten. Beobachten und zuhören, lautete Harkers Befehl. Nicht intervenieren, wenn es nicht unbedingt erforderlich ist. Jeder von ihnen war bewaffnet. Selena wusste, dass sie und Lamont nur das äußerste Mittel darstellten. Ihr Job war es, hier draußen zu sein, nicht in jenem Zimmer.

Harker ließ sich in ihren Sessel sinken.

»Dieses Mal sind Sie zu weit gegangen, Wendell. Der Präsident ist sehr besorgt.«

»Wie ich sehe, kommen Sie gleich zum Punkt, Direktor«, bemerkte Lodge herablassend. »Der Präsident schuldet mir etwas, und ich gedenke, meine Schulden nun einzutreiben. Ich weiß zu viel, und außerdem haben wir Wahljahr. Er wird garantiert keine plötzlichen Wechsel in Langley veranlassen.«

»Soll das etwa eine Drohung sein? Ein Erpressungsversuch gegenüber dem Präsidenten?«

»Ich nehme doch mal stark an, dass Sie dieses Gespräch mitschneiden. Nein, es ist keine Drohung. Es ist eine Garantie. Ich werde ihn vernichten. Wenn Rice auch nur die leiseste Hoffnung hegt, im Amt bleiben zu können, wird er mir nicht in die Quere kommen.«

»Wendell«, unterbrach ihn Hood. »Sie wissen Bescheid.«

»Worüber?«

»Sie wissen von Demeter und Dansinger … von Wilkinson und Campbell und den anderen.«

»Ich frage mich, wer ihnen wohl davon erzählt haben könnte?«

Nicks Ohr begann zu jucken. Elizabeth beantwortete die Frage. »Wir sind im Besitz eines Videos, das Sie bei einem Treffen mit Dansinger und Wilkinson zeigt. Ihre Sicherheitsvorkehrungen werden offenbar immer nachlässiger, Wendell.«

»Ah, das erklärt alles. Das muss in Texas passiert sein. Harold hielt sich schon immer für klüger, als er eigentlich war.«

»Wieso erzählen Sie uns nicht, was das Pentagon mit der ganzen Sache zu tun hat?«, fragte sie.

»Das Pentagon?«

Korov warf ihr einen Blick zu.

Lodge genoss diesen Moment. »Da sehen Sie es, Major Korov. Man kann ihr nicht vertrauen. Sie hat Ihnen nichts über die Operation Dunkle Ernte erzählt, nicht wahr?«

Elizabeth seufzte. »Das war ein Kriegsspielszenario, welches auf einem kompletten Ernteausfall Russlands basierte, mit der darauffolgenden Invasion unter dem Deckmantel humanitärer Hilfe.«

Korov begann nun, wütend zu werden. »Dann ist das Pentagon also für das alles verantwortlich?«

»Nein, ist es nicht. Es war lediglich ein Kriegsspiel, ein mögliches Szenario, mehr nicht. Ich bin mir sicher, dass Sie in Moskau ähnliche Szenarien durchspielen.«

Korov antwortete ihr nicht.

»Sie sagt die Wahrheit, Major. Das Pentagon hatte damit nichts zu tun.« Hood griff in sein Jackett und zog eine 9mm-Pistole hervor. Er richtete sie auf Korov. »Aber Sie werden keine Gelegenheit mehr bekommen, es jemandem zu verraten.«

Lodge lächelte. Auch er zog eine Pistole, die er unter seinem Schreibtisch verborgen hatte, und zielte damit auf Nick. Er war offenbar Linkshänder.

Draußen vor dem Haus wandte sich Selena an Lamont.

»Hood! Er ist der Verräter. Was tun wir jetzt?«

»Halten Sie sich bereit. Wir warten, dass Harker uns ein Stichwort gibt.«

Mit der rechten Hand drückte Lodge plötzlich auf einen Knopf, der sich ebenfalls unter seinem Schreibtisch befand. Rollläden aus Metall ratterten vor den Balkontüren, den Fenstern und dem Eingang zum Arbeitszimmer herunter. Der Raum war nun komplett versiegelt.

»Scheiße!«, entfuhr es Lamont.

»Die Vordertür!«

Gemeinsam rannten sie zur Vorderseite des Hauses, doch die Tür war verschlossen und alle Fenster versiegelt. Über ihre Ohrhörer konnten sie nun Lodges Stimme hören.

»Meine ganz eigene Version eines Panikraums. Aber ich bin es ganz bestimmt nicht, der jetzt in Panik geraten sollte.«

»Empfindest du gerade Panik, Arkady?«

»Nein, Nick. Du etwa?«

»Ich weiß, was Sie gerade denken, Carter. Versuchen Sie es gar nicht erst. Sie werden Ihre Waffe niemals rechtzeitig ziehen können. Ich schlage deshalb vor, wir diskutieren die Sache nun aus, bevor irgendjemand auf dumme Gedanken kommt.«

Nick erinnerte sich wieder an das Video … etwas, das ihm bei einer der Personen, die er darin gesehen hatte, bekannt vorgekommen war. Er sah zu Hood hinüber.

»Sie waren auch bei dem Treffen.«

»Ja, das war ich in der Tat.«

»Sie wussten die ganze Zeit über davon.«

Hood hob grinsend die Schultern.

»Sie elender Mistkerl. Wir haben Ihnen vertraut.«

»Sie sollten vorsichtiger sein, wem Sie Ihr Vertrauen schenken, Nick.«

Harker legte Nick beschwichtigend die Hand auf den Arm. »Wer hat Dansinger getötet, Wendell?«

»Ich weiß es nicht. Aber wer immer es war, er hat uns allen einen Gefallen damit getan.«

Der Blick, den er ihr jetzt zuwarf, war voller Abscheu. »Ich habe genug von Ihnen, Harker. Von Ihnen und Ihrer kleinen Gruppe. Wer immer dort draußen postiert ist, wird keine Chance haben, hier einzudringen.«

Nick vermutete, dass er zumindest einen von den beiden erwischen konnte, bevor sie ihn umbringen würden. Er machte sich bereit.

»Clarence, ich denke, es ist an der Zeit, dass wir die Sache hier zu Ende bringen, meinen Sie nicht?«, sagte Lodge.

»Gewiss, Wendell.«

Hood schwang seine Pistole nun nach rechts und feuerte sie aus nächster Nähe ab. Die Kugel durchbohrte Lodges Schläfe und ließ die Seite seines Kopfes in einem Schwall aus Blut und Knochen aufplatzen. Die Wucht presste

Lodge seitlich in seinen roten Ledersessel. Seine Pistole fiel ihm aus der Hand.

Die anderen saßen nun wie versteinert da. Doch Hood ignorierte sie. Er stand auf, wischte seine Pistole ab, drückte sie in Lodges linke Hand und presste dessen Finger um ihren Griff. Dann zog er eine kleine Plastiktüte hervor, die mit schwarzen Körnchen gefüllt war, und blies ein paar davon über Lodges Hand, seinen Kragen und auf sein Hemd.

»Eine Schande, dass der DCI keinen anderen Ausweg als Selbstmord mehr sah, nachdem man ihn mit den Beweisen für seine Beteiligung konfrontiert hat«, sagte Hood.

Der kurze lähmende Moment war nun verflogen. Alle drei hatten ihre Waffen gezogen. Hood griff unter die Tischplatte und drückte erneut den Panikknopf. Die Rollläden fuhren daraufhin in ihre Ausgangsposition zurück. Draußen hallte das angenehme Zwitschern eines Vogels durch das abendliche Virginia.

Selena und Lamont stürmten mit vorgehaltenen Pistolen in das Arbeitszimmer. Hood hob die Hände.

»Bitte nicht schießen. Ich denke, wir sollten unsere Unterhaltung an einem anderen Ort fortsetzen, und ich glaube, dass Major Korov sich jetzt gern mit seinen Vorgesetzten unterhalten würde.«

Kapitel 67

Wortlos waren sie gemeinsam ins PROJECT-Hauptquartier zurückgekehrt. Nun befanden sie sich in Harkers Büro.

»So langsam brauche ich wirklich ein größeres Büro. Okay, Clarence. Raus mit der Sprache.«

»Ich entschuldige mich hiermit offiziell für das Täuschungsmanöver, Direktor. Aber es war leider notwendig. Lodge wurde misstrauisch. Er musste aufgehalten werden, ein für alle Mal. Ich hatte das Gefühl, dass Sie und Major Korov Gewissheit suchten, dass es vorbei ist.«

»Hat Rice Sie darauf angesetzt?«

»Oh nein. Ich würde ihn nie in so eine Sache hineinziehen.«

»Haben Sie Dansinger umgebracht?«

»Das habe ich nicht, aber ich habe meine Vermutungen, wer es war. Ich kann nur nichts davon beweisen.«

»Wir hören.«

»Lodge trat kurz nach seiner Beförderung zum DCI an mich heran. Zuerst nur unverfänglich und er horchte mich aus. Wie ich die wachsende Bedrohung Moskaus einschätzen würde. Ob ich der Ansicht wäre, dass man Initiativmaßnahmen ergreifen sollte, um sie aufzuhalten. Ob ich eine Vermutung hätte, die wahren Pläne hinter Moskaus Kurs betreffend. Solche Dinge. Anfangs schienen es ganz normale Fragen zu sein, die Art von Dingen, mit denen wir uns in Langley eben beschäftigen.«

Korov schwieg, doch sein Gesichtsausdruck sprach Bände.

»Ich hatte jedoch die ganze Zeit über das Gefühl, dass er etwas verbarg. Schließlich ist das mein Job, wissen Sie? Zu spüren, wenn die Menschen etwas vor einem geheim halten. Also spielte ich mit. Ich bin beileibe kein Russenhasser, aber ich entschied, dass ich auf diese Weise sein Vertrauen gewinnen könnte. Also wurde ich zum Echo für seine Hasstiraden.«

»Er hielt Hasstiraden?«

»Immer wieder. Lodge war ein Fanatiker. Er verabscheute Russland. Irgendwann machte er mich mit Dansinger bekannt. Schließlich weihten sie mich in ihren Plan ein.«

»Wieso haben Sie ihn nicht sofort verpfiffen?«, fragte Elizabeth.

Korov starrte ausdruckslos vor sich hin.

»Weil wir es nicht nur mit Lodge und Dansinger zu tun hatten. Ich glaube, dass Dansinger einer größeren Organisation angehörte und nur deren Agenda verfolgte. Außerdem bin ich davon überzeugt, dass diese Leute ihn wegen Ihrer Aktionen umbringen ließen. Als Sie seinen Forschungskomplex überfielen und den Vorrat des Virus zerstörten, haben Sie seine Machenschaften bloßgestellt. Ich denke, die wollten sicherstellen, dass er nicht redet.«

»Sie wollen damit also sagen, dass Sie mit der Sache deshalb nicht zum Präsidenten gegangen sind, weil Sie ein noch größeres Komplott aufdecken wollten?«

»Exakt.«

»War Lodge ebenfalls Teil dieser Organisation?«

»Nein. Da bin ich mir ziemlich sicher. Aber ich weiß, dass Dansinger ihm in vier Jahren einen Platz im Weißen Haus versprochen hat. Er ließ ihn wissen, dass seine Kontakte dafür sorgen könnten.«

Nick erinnerte sich nun wieder an das, was ihm Adam auf der Rückbank des gepanzerten Cadillacs erzählt hatte.

»Grundgütiger«, sagte Lamont. »Wer besitzt denn die nötige Macht, um so etwas zu tun?«

»Ganz offenbar Kreise, die nicht an die demokratische Grundordnung glauben.«

»Aber wieso gerade Russland?«

»Russland ist der Schlüssel. Hätten sie Erfolg gehabt, wäre dies der Beginn eines finanziellen und militärischen Weltreiches geworden. Denken Sie doch mal allein an die strategische Lage. Der Mittlere Osten, China, Südostasien und Japan wären künftig in Reichweite gelangt … die Ölfelder in der Ukraine. Sichern Sie sich eine Vormachtstellung in Russland, unter dem Deckmantel der Unterstützung, bringen Sie Ihre Truppen in Stellung und machen Sie dann Ihren Zug.«

Korov schüttelte den Kopf. »Das hätte niemals funktioniert. Sie verstehen Russland kein bisschen. Wir würden uns niemals einfach so ergeben.«

»Das weiß ich, Major. Jeder mit auch nur einem Hauch von gesundem Menschenverstand weiß das. Aber die Geschichte ist leider voller Menschen, die anderer

Meinung waren. Napoleon, Hitler. Wenn es um Russland geht, will kaum jemand aus der Geschichte lernen. Vielleicht wäre es zumindest zu einer Besetzung gekommen. Gute Geschäfte für Kriegstreiber und Todeshändler. Mit jemandem wie Lodge im Weißen Haus wäre alles möglich gewesen.«

»Was wusste Lucas?«, erkundigte sich Stephanie.

»Nur, dass ich die Gefahr einer unbekannten Organisation sah, eine potenzielle Bedrohung. Er wusste, dass ich mir wegen Lodge Sorgen machte, aber nicht, aus welchem Grund. Ich konnte nicht riskieren, es irgendjemandem zu verraten. Ich war mir sicher, dass Lodge mich gründlich beobachten ließ.«

Steph ließ sich erleichtert in ihren Sessel zurücksinken.

»War das Pentagon in die ganze Sache verwickelt?«

»Ich hoffe es nicht, aber ich kann es auch nicht mit Sicherheit ausschließen. Das Dunkle-Ernte-Szenario ist Teil der Pläne zur biologischen Kriegsführung. Ich bin mir sicher, dass es auch ein vergleichbares russisches Kriegsszenario gibt. Bei den Chinesen genauso. Jeder sieht die Getreide- und Nahrungsmittelversorgung doch als leicht verwundbares Ziel an. Eine hungernde Nation ist schließlich leicht zu besiegen.«

Für einen Moment herrschte in dem Konferenzraum eisiges Schweigen.

Selena atmete geräuschvoll ein. »Das ist doch kriminell.«

»Das ist Kriegsplanung. Die Tage höflicher Kriegsführung sind längst vorbei. Sollte es irgendwann zu einem weiteren Weltkrieg kommen, wird dieser allumfassend sein.«

»Krieg ist ebenfalls eine kriminelle Handlung.«

»Ja, Major, das ist er. Aber dann verraten Sie mir doch mal, wieso Sie und ein paar andere in diesem Raum sich so gut darauf vorbereitet haben?«

»Um unsere Nation gegen Aggressoren wie Dansinger und Lodge zu verteidigen.«

Hood nickte. »Ganz genau. Ein Angriffskrieg mag ein krimineller Akt sein, aber ein Krieg zur Verteidigung einer Nation ist eine Frage des Patriotismus und der Ehre. Unglücklicherweise sind es die einfachen Soldaten, die den Preis für die Habgier und die falschen Entscheidungen ihrer Führer bezahlen müssen.«

Elizabeth unterbrach ihn nun. »Wir kommen gerade ein wenig vom Thema ab. Was genau wissen Sie über diese Organisation? Über Dansinger Organisation?«

»Nicht viel. Es gibt ein paar Hinweise, aber nichts, um sie damit aufspüren zu können. Geldflüsse, die sich im Nichts auflösen, wenn man versucht, ihnen zu folgen. Politische Entscheidungen, die gerechtfertigt erscheinen, jedoch überall auf der Welt die Grundfreiheiten beschneiden. Eine Wirtschaftspolitik, die den Reichtum dieser Welt in die Hände von nur wenigen Personen verteilt. Vertuschungen. Forschungseinrichtungen, die einem ganz anderen Zweck dienen, als es den Anschein hat. Die Zunahme an Überwachung in jeder größeren Stadt. Vieles davon scheint sich hier in den USA abzuspielen, aber auch international lassen sich diese Phänomene beobachten. Ich weiß, dass diese Gruppe sehr mächtig sein muss und über unglaublichen Einfluss verfügt, und ich weiß, dass sie nichts Gutes im Schilde führt.«

»Was Sie da beschreiben, hört sich stark nach einer Verschwörung für eine neue Weltordnung an.«

»Nennen Sie es, wie Sie wollen. Ich denke aber, dass der Demeter-Plan nur Teil eines noch größeren Komplotts war.«

»Aber Sie haben keine Beweise dafür, oder?«

»Nein.«

»Wenn diese Gruppe tatsächlich existieren sollte, dann wird sie nach meinem Dafürhalten nicht besonders glücklich über die Ereignisse der letzten Tage sein.«

»Ich denke, darauf können Sie wetten, Direktor. Wir alle sollten deshalb äußerst vorsichtig sein.«

Kapitel 68

Nick, Korov, Lamont und Ronnie saßen an einem Hintertisch im *The Point*, einem Lokal, welches bevorzugt von aktiven und im Ruhestand befindlichen Special-Ops-Agenten frequentiert wurde. In der Bar ging es äußerst geschäftig zu. Auf dem Tisch stand eine Flasche Wodka. Ronnie hatte eine Cola vor sich, die anderen vier leere Schnapsgläser. Korov füllte die Gläser gerade auf.

»In Russland trinken wir auf diese Weise.« Er hob sein volles Glas. »*Nastrovje.* Auf die Gesundheit.« Er leerte sein Glas in einem Zug und wartete darauf, dass die anderen seinem Beispiel folgten. Lamont und Nick hoben ihre Gläser, Ronnie seine Flasche Cola, denn er trank nie Alkohol.

»*Nastrovje.* Auf ex!« Sie tranken. Korov füllte die Gläser erneut.

»Auf ex?«

»Noch so eine Redewendung. Davon haben wir reichlich.«

»Wir auch.«

Sie nippten an ihren Getränken.

»Ich werde morgen nach Moskau zurückkehren.«

»Was hat dein Boss denn gesagt, als du ihm erzählt hast, was passiert ist?«

»Er war beeindruckt. So wie ich. Wir hätten nicht damit gerechnet, dass ihr wirklich den Direktor eurer CIA aus dem Weg räumt. Die Lösung war sehr elegant. Er ist froh, dass der Plan vereitelt werden konnte.«

»Was wissen seine Vorgesetzten?«

»Dass General Vysotsky brillant agiert hat, um einen Angriff auf das Mutterland zu durchkreuzen … dass die amerikanische CIA in Schwierigkeiten steckt … dass sich einer seiner Agenten erfolgreich mit einer geheimen amerikanischen Geheimdienstorganisation verbündet hat und ihr Vertrauen gewinnen konnte.«

»Damit bist dann wohl du gemeint, was?«

Korov legte seine Hand auf sein Herz und deutete eine leichte Verbeugung an. Er leerte sein Glas. Nick füllte es wieder auf, danach auch sein Eigenes.

»Wahrscheinlich verleiht man Ihnen eine Medaille«, sagte nun Lamont.

»Vielleicht lasse ich Vysotsky auch Ihnen eine schicken.«

Sie lachten. Die Bar war randvoll mit Männern wie ihnen. Den meisten von ihnen haftete die gleiche Ausstrahlung an.

»Das ist wirklich ein nettes Lokal. Wenn ihr einmal in Moskau seid, zeige ich euch ein ähnliches Lokal.«

»Wir sind dort aber vielleicht nicht willkommen.«

»Mit mir zusammen werdet ihr willkommen sein.« Er hinterließ mit seinem Glas nasse Ringe auf dem Tisch.

»Ich hoffe, dass wir uns nie als … wie sagt man … Gegner gegenüberstehen werden.«

»Vielleicht haben wir ja mit unserer Zusammenarbeit eine Tür geöffnet. Unsere Nationen sollten nicht verfeindet sein.«

»Aber das ist nun mal der Lauf der Dinge, oder nicht? Wenn zwei Länder das Gleiche wollen, gibt es immer Probleme.«

»Nicht, wenn diese Sache dem Wohl beider Staaten dient. So wie in unserem Fall.«

»Wenn Hood recht behalten sollte«, warf Ronnie ein, »könnten wir bald wieder zusammenarbeiten. Geht doch nichts über einen gemeinsamen Feind, um neue Freunde zu gewinnen.«

Zwei Stunden später hatten sie auch die zweite Flasche geleert. Korov sang ein Marschlied der Spetsnaz und versuchte, Nick und Lamont den Text beizubringen. Ronnie schüttelte nur grinsend den Kopf. Sie zogen bereits Aufmerksamkeit auf sich. Ein großer Mann kam jetzt zu ihrem Tisch hinübergelaufen. Auch er hatte getrunken. Das war die Sorte von Bar, in der die Gäste immer eine Menge tranken.

»Wer ist denn dein Russki-Freund da? Er hat hier nichts verloren.«

»Gefällt Ihnen mein Gesang etwa nicht? Ist ein gutes Lied.«

»Ich kann Russkis nicht ausstehen.«

Nick leerte sein Glas.

»Dieser Russki hier hat es sich verdient, hier zu sein. Wieso trinken Sie nicht einfach weiter? Ich versuche gerade, ein Lied zu lernen.«

Zwei weitere Männer bauten sich hinter dem ersten auf.

»Gibt's Probleme, Joe?«

»Nur jemand, der Leine ziehen soll. Du wirst doch verschwinden, oder, Kumpel? Zusammen mit deinem Russki-Arschloch von einem Freund hier.«

Nick seufzte und stand auf. Korov tat es ihm gleich, schwankte aber ein wenig dabei. Lamont erhob sich ebenfalls, den Arm noch immer in einer Schlinge. Ronnie stützte sich auf seine Krücken. Eine davon hielt er locker in seiner rechten Hand.

»Sie sind betrunken. Wieso lassen Sie es nicht einfach gut sein, bevor noch jemand verletzt wird.«

»Oh, jetzt kriege ich aber Angst«, sagte der große Mann. »Zwei Krüppel, ein Russki und ein Arschloch.«

Er holte aus. Nick wehrte den Schlag mühelos mit seinem linken Arm ab und verpasste ihm zwei schnelle harte Schläge mit der Rechten ins Gesicht. Er spürte Knorpel brechen. Der Mann stürzte rückwärts über einen Tisch. Sofort stürmten seine Freunde auf sie los. Korov schlug einen von ihnen nieder. Ronnie nahm mit seiner Krücke den anderen aus dem Rennen. Lamont sah ihnen dabei zu. In der Bar brach jetzt eine wilde Schlägerei aus.

Es dauerte eine Weile, bis sich die Wogen wieder geglättet hatten. Danach fanden sich die vier auf der Straße wieder. Man ließ sie wissen, dass sie im *The Point* nicht länger willkommen waren. Sie sahen einigermaßen lädiert aus. Ronnies glänzende Krücke war verbogen, was ihn beim Laufen humpeln ließ.

»Ich war den Laden sowieso leid«, murmelte Lamont, dessen Auge langsam zuschwoll.

»Genau wie in Moskau«, sagte Korov. Lachend liefen sie die Straße hinunter.

Kapitel 69

»Was sagst du?«

»Wow. Das ist toll.«

Selena stand mit Nick im Wohnzimmer ihres neuen Appartements. Ihr eigenes Appartement, fürs Erste zumindest. Sie hatte sich ein paar Dinge aus San Francisco schicken lassen. Der Rest war neu. Neue Bilder an den Wänden, neue Möbel.

Sie hatte sich antike Teppiche mit geometrischen Mustern in Rot, Blau und einem Cremeton ausgesucht. Stilisierte Tiere, Bäume, Vögel. Die Küche funkelte nagelneu. Ein Gestell mit glänzenden Pfannen hing über der Kochinsel in der Mitte. Für die Sessel und die Couch hatte sie sich für helles braunes Leder entschieden. Dazu ein paar Antiquitäten und Blumen. Es war gemütlich und einladend, ein Ort, an dem man leben und die Füße hochlegen wollte. Selena mochte es gepflegt, war aber nicht darauf aus, bei *Schöner Wohnen* zu landen.

»Warte, bis du das Schlafzimmer siehst.«

»Wieso zeigst du es mir nicht einfach sofort?«

Das Schlafzimmer war wundervoll. Ein großes Doppelbett mit einem raffinierten Kopfende, weichen Kissen und samtigen Laken. Der Klee hing an der Wand direkt über dem Bett. Sie zogen sich aus. Er zog sie an sich heran. Sie griff an ihm hinab und nahm ihn in ihre Hand. Er spürte, wie ihr Herz pochte. Ihr Körper war warm. Er presste sich an sie und küsste sie.

Sie stieß ihn aufs Bett, lächelte und beugte sich über ihn, um ihn zu küssen. Er fuhr mit der Hand über ihre Pobacken. Sie ließ sich auf ihn sinken. Sie liebten sich, langsam … ließen sich Zeit dabei. Danach lagen sie sich in den Armen. Sie hörte sein Herz klopfen und spürte eine gewisse Spannung in ihm.

»Ein wirklich schönes Schlafzimmer«, sagte er.

»Mit dir ist es noch schöner.«

»Selena …«

Sie stand auf und warf sich einen grünen Seidenmantel über.

»Ich denke, ich weiß schon, was du mir sagen willst.«

Sie lief hinaus und kam mit einer Flasche Wein und zwei Gläsern zurück, dann stieg sie wieder ins Bett. Sie setzten sich hin und lehnten sich an das Kopfteil.

»Was wollte ich denn sagen?«

»Dass du noch nicht bereit bist, mit mir zusammenleben, oder?«

Nick nahm ihr ein Glas ab. »Nein, ich denke nicht. Ich habe angestrengt nachgedacht. Zumindest dann, wenn gerade mal niemand auf uns geschossen hat.«

»Das ist nicht witzig.«

»Stimmt.« Er trank etwas Wein. »Ich glaube nur nicht, dass es eine gute Idee ist, das ist alles.«

»Geht mir genauso.«

»Wirklich?« Das überraschte ihn.

»Du bist noch nicht über Megan hinweg.«

»Megan ist tot.«

»Aber nicht in deinen Gedanken.«

»Ich vergleiche euch beide nicht, falls du das meinst. Das tue ich wirklich nicht.«

»Ich weiß. Aber sie ist immer noch irgendwo da drin. Ich kann es fühlen.«

»Mit dir ist es anders. Ich liebe dich, aber es ist eben anders.«

»Das sollte es auch sein. Muss es sogar. Aber du musst dich irgendwann entscheiden.«

In dem Moment, als sie diese Worte sagte, bedauerte sie sie bereits.

»Entscheiden? Zwischen dir und Megan? Selena, Megan ist tot.«

»Ja, das ist sie. Deshalb solltest du auch endlich über sie hinwegkommen.«

»Du weißt gar nichts über Megan, verdammt noch mal.«

»Ich weiß genug, um zu sehen, dass sie wie ein Geist zwischen uns steht. Ich weiß, dass es ein Fehler wäre, so zu tun, als wäre sie nicht da. Ich weiß, dass ich dich liebe, aber ich muss auch sicher sein, dass du dieses Gefühl erwiderst, und bis dahin sehe ich auch keinen Sinn darin, dass wir zusammenziehen.«

Selena spürte, dass sie langsam wütend wurde. *Verdammt noch mal, so hatte ich mir das nicht vorgestellt.*

Nick stellte den Wein auf den Nachttisch ab und stand abrupt auf. Er begann, sich anzuziehen, warf sich sein

Hemd über und legte sich sein Schulterholster an. Dann schlüpfte er in seine Jacke.

»Es tut mir leid. Ich arbeite daran.«

»Lass mich wissen, wenn du eine Entscheidung getroffen hast.« Sie klang verbittert. Kurze Zeit später hörte sie hinter ihm die Tür ins Schloss fallen.

Verdammt! So eine elende Scheiße!

Aber sie weigerte sich, zu weinen.

Kapitel 70

Präsident Rice musterte Harker und legte die Fingerspitzen aneinander. Er hatte dunkle Ringe unter den Augen.

»Das Pentagon?«

»Ja, Sir. Wir sind noch einmal bei ihnen eingedrungen. Jemand hat sämtliche Spuren über die Dunkle Ernte beseitigen lassen. Das ganze Szenario existiert nicht mehr. Es gibt keine Aufzeichnungen mehr, nichts, was darauf hindeutet, dass man jemals darüber nachgedacht hat.«

»Könnte deren Versuch sein, ihren Arsch zu retten. Nur für den Fall, dass jemand von der Presse die richtigen Schlüsse zieht.«

»Das glaube ich nicht, Mr. President. Projekt Dunkle Ernte war sehr tief vergraben. Niemand außerhalb des Pentagons hätte darauf stoßen können. Ich vermute, dass nur sehr wenige Leute dort überhaupt wussten, dass ein solches Szenario existiert.«

»Das ist ein sehr beunruhigender Gedanke, Direktor.«

»Ja, Sir, ich weiß.«

»Lodges Selbstmord kommt überraschend gelegen.« Rice beobachtete sie.

»Ja, Sir.«

»Wäre das dann alles?«

Sie hatte ihm verschwiegen, dass Hood Lodge getötet hatte. Die sogenannte glaubhafte Bestreitbarkeit war mehr als nur eine zweckdienliche Ausrede, auch wenn die Medien das anders sahen. Rice hatte das PROJECT gegründet, um informiert zu sein, aber diese Sache brauchte er wirklich nicht zu wissen.

»Wie Sie sagten, Sir, es kommt durchaus gelegen.«

»Was halten Sie von Hood als neuem Direktor der CIA?«

Diese Frage überraschte sie. »Ich denke, er ist eine exzellente Wahl, Sir. Er ist absolut auf dem Laufenden und genießt hohes Ansehen innerhalb der Agency. Er ist einer von ihnen. Der Wechsel würde sehr fließend ablaufen.«

Elizabeth hatte Rice von Hoods Verdachtsmomenten eine größere internationale Verschwörung betreffend unterrichtet. Eine Information, die nicht gerade dazu beitrug, den Tag des Präsidenten zu erhellen. Der Umstand trug sicher auch dazu bei, dass Rice Hood als nächsten Direktor der CIA in Betracht zog.

»Direktor, es hat ein wenig den Anschein, als ob sich jedes Mal, wenn Sie ein Problem lösen können, ein neues auftut.«

»Ja Sir, so scheint es tatsächlich. Ich habe ein sehr gutes Team. Aber wenn man einen Stein anhebt, kommen für gewöhnlich leider unschöne Dinge darunter zum Vorschein.«

»Ich möchte, dass Sie dieser Sache nachgehen … dieser möglichen Verschwörung. Sie sagten, dass Dansinger Lodge das Amt des Präsidenten versprochen hat.«

Sie schwieg.

»Selbst in der derzeitigen Lage ist das nicht leicht zu bewerkstelligen. Dafür braucht es mehr als nur Geld und

Einfluss. Sie müssten das amerikanische Wählervolk überzeugen.«

»Offenbar hält es irgendwer für machbar, Mr. President. Dansinger und Lodge waren bereit, Millionen Menschen zu töten, um zu bekommen, was sie wollen. Wer immer hinter all dem steckt, scheint sich darum nicht zu scheren. Das Gleiche dürfte für jemanden gelten, der von ihnen in dieses Büro gebracht würde.«

Rice stand auf. Elizabeth erhob sich ebenfalls und wartete.

»Finden Sie heraus, wer diese Leute sind, Direktor.«

»Jawohl, Sir.«

Auf ihrem Weg aus dem Oval Office hinaus warf sie einen kurzen Blick zurück. Rice stand am Fenster und sah auf den Rasen vor dem Weißen Haus hinaus. Er schien in den letzten Wochen, um einiges gealtert zu sein.

Kapitel 71

Als Nick den gepanzerten Cadillac dieses Mal am Straßenrand warten sah, stieg er widerspruchslos ein, nachdem ihm der Fahrer die Tür aufhielt. Der gleiche Rücksitz. Der gleiche Luxus. Die gleiche schwarze Trennwand in der Mitte. Leise fädelte sich die Limousine in den Washingtoner Verkehr ein. Die Halogenlampen in der Wagendecke warfen einen sanften Schimmer auf die schwarze Lederverkleidung.

»Sie hatten offenbar einiges zu tun«, drang Adams elektronisch verzerrte Stimme aus dem Lautsprecher.

»Kann man wohl sagen. Wie viel wissen Sie?«

»Ich weiß alles. Gute Arbeit.«

»Wer sind Sie?«

»Sehen Sie mich einfach als interessierte Partei in diesem Spiel an.«

»Interessiert woran?«

»Dafür zu sorgen, dass AEON das Handwerk gelegt wird.«

»AEON?«

»Die Gruppe, die hinter Dansinger agiert.«

»Also gibt es eine solche Organisation tatsächlich.«

»Es gibt definitiv eine solche Organisation.«

»Wer steckt dahinter?«

»Eine Gruppe sehr mächtiger Personen. AEON existiert schon seit einer sehr langen Zeit. Ihr Ziel ist die absolute Kontrolle.«

»Kontrolle?«

»Über alles. Die Weltherrschaft.«

»Sie werden jetzt aber nicht von den Illuminaten und den Freimaurern anfangen, oder?«

Aus dem Lautsprecher drang Gelächter. Durch die Verzerrung hörte es sich geradezu bizarr an. »Nein, natürlich nicht. Das sind nur die üblichen Ablenkungsmanöver, um von der eigentlichen Wahrheit abzulenken. Aber AEON ist real. Diese Leute meinen es ernst. Erinnern Sie sich noch an diese kleine Gruppe von Nazis, die Sie auseinandergenommen haben?«

»Das war auch AEON?«

»Einer ihrer Tentakel. Sie und Harker und die anderen sind denen ein Dorn im Auge.«

Nick lehnte sich gegen den Ledersitz und wartete. Der Wagen rollte durch die Straßen, beinahe lautlos und sanft.

»Haben die Dansinger getötet?«

»Ja, denn er hat alles vermasselt. Ihr Überfall in Texas hat ihn auffliegen lassen. Sie konnten ihn nicht am Leben lassen. Seine öffentliche Hinrichtung war als Botschaft an alle in Ihrer Organisation gedacht.«

»Was haben sie jetzt vor?«

»Wegen Dansinger? Nichts. Er ist tot.«

»Ich meinte, da ihre Pläne nun vorerst vereitelt wurden.«

»Ihre Pläne lassen sich nicht aufhalten. Sie werden aus vergangenen Fehlern lernen und etwas anderes versuchen. Wenn wir mehr wissen, werde ich Sie kontaktieren.«

»Aber wer sind diese Leute?«

»Ihr Anführer ist Malcolm Foxworth.«

»Dieser Medienmogul? Dem die ganzen Zeitungen gehören?«

»Ja. Sie agieren international. Dansinger war der neueste Anwärter in ihrem Rat. Einer von zwei Amerikanern. Sie werden ihn bald ersetzen.«

»Wer ist der andere Amerikaner?«

»Das wissen wir nicht. Es ist durchaus möglich, dass er ein hohes Amt im Pentagon bekleidet. Wir wissen nämlich, dass sie dort ihre Leute eingeschleust haben, aber wir wissen nicht, ob jemand aus dem Rat direkt involviert ist.«

»Grundgütiger.«

»Anatoly Orgorov ist ein anderes Mitglied des Hohen Rates. Das ist der russische Außenminister.«

Nick dachte kurz darüber nach. Harker würde alles andere als begeistert sein, wenn er ihr von diesem Treffen berichtete.

»Henri Maupassant ist der französische Finanzminister. Er gehört dem Rat bereits seit zehn Jahren an.«

»Maupassant? Er ist doch einer der Drahtzieher in der aktuellen europäischen Schuldenkrise.«

»Richtig. Wie ich sehe, beginnen Sie langsam, die Zusammenhänge zu erkennen.«

Das tat Nick tatsächlich. »Wer sind die anderen?«

»Wir sind uns nicht sicher, was deren Identitäten angeht. Es gibt jemanden in Brasilien, in China, in Japan und in Deutschland. Sehr wahrscheinlich auch in Indien. Das ist die Führungsriege. Die Organisation ist hierarchisch aufgebaut, Foxworth befindet sich an der Spitze, der Rat unter ihm. Darunter gibt es eine weitere Ebene aus schätzungsweise hundert Personen. Und wieder darunter Tausende. Wir wissen nicht, wie viele es tatsächlich sind.«

Der Cadillac bewegte sich wie ein stummes Omen durch die Nebenstraßen von Washington.

»Was haben sie in der Vergangenheit angerichtet?«

»AEON hat sorgfältig daran gearbeitet, Hitler auf seine Rolle vorzubereiten. Er war nur eine ihrer Schachfiguren, auch wenn er selbst nichts davon ahnte. Das Attentat auf Kennedy war ihr Werk und es mündete letzten Endes im Vietnam-Krieg. In den Sechzigern waren sie besonders aktiv. Napoleon konnte sich ebenfalls auf ihre Unterstützung verlassen. Sie arrangierten den Tod von Erzherzog Franz Ferdinand im Jahre 1914. Sie versenkten die RMS Lusitania. Soll ich weitermachen?«

»Das ist alles schwer zu glauben.«

»Natürlich ist es das. Darauf können Sie wetten. Umstände können aber arrangiert und wirkliche Zusammenhänge verschleiert werden. Sehen Sie sich doch mal an, wie Rice die Geschehnisse um Senator Greenwood vertuschen konnte.«

»Wollen Sie damit sagen, dass Rice einer von denen ist?«

»Nein, das ist er nicht. Ich meinte das eher als Beispiel. Führer und Regierungen verbergen immer wieder unbequeme Wahrheiten vor der Öffentlichkeit. Oft gibt es dafür auch einen triftigen Grund, und wenn es keinen gibt, erfindet man eben einen. In einem so wichtigen und in der Öffentlichkeit präsenten Fall wie der Kennedy-Affäre wurden die Leute, die möglicherweise für Unruhe hätten sorgen können, einfach eliminiert. Andere wurden als fehlgeleitet oder als Verschwörungstheoretiker diffamiert. Von denen gibt es auch tatsächlich einige. Das funktioniert erstaunlich gut, um von der Wahrheit abzulenken. Besonders in unserem digitalen Zeitalter.«

Der Wagen wurde langsamer und blieb schließlich stehen.

»Wieso erzählen Sie mir das alles? Was erwarten Sie von mir?«

»Das, was Sie und PROJECT so gut beherrschen. Sie sind in der außergewöhnlichen Position, AEON aufhalten zu können. Wir werden Sie in jeder erdenklichen Weise dabei unterstützen. Ich rate Ihnen jedoch, äußerst vorsichtig zu sein. Diese Leute werden mit Sicherheit darauf reagieren.«

»Wir können nicht einfach gegen jemanden wie Foxworth oder den russischen Außenminister vorgehen. Wie stellen Sie sich das vor, Adam?«

»Sie werden schon einen Weg finden.«

Die Tür öffnete sich.

»Wer sind Sie?«, fragte Nick noch einmal, doch er bekam keine Antwort.

Nick stieg aus und sah zu, wie der Wagen davonfuhr. Die Straße war verlassen. Ihn fröstelte und ihm wurde bewusst, wie allein er war. Ein Gefühl, dass ihm überhaupt nicht gefiel. Es schien so, als wäre die Nacht plötzlich voller Augen.

Manchmal hatte er das Gefühl, dass er von überallher beobachtet wurde. Von der CIA, den Russen, von Adam, wer immer das auch sein mochte, vielleicht sogar von AEON. Doch AEON hatte die Messlatte plötzlich auf ein Level erhöht, das jenseits von allem lag, mit dem er es bislang zu tun gehabt hatte. Sofern Adam die Wahrheit sagte.

Er mochte dieses Gefühl ganz und gar nicht.

Er musste plötzlich an das denken, was Selena über Megan gesagt hatte. Ein Geist befand sich zwischen ihnen. Ihr Tod lag nun schon beinahe neun Jahre zurück. Neun Jahre, die er mit einem Geist gelebt hatte.

Er zog seine Brieftasche hervor und nahm Megans Foto heraus, welches er darin aufbewahrte. Das Bild war bereits zerknittert und ausgeblichen. Es war nur ein Foto, dessen einziger Wert in den Erinnerungen lag, die es weckte. Während er es betrachtete, wurde ihm bewusst, dass er nichts mehr dabei empfand. Nein, das war nicht ganz richtig, da war etwas, aber es war so weit entfernt, wie die Erinnerung an eine Erinnerung. Das war nicht mehr Megan.

Im Tod waren sie alle gleich.

Aber er lebte noch. Er war hier und Selena war hier. Megan war von ihm gegangen. Er dachte, er wäre darüber hinweg. Dachte, er hätte losgelassen, aber das hatte er nicht. Selena hatte recht, was Megan betraf. Sie hatte in so vielen Dingen Recht.

Er konnte einen Geist lieben, oder sie. Was für eine Wahl sollte das sein?

Er hatte ihr gesagt, dass er Angst davor hätte, dass man sie töten könnte. Wenn er darüber nachdachte, wurde ihm klar, dass er sich an einer Schwelle befand; einer

Erkenntnis, der er sich verweigerte; einem Gefühl, das er nicht zulassen wollte. Was er ihr gesagt hatte, entsprach der Wahrheit, aber es war nicht so einfach, wie es klang.

Sie liebt mich.

Sein Verstand öffnete eine Tür.

Es ist ihr Leid, vor dem ich Angst habe, nicht meins.

Ich bin derjenige, der wahrscheinlich getötet werden wird.

Ich will sie nicht verletzen.

Ich liebe sie wirklich.

Diese Erkenntnis traf ihn wie ein Schlag gegen die Brust. Er hatte die tieferliegende Angst vor seinem eigenen Tod verdrängt. Die Angst, ihr die gleichen Schmerzen zuzufügen, die er empfunden hatte, als er Megan verlor. Ein Schauer ließ seinen Körper erzittern und kroch ihm den Rücken hinab. Selena hatte seine Mauern durchbrochen. Es war viel zu spät, sich dagegen wehren zu wollen.

Er konnte nicht aufhören mit dem, was er tat, nur um sie beide zu beschützen. Nicht nach allem, was Adam ihm gerade erzählt hatte. Es gab jetzt einen weiteren, gefährlicheren Gegner.

AEON.

Jetzt, wo ich es endlich erkannt habe, kann ich es ihr erklären. Sie wird es verstehen.

Er kramte sein Telefon hervor und rief sie an.

– ENDE –

DANKSAGUNG

Wie immer danke ich zuerst meiner Frau Gayle für ihre Geduld. Ihr fallen so viele Dinge auf, die mir einfach durchgerutscht wären. Ich danke Gloria, Penny, Tony Paul und allen anderen, die sich die Zeit genommen haben, eine frühere Fassung zu lesen und zu kommentieren. Ebenso danke ich Sandy Bresnahan, die ebenfalls eine frühere Version gelesen hat und einige Vorschläge beisteuerte.

Ein ganz besonderer Dank gebührt Andrew Marino, dessen Einsatz über einen reinen Freundschaftsdienst weit hinaus ging. Mit seinem geübten Autorenauge unterzog er mein Manuskript einer eingehenden Prüfung und teilte einige exzellente Ideen mit mir, die mir dabei halfen, ein besseres Buch zu schreiben.

Darüber hinaus danke ich natürlich auch allen meinen Lesern. Sie sind es, die den Aufwand jedes Mal aufs Neue rechtfertigen.

LUZIFER
VERLAG

Printed by Amazon Italia Logistica S.r.l.
Torrazza Piemonte (TO), Italy

70468918R00204